LEN DEIGHTON

FISCHE REDEN NICHT

Roman

WILHELM HEYNE VERLAG
MÜNCHEN

HEYNE-BUCH Nr. 5811
im Wilhelm Heyne Verlag, München

Titel der englischen Originalausgabe
HORSE UNDER WATER
Deutsche Übersetzung von Willy Thaler

Genehmigte, ungekürzte Taschenbuchausgabe

Printed in Germany 1981
Umschlagfoto: Bildagentur Stuttgart
Umschlaggestaltung: Atelier Heinrichs & Schütz, München
Gesamtherstellung: Ebner Ulm

ISBN 3-453-01273-9

Was wirklich dort geschah, ich wüßt' es nicht zu sagen;
Berichten kann ich nur, was man mir zugetragen. SCOTT

Vielleicht das ärgste Mißgeschick, das einem Schiff zustoßen kann, ist, wenn es an einer Leeküste in einen Sturm gerät. Für diesen Fall sind folgende Regeln zu beachten:

1. Sein Schiff niemals in eine so mißliche Lage kommen lassen . . .

CALLINGHAM, *Seemannskunst; Anleitung für den jungen Seemann*

1

Marrakesch ist genau so, wie es die Reiseführer beschreiben: eine uralte ummauerte Stadt, umgeben von Olivenhainen und Palmen. Dahinter erheben sich die Berge des Hohen Atlas, und der Marktplatz wimmelt von Jongleuren, Tänzern, Zauberern, Märchenerzählern, Schlangenbeschwörern und erdröhnt von arabischer Musik. Marrakesch ist eine Traumstadt, aber auf dieser Reise sah ich kaum mehr als ein von Fliegen beschmutztes Hotelzimmer und die unbeweglichen Gesichter dreier portugiesischer Politiker.

Mein Hotel lag in der Altstadt. Die Zimmer waren braun und cremefarben gestrichen und mit verschiedenen Verbotstafeln in französischer Sprache dekoriert. Von nebenan hörte man Wassertropfen in die rostfleckige Badewanne fallen, während durch die zerrissenen Fliegengitter der melodische Klang einer arabischen Stadt hereindrang, die ihre Waren feilbot.

Ich nahm meine Krawatte ab und hängte sie über die Stuhllehne. Ein Schweißtropfen lief mir die Nase entlang und fiel auf ›Blatt 128‹ nieder. ›Übertragung von Sterlingguthaben der Portugiesischen Regierung im Vereinigten Königreich, dessen Mandatländern oder Kolonien an die Nachfolgeregierung.‹

Wir schlürften süßen Pfefferminztee, kauten Mandeln und klebriges Honiggebäck, und ich tröstete mich mit dem Gedanken, in 24 Stunden wieder in London zu sein.

»In Ordnung«, sagte ich. »Dreißig Prozent Ihrer Sterlingguthaben stehen Ihnen zur Verfügung, sobald uns der britische Botschafter in Lissabon bestätigt, daß Sie die Hauptstadt in Händen haben.« Damit waren sie einverstanden. Nicht gerade verrückt vor Freude, aber einverstanden. Harte Verhandlungspartner, diese Revolutionäre.

2

Das W.O.O.C.(V), das Hauptbüro unseres Geheimdienstes, war in einem schmutzigen kleinen Gebäude auf der schäbigen Seite der Charlotte Street in London untergebracht.

Mein Chef war Dawlish. Als ich ihm den Bericht über meine Verhandlungen in Marrakesch überreichte, legte er ihn auf seinen Schreibtisch wie den Grundstein zum Nationaltheater und sagte: »Das Außenministerium hat ein paar neue Ideen für die Gespräche mit dieser portugiesischen Revolutionspartei.«

»Ich bin voller Narben, die ich O'Briens guten Ideen verdanke.«

»Diese sind besser als sonst.«

Dawlish war ein großer, grauhaariger Beamter mit Röntgenaugen. Er bemühte sich immer, anderen Abteilungen gefällig zu sein, wenn sie etwas Schwieriges oder Blödsinniges von uns verlangten. Ich sah die Dinge mehr von seiten der Leute, die die Dreckarbeit auszuführen hatten.

Auf dem schmalen antiken Schreibtisch, den Dawlish mitgebracht hatte, als er die Abteilung übernahm, lag ein Bündel Papiere, mit dem offiziellen rosa Band verschnürt. Er blätterte es schnell durch. »Diese portugiesische Revolutionsbewegung – V.N.V. – will, daß das Außenministerium eine ganz schöne Summe vorschießt.«

»Tja, das ist der Jammer beim Teilzahlungssystem.«

»Angenommen, wir könnten das tun, ohne daß es uns etwas kostet?« Ich antwortete nicht. Er fuhr fort: »Vor der portugiesischen Küste liegt ein Schiff, voll mit Geld. Es ist Geld, das die Nazis während des Krieges gefälscht haben. Englisches und amerikanisches Papiergeld.«

»Dann besteht die Idee also darin, daß die V.N.V.-Jungs dieses Geld bekommen und damit ihre Revolution finanzieren sollen?«

»Nicht ganz«, sagte Dawlish. Er sondierte die Pfeifenglut mit einem Zündholz. »Die Idee ist, daß *wir* das Geld für sie aus dem gesunkenen Schiff holen.«

»Nein!« sagte ich. »Damit können Sie doch nicht einverstanden gewesen sein. Wofür wird dann die Geheimdienstabteilung des Außenministeriums bezahlt?«

»Frag' ich mich auch zuweilen«, meinte Dawlish, »aber ich nehme an, man hat dort ebenfalls seine Probleme.«

»Mir bricht das Herz.«

Dawlish nickte, nahm seine Brille ab und betupfte seine Augenlider mit einem frisch gestärkten Taschentuch.

Unten auf der Straße gab ein Mann mit einem Doppeltonhorn seiner Unzufriedenheit über die bestehende Verkehrslage Ausdruck.

»Die V.N.V. bestätigt, daß vor der portugiesischen Küste ein versenktes Schiff liegt.«

Dawlish konnte einem nie etwas erzählen, ohne eine Skizze zu machen. Er zeichnete mit einem vergoldeten Drehbleistift ein kleines Schiff auf den Notizblock. »Eine Einheit der deutschen Marine, die im März 1945 unterwegs nach Südamerika war. An Bord befand sich eine bedeutende Menge ausgezeichneten Falschgeldes; Fünfpfundnoten und Fünfzigdollarnoten, außerdem echtes schwedisches Geld. Es war für einige Bonzen bestimmt, die auswandern wollten.« Ich sagte nichts. Dawlish betupfte seine Augen, und ich hörte den Verkehr draußen wieder aufbranden.

»Die V.N.V. möchte, daß wir ihnen helfen, die Sachen herauszuholen. Das heißt also, wir sollen sie ihnen schenken. Das Außenministerium sieht darin eine Möglichkeit, die angeblich unvermeidlichen Umsturzbewegungen zu unterstützen, ohne sich allzusehr festzulegen oder dafür Geld auszugeben. Was halten Sie davon?«

»Sie meinen, die portugiesischen Revolutionäre sollen die gefälschten Dollars und das echte schwedische Geld zum Waffeneinkauf verwenden und damit ihren Staatsstreich finanzieren? Aber das englische Geld können sie nicht gebrauchen, da die Fünfpfundnoten außer Kurs sind.«

»Sie haben's erfaßt«, sagte Dawlish.

»Ich bin ein Zyniker«, erwiderte ich. »Haben Sie den Namen des Schiffes, die genaue Position des Wracks und die deutschen Konnossemente von der Historischen Abteilung der Admiralität?«

»Noch nicht«, sagte Dawlish. »Aber es wurde bestätigt, daß es eine ganz hübsche Menge von falschen Fünfern in jener Gegend gegeben hat. Möglicherweise stammten sie von dem Wrack. Die V.N.V. hat auch einen ortsansässigen Fischer zur Hand, der sicher ist, es lokalisieren zu können.«

»Zweiter Punkt«, fuhr ich fort. »Wir sollen also in Portugal, einem – wie immer man es betrachtet – diktatorisch regierten Land, ein subversives Unternehmen aufziehen. Eine gewagte Sache, aber wir werden es tun zugunsten einer Gruppe von Bürgern, deren erklärtes Ziel es ist, die Regierung zu stürzen. Und Sie wollen mir weismachen, das sei für die Regierung Ihrer Majestät weniger peinlich, als ihnen ein paar Hunderttausend still und leise auf ein Bankkonto zu überweisen?«

Dawlish schnitt eine Grimasse.

»O. K.«, sagte ich. »Machen wir uns doch keine Illusionen über die Motivierung. Es ist eine Methode, Geld zu sparen, mit einem gewissen Risiko – unserem Risiko.«

Geduldig meinte Dawlish: »Sie sehen doch sicher ein, daß diese außer Kurs gesetzten gefälschten weißen Fünfer nicht anzubringen sind, während die Dollarnoten immer noch gelten.«

»Oh, ich kann mir gut vorstellen, was sich in dem lebhaften Köpfchen unseres Leiters des Schatzamtes abspielt. Er organisiert eine Revolution, während die Amerikaner sie finanzieren müssen, weil überall falsche Dollarnoten auftauchen. Aber das Schatzamt irrt.«

Dawlish blickte scharf hoch und begann mit seinem Bleistift auf den Tischkalender zu klopfen. »Meinen Sie?« fragte er.

»Ich weiß es. Diese Portugiesen sind harte Burschen. Sie kennen sich aus. Sie werden auch die englischen Noten anbringen, und dann wird das Schatzamt nur aus langen Gesichtern und rosa Memoranden bestehen.«

Wir schwiegen ein paar Minuten lang, während Dawlish über seine Schiffsskizze eine bewegte See zeichnete. Er drehte seinen Stuhl herum, so daß er durch die schmuddeligen Fenster sehen konnte, schob seine Unterlippe vor und klopfte mit dem Bleistift darauf. Zwischendurch gab er vier ›Hmms‹ von sich.

Er wandte mir den Rücken zu und begann zu reden. »Vor sechs Monaten hat mir O'Brien erzählt, er kenne einhundertfünfzig Devisenexperten. Sieben davon seien für Transferfragen zuständig, aber soweit es sich um illegalen Transfer und Devisenwechsel handelt, seien Sie der einzige, der in Frage kommt.«

»Welche Ehre«, sagte ich.

»Möglich«, entgegnete Dawlish, in dessen Augen gesetzwidrige Talente eine zweifelhafte Tugend darstellten, »aber das Schatzamt könnte sich anders besinnen, wenn man dort wüßte, wie sehr Sie dagegen sind.«

»Darauf sollten Sie nicht zu sehr rechnen. Welcher Staatssekretär im Schatzamt ließe sich die Chance entgehen, vielleicht eine Million Pfund Sterling zu ersparen? Wahrscheinlich läßt er sich schon sein Wappen für die Adelsverleihung entwerfen.«

Ich hatte recht. Innerhalb von zehn Tagen erhielt ich ein Schreiben, ich solle mich in der Taucherschule der Königlichen Marine für den Schwimmtaucherlehrgang Nr. 549 melden. Der Staatssekretär würde einen Grafentitel bekommen und ich ein Taucherbrevet der Admiralität. Dawlish erklärte auf meine Beschwerde hin: »Aber mein Lieber, Sie sind dafür offensichtlich der Richtige.« Er schrieb die Ziffer ›1‹ auf seinen Notizblock. »Erstens waren Sie 1940 in Lissabon, kennen dort eine Menge Leute und sprechen ein wenig die Sprache. Zweitens«, er schrieb ›2‹, »sind Sie Devisenfachmann. Drittens hatten Sie eine erste Fühlungnahme mit der V.N.V. vorigen Monat in Marokko.« Er kritzelte eine ›3‹.

»Aber muß ich diesen Schwimmtaucherkurs machen? Es wird naß und kalt sein, und alles wird in den ersten Morgenstunden vor sich gehen.«

»Körperliche Bequemlichkeit ist nichts als ein Seelenzustand, mein Lieber; es wird Sie in Kampfform bringen. Und überdies«, Dawlish beugte sich vertraulich vor, »Sie werden die Sache leiten, und Sie wollen doch nicht, daß Ihnen die Kerle dort unten etwas von der Beute wegschnappen.« Er gab einen seltsam polyphonen Laut von sich, zuerst ganz im Diskant, dann ein Gaumentremolo, dem ein Regen von Tabakasche im ganzen Raum folgte. Ich war starr vor Staunen: Dawlish hatte gelacht.

3

Nieselregen tröpfelte aus den tiefhängenden Wolken, als ich gegen 6.45 Uhr an diesem Morgen bei Kingston Vale auf die A 3 gekommen war. Ich fuhr an Scharen von Fabrik- und Dockarbeitern vorbei, bog in das rote Ziegeltor zur Taucherschule ein und parkte. Ein Matrose in schwarzglänzendem Ölzeug stand im Regen, und unter dem Eingang saß ein halbes Dutzend Seeleute in schlottrigen, nassen Regenmänteln beisammen, die Hände in den Taschen. Aus dem heiseren Lautsprecher tönte ein Befehl für die Wachen. Ich klopfte.

Ein junger Matrose blickte von den Teilen einer zerlegten Fahrradglocke hoch, die vor ihm auf dem Tisch lagen. »Was kann ich für Sie tun, Sir?«

»Schwimmtaucherschulung«, sagte ich.

»Lehrgang 549?« fragte er.

»Ja.« Er beäugte zweifelnd meinen Zivilregenmantel. Über den Lautsprecher kam Glas eins der Vormittagswache. Ein *Longinus* mit einem Streifen am Arm gab mir für eine Gauloise eine halbe Tasse dunkelbraunen Tee, und ich wärmte meine Hände an dem Emailbecher. Ich wußte genau, alles würde sich in den frühen Morgenstunden abspielen, und so war es eine volle Woche lang.

4

In Horndean verpesteten ein paar schwere Laster die Luft, über Hindhead ging ein heftiger Regen nieder, dann, bei der Abzweigung nach Guildford, schien die Sonne. Ich blickte in meinen Rückspiegel und stellte einen französischen Sender ein.

Weiter ging es über Putney Bridge in die King's Road, glänzend von Kitsch und tiefgekühlt. Männer mit Glatze und Rollkragenpullover; Mädchen mit Bienenkorbfrisuren, in Hosen, die nichts der Phantasie überließen. Links die Beaufort Street hinauf, zur Gloucester Road. Männer mit schmutzigen Autohandschuhen und reinen Exemplaren von *Autosport,* Hauswirtinnen, die Taschen voller Schillingstücke aus unersättlichen Gasautomaten. Wieder links zur Cromwell Road. Jetzt war ich sicher. Der schwarze Anglia folgte mir.

Ich bog wieder ab und hielt vor einer Telefonzelle an der Ecke. Der Anglia fuhr langsam an mir vorbei, während ich ein Dreipennystück suchte. Ich beobachtete ihn aus dem Augenwinkel, bis er etwa siebzig Meter weiter in der Einbahnstraße anhielt, dann sprang ich rasch in meinen Wagen und fuhr im Rückwärtsgang wieder in die Cromwell Road. Mal sehen, wie tüchtig sie waren.

Ich fuhr an einer Reihe viktorianischer Häuser vorbei, hinter deren Fenstern schlecht möblierte Wohnschlafzimmer einen Feudalhaushalt längst vergangener Größe vortäuschten.

Ich hielt. Unter dem Vordersitz neben mir holte ich den 10 × 40-Feldstecher hervor, den ich immer bei mir habe. Ich wickelte einen *Statesman* darum, schloß den Wagen ab und ging zu Jeans Wohnung hinüber. Nummer 23 hatte pfirsichfarbene Vorhänge und bestand aus einem Labyrinth zugiger Gänge. Ich schloß die Wohnungstür selbst auf.

Ein Heizventilator summte im Hintergrund, während Jean in der Küche mit einer großen Kanne Kaffee herumklirrte. Ich sah ihr von der Küchentür aus zu. Sie trug ein dunkelbraunes Wollkleid; ihr Gesicht war braungebrannt, und das in die Stirn fallende Haar schimmerte golden von der Sommersonne. Sie blickte auf: gelassen, klar und friedlich wie ein Ferientag.

Sie sagte: »Na, hast du's denen von der Marine gegeben?«

»Wenn man dich hört, könnte man glauben, ich sei eingebildet.«

»Was natürlich nicht stimmt, wie?« Sie goß Kaffee in die hübschen großen Keramikschalen. »Weißt du, daß man dich hier beschattet?«

»Glaube ich nicht«, sagte ich ruhig.

»Laß das«, sagte Jean.

»Was?«

»Das weißt du genau. Ich kenne diesen Ton – wenn du Dinge sagst, damit die anderen weiterreden.«

»Gut, gut. Beruhige dich.«

»Du brauchst es mir nicht zu erzählen . . .«

»Ein schwarzer Anglia, BGT 803, ist mir gefolgt, möglicherweise seit Portsmouth, sicher seit Hindhead. Keine Ahnung, wer das ist, aber vielleicht sind sie von Electrolux.«

»Dann zahl deine Schulden«, sagte Jean. Sie hielt sich

ein Stück vom Fenster entfernt und blickte auf die Straße hinunter. »Sie könnten wirklich von der Kühlschrankfirma sein; der eine hat einen Eispickel in der Hand.«

»Sehr lustig.«

»Du hast einen ausgedehnten Freundeskreis. Die Herren drüben auf der Straße sind in einem blauen Bristol 407 gekommen. Traumhafter Wagen.«

»Du machst Witze.«

»Komm her und schau selbst, Neptunssohn.«

Ich trat ans Fenster. Dort stand ein blitzend blauer Bristol 407, hinreichend schmutzbedeckt für eine schnelle Fahrt auf der A 3, ungeschickt geparkt inmitten der dichten Reihe anderer Wagen. Ein großer Mann mit flacher Schirmmütze und kühn gemustertem Jackett stand auf dem Gehsteig. Er sah aus wie ein reicher Buchmacher. Ich stellte das Zeissglas ein und musterte die beiden Männer und den Wagen sorgfältig.

»Die arbeiten für keine uns bekannte Abteilung, nach ihrer Steuerklasse zu schließen. Bristol 407, in der Tat!«

»Entdecke ich da nicht eine zarte Andeutung von Neid?« fragte Jean, nahm den Feldstecher und blickte auf meine Möchtegernkollegen hinunter.

»Jawohl«, sagte ich.

»Du wirst dich doch nicht etwa den Feinden der Demokratie anschließen und für einen Bristol 407 die Existenz des westlichen Kapitalismus gefährden, oder?«

»Welche Farbe soll er haben?«

Jean blickte aus dem schmalen hohen Fenster. »Er steigt wieder ein. Sie werden vor Nr. 26 parken.« Sie wandte sich mir zu. »Glaubst du, daß sie von der Sonderabteilung sind?«

»Nein; so große Wagen haben nur die Polypen von der Westend Zentrale.«

Jean legte den Feldstecher weg und goß schweigend Kaffee ein.

Ich sog den Duft ein. »Das ist eine kontinentale Mischung.«

»Die magst du doch, nicht?«

»Manchmal«, sagte ich.

»Was wirst du tun?«

»Ihn trinken.«

»Wegen der Männer.«

»Ich werde herausfinden, wer sie sind.«

»Wie?« fragte Jean.

»Also, ich werde die Dächer entlangkriechen, ein Fenster finden und durch das Haus hinuntergehen. Du ziehst dir inzwischen meinen Mantel an und spazierst vor dem Fenster auf und ab, damit sie glauben, ich sei immer noch hier. In – sagen wir – zwanzig Minuten gehst du hinunter und startest meinen VW. Sie müssen den Bristol aus der Reihe kriegen, wenn sie meinen Wagen erwischen wollen, ehe er verschwindet. Klar?«

»Ja«, sagte Jean, sehr langsam und zweifelnd.

»Bis dahin stehe ich schon in der Haustür von Nummer 29. Wenn sie ihren Wagen anlassen, renne ich vorwärts, bücke mich tief und quetsche eine rohe ungeschälte Kartoffel, die ich aus deinem Gemüsekorb genommen habe, in ihr Auspuffrohr und halte sie dort fest. Es dauert nur einen Augenblick, dann hat sich dort so viel Druck angesammelt, daß der Zylinderkopf mit einem Riesenkrach hochgeht.« Jean kicherte. »Dann stehen sie da mit ihrem teuren, unbrauchbaren Wagen. Um diese Zeit kriegen sie am Taxistand Gloucester Road nie im Leben ein Taxi, und so müssen sie uns bitten, sie in unserem VW mitzunehmen, dessen Heizung inzwischen lang genug gearbeitet hat, so daß es drinnen warm und angenehm ist. Auf dem Weg zu ihrem Ziel frage ich ganz beiläufig: ›Was tut ihr Jungs eigentlich an einem Samstagmittag in dieser verlassenen Gegend?‹ Ein Wort gibt das andere, und bald werde ich rausfinden, für wen sie arbeiten.«

»Die Marine hat dir wirklich nicht gutgetan«, sagte Jean.

Ich wählte die Nummer unserer ›Geist‹-Zentrale, und die Telefonistin meldete sich. Mit einer Hand auf der Sprechmuschel fragte ich Jean: »Wie heißt das Codewort für dieses Wochenende?«

»Schatz.«

»Schatz«, sagte ich zur Telefonistin, und sie verband mich mit dem diensthabenden Beamten des W.O.O.C.(V), ›Tinkle‹ Bell.

»Tinkle«, sagte ich, »Schatz.«

»Ja«, sagte Tinkle. Ich hörte das Klicken des Aufnahmegerätes, das zu laufen begann. »Was gibt's?«

»Ich werde beschattet. Was Neues im Wochenbericht?« Tinkle ging sich den Wochenbericht der Geheimdienstzentrale im Verteidigungsministerium ansehen. Ich hörte seine Riesenschuhe zum Tisch zurückstapfen. »Überhaupt nichts, alter Junge.«

»Tu mir einen Gefallen, Tinkle.«

»Was immer du willst, mein Lieber.«

»Hast du jemanden, der dich vertreten kann, wenn du rasch für mich ins *Storey's Gate* gehst?«

»Natürlich, mit Vergnügen.«

»Danke, Tinkle. Ich würde dich nicht an einem Samstag belästigen, wenn es nicht wichtig wäre.«

»Sicher, das weiß ich ja.«

»Geh in den dritten Stock zu Mrs. Welch und sag ihr, du brauchst eine von den Informationsakten. Irgendeine. Am besten eine, die wir schon haben. Kannst du mir folgen?«

»Nicht ganz, mein Lieber.«

»Verlange eine Akte, die wir schon haben, und sie wird dir sagen, wir hätten sie schon, aber du erklärst, nein das stimmt nicht. Da wird sie dir das Quittungsbuch zeigen. Wenn nicht, schlägst du Krach und verlangst es. Schau dir genau die Übernahmeunterschriften in der rechten Kolonne an. Ich will wissen, wer die Akte 20 W.O.O.C.(V) 287 übernommen hat.«

»Das ist eine von unseren Personalakten«, sagte Tinkle.

»Stimmt; meine«, erklärte ich. »Wenn ich weiß, wer in der letzten Zeit meine Akte in der Hand gehabt hat, gibt mir das einen Hinweis, wer mich möglicherweise beschattet.«

»Sehr schlau.«

»Und dann, Tinkle«, fuhr ich fort, »brauche ich schnell die Namen der Besitzer von zwei Autos, einem schwarzen Anglia und einem Bristol 407.« Ich gab Tinkle die Nummern und ließ ihn sie wiederholen.

»Danke, und ruf mich dann bei Jean wieder an.«

»Wird gemacht.«

Jean goß mir eine dritte Tasse Kaffee ein und zauberte Pfannkuchen mit Sahne und Zucker herbei. »Bist du nicht ein wenig leichtsinnig mit dem Telefonieren?« fragte sie. »Informationsakte und Nummern und all die anderen Einzelheiten.«

Ich sagte: »Wenn jemand zuhört, der nicht vom Bau ist, versteht er gar nichts, und wenn, dann weiß er es bereits von den Brüdern in der Dzerschinskistraße.«

»Während du telefoniert hast, ist der schwarze Anglia gekommen.«

Ich ging zum Fenster. Weiter unten auf der Straße sprachen vier Männer miteinander. Kurz darauf stiegen zwei in den Bristol und fuhren ab, aber der Anglia blieb draußen.

Jean und ich verbrachten einen faulen Samstagnachmittag. Sie wusch sich die Haare, ich bereitete Mengen von Kaffee und las eine alte Nummer des *Observer.* Eben tönte der Fernseher: ›. . . ein Trupp Schwarzfußindianer auf dem Kriegspfad würde keinen Medizinpfeil verwenden, Betsy . . .‹, da läutete das Telefon.

»Es war der Leiter des Marinegeheimdienstes«, rief ich in den Hörer, ehe er noch ansetzen konnte.

»Na hör mal«, sagte Tinkle, »woher weißt du das?«

»Ich dachte mir, der L.M.G. würde sich ziemlich gründlich über einen Zivilisten informieren, der in die Taucherschule eingewiesen wird. Und wie steht's mit den Autonummern?«

»Der Anglia gehört einem gewissen I. H. Butcher und der Bristol einem Kabinettsminister namens Smith. Kennst du sie?«

»Die Namen hab' ich gehört. Vielleicht könntest du mir über beide S-6-Berichte besorgen und sie in den versperrten Einlaufkorb stecken, ja?«

»O. K.«, erklärte Tinkle und hängte ein.

»Was hat er gesagt?« fragte Jean, während sie einen Fingernagel grell orange lackierte.

»Die Wagen gehören einem Kabinettsminister namens Henry Smith und einem kleinen Gauner namens Butcher, der zu herabgesetztem Preis Wirtschaftsspionage nach dem System ›verführte Sekretärin‹ betreibt.«

»Ein reizendes System.«

»Du hast Butcher nicht gesehen. Übrigens ging meine Akte zum Marinegeheimdienst.«

»Butcher«, sagte Jean. »Den Namen kenn' ich.« Sie bemalte den zweiten Nagel. Plötzlich rief sie: »Der Eisschmelzbericht!«

Ihr Gedächtnis war fantastisch. Butcher hatte uns einen alten deutschen Laboratoriumsbericht über eine Maschine verkauft, die mit erstaunlicher Geschwindigkeit Eis zum Schmelzen brachte. »Erinnerst du dich, was in diesem Bericht stand?« fragte ich.

»Ich begriff es nicht ganz, aber es ging darum, die Molekularstruktur von Eis umzugruppieren, so daß es sofort zu Wasser wird. Oder umgekehrt. Die Marine könnte jetzt dafür Interesse haben, vor allem wegen der U-Boote mit Fernlenkgeschossen, die im Polareis operieren.« Sie streckte ihre Hand von sich und betrachtete eingehend ihre orangefarbenen Nägel.

»Ja, Butcher hatte den Bericht. Die Marine wollte ihn haben ... So hängt das zusammen. Ich bin ein Genie.«

»Wieso bist *du* das Genie?«

»Weil ich eine Sekretärin wie dich habe.« Jean warf mir einen Kuß zu.

»Was ist mit diesem Minister Smith?« fragte sie.

»Jemand wird sich seinen Wagen ausgeliehen haben.« Aber dessen war ich nicht sicher. Ich sah Jean an und drückte meine Zigarette aus.

»Meine Nägel sind noch naß«, sagte sie, »du darfst nicht.«

5

Meine zwei Wochen in Portsmouth vergingen rasch, und ich kam mit einem Brevet der Admiralität und einer beginnenden Lungenentzündung zurück. Jean behauptete, es sei bloßes Halskratzen. Montag blieb ich den ganzen Tag im Bett. Der Dienstag war ein kühler, sonniger Septembertag, der den kommenden Winter ankündigte.

Von der Admiralität kam ein Schreiben, das mich ermächtigte, die Taucherausrüstung der Schule zu übernehmen. Die Rechnung lag bei. Mit derselben Post kamen noch eine Rechnung für die Kühlschrankreparatur und eine letzte Aufforderung zur Zahlung der Raten. Ich schnitt mich beim Rasieren ins Kinn und blutete, als ob ich ein Leck hätte. Ich zog ein anderes Hemd an und ging in die Charlotte Street, wo ich Dawlish in stummer Wut vorfand, da er meinetwegen zu spät zur Sitzung der Abteilungschefs des Geheimdienstes kam, die jeden ersten Dienstag im Monat stattfand.

Es war ein gräßlicher Tag, und er hatte noch kaum begonnen. Dawlish ging das ganze Abrakadabra meines neuen Auftrags durch: Funkcodeworte und die Dringlichkeitsstufen meiner Verbindung mit ihm.

»Ich habe sie überredet, Ihnen einen Rang zu geben, der dem eines Ständigen Unterstaatssekretärs entspricht, also enttäuschen Sie sie nicht. Vielleicht ist das nützlich, wenn Sie mit Oberst Macafee vom Marinegeheimdienst oder mit der Gesandtschaft in Lissabon zu tun haben. Sie erinnern sich, daß sie nach der Geschichte im vorigen Jahr sagten, sie würden uns nie wieder einen Rang zugestehen, der über den eines Zweiten Sekretärs hinausgeht.«

»Riesensache«, sagte ich mit einem Blick auf die Papiere vor ihm. »Unterstaatssekretär, und man schickt mich mit einem Nachtflugzeug in der Touristenklasse.«

»Es war kein anderer Platz frei«, behauptete Dawlish. »Seien Sie doch nicht so klassenbewußt. Sie wollen doch nicht, daß man einen unglücklichen Steuerzahler ausbootet; und dann würden Sie auch ganz Gibraltar in Paradeuniform dort haben.«

»Schön, in Ordnung«, sagte ich, »aber Sie brauchen das Ganze trotzdem nicht so verdammt heiter zu nehmen.«

Dawlish wendete das nächste Blatt auf seinem Schreibtisch um. ›Ausrüstung.‹ Aber ehe er weiterlesen konnte, unterbrach ich ihn.

»Noch eine Kleinigkeit: Man hat mir Ausrüstung für etwa zweitausend Pfund persönlich in Rechnung gestellt.«

»Die Abwehr, mein Lieber, hat keine Lust, daß diese karrieresüchtigen Jungs von der Admiralität alle unsere kleinen Geheimnisse erfahren.«

Ich nickte. »Jedenfalls brauche ich Ihre Unterschrift, damit ich mir im Arsenal des Kriegsministeriums eine Pistole abholen kann.« Längeres Schweigen. Dawlish blinzelte mich an.

»Pistole?« fragte er. »Sind Sie von Sinnen?«

»Nein, ich wachse nur in meine zweite Kindheit hinein.«

»Stimmt«, erwiderte Dawlish, »das sind bösartige, lärmende, gefährliche Spielzeuge. Wie käme ich mir vor, wenn Sie sich den Finger im Mechanismus verklemmten oder sonst etwas dergleichen?«

Ich nahm die Flugkarte und das Inventar der Unterwasserausrüstung und marschierte zur Tür.

»West London, 21.40 Uhr«, sagte er. »Sehen Sie zu,

daß Sie den Struttonbericht fertig haben, bevor Sie abfliegen, und . . .« Er nahm seine Brille ab und begann sie sorgfältig zu polieren. »Sie haben Ihre eigene Pistole, von der ich nichts wissen sollte. Seien Sie nett, nehmen Sie sie nicht mit.«

»Keine Gefahr, ich kann mir die Munition nicht leisten.«

Am selben Tag beendete ich meinen Bericht fürs Kabinett über den Struttonplan. Der Plan sah die Erstellung eines neuen Spionagenetzes vor, dessen Informationen in London zusammenlaufen sollten. Alle Agenten sollten Telefon-, Kabel-, Fernschreib- oder Reparaturtechniker sein, die in Gesandtschaften oder in ausländischen Regierungsabteilungen arbeiteten. Man mußte also im Ausland Stellenvermittlungsbüros einrichten, die auf diese Art von Angestellten spezialisiert waren. Abgesehen von einer allgemeinen Erläuterung der Idee hatte mein Bericht die praktische Seite zu behandeln, das heißt Planung, Nachrichtensystem, die notwendigen Vorkehrungen, um im Falle der Entdeckung eines Agenten keinen weiteren auffliegen zu lassen, Briefkästen, also Orte, an denen Nachrichten deponiert werden konnten, ohne daß Hinterleger und Abholer einander trafen, und ein übergeordnetes Kontrollnetz; dazu noch den für den Kabinettsbericht wichtigsten Punkt: einen Kostenvoranschlag.

Jean hatte den Bericht um 20.30 Uhr fertiggetippt. Ich legte ihn in den stählernen Postauslaufkorb, schaltete die infrarote Alarmanlage ein und stellte das Spezialtelefon auf ›Bandaufnahme‹. Nebenan war unsere Telefonzentrale; ›Geist‹ funktionierte in gleicher Weise wie die Regierungszentrale. Wenn jemand irrtümlich eine unserer

Nummern wählte, hörte er etwa anderthalb Minuten lang das ›Besetzt‹-Zeichen, dann erst begann es zu läuten. Der Nachttelefonist prüfte die Identität des Anrufers, dann erst läutete unser Telefon. Das hatte seine Vorteile; ich konnte zum Beispiel über ›Geist‹ von überallher anrufen und mich von irgendwo in der Welt mit der Zentrale in Verbindung setzen, ohne Aufmerksamkeit zu erregen.

Jean legte die Schreibmaschinenbänder ins Schließfach. Wir sagten George, dem Nachtwächter, gute Nacht, und ich steckte meine Flugkarte in die Tasche.

Jean erzählte mir von dem Teppich, den sie für ihre Wohnung gekauft hatte, und versprach mir bei meiner Rückkehr ein gutes Abendessen. Ich sagte ihr, sie solle den Struttonplan nicht O'Brien geben, und schlug ihr zu diesem Zweck drei verschiedene Ausreden vor und versprach, mich in Spanien nach einer grünen Sämischlederjacke, Größe 42, für sie umzusehen.

6

Der Flughafenbus bahnte sich mühsam seinen Weg durch den zähflüssigen Verkehr, während frierende Fahrgäste ihre Fünf-Shilling-Tickets in der Hand hielten und im Flimmerlicht Zeitung zu lesen versuchten.

Auf dem Flugplatz war alles geschlossen und nur zur Hälfte beleuchtet, um an Stromkosten zu sparen, für die wir siebeneinhalb Shilling Flughafengebühr bezahlt hatten. Im Wartesaal spielte eine Blondine mit verschmierter Wimperntusche eine fröhliche Melodie für uns, indem sie mit ihrem Kugelschreiber an die Zähne klopfte.

Dann wurden wir wie Erbsen in die große glänzende Aluminiumschote eingelötet.

Vorn im Flugzeug saß ein dicker Mann in einem Plastikregenmantel. Sein rotes Gesicht kam mir bekannt vor, und ich versuchte mich zu erinnern, wo ich ihn gesehen hatte. Er schimpfte laut über die schlechte Klimaanlage.

Auf dem Flugplatz ringsum blinkten bunte Lichter und Signale im Stil von Paul Klee. In der Kabine hatten die Stärksten ihre Fensterplätze erkämpft, die gewissen Papiersäckchen lagen bereit, und die Kabinentemperatur stand auf ›Rösten‹. Die Starter heulten, die Lichter wurden auf halbe Stärke geschaltet, und die Propeller drehten sich. Die großen Motoren dröhnten und hoben uns in die dunkle Nacht hinauf.

Die automatische Steuerung schaltete sich ein; auf der kleinen Platte vor mir zitterten und tanzten die weißen Plastikschalen und warfen Löffel und Zuckerstücke auf den Boden.

Ich konnte den Hinterkopf des dicken Mannes sehen. Ich dachte an alle, die mit der Eisschmelzakte zu tun gehabt hatten, und fragte mich, ob Dawlish die Passagierliste kontrolliert hatte.

Zweieinhalbtausend Meter. Unter uns die grünen Adern der Straßenbeleuchtung, dann nur noch die schwarze See.

Die dünnen durchweichten Brotdreiecke klebten hilflos auf dem weichen Plastikteller. Ich aß eines. Die Stewardeß goß mir verständnisvoll aus der verbeulten Kanne heißen Kaffee ein.

Ich schlummerte, bis das Fahrgestell aufsetzte und die Kabinenbeleuchtung voll eingeschaltet wurde. Während das Flugzeug rumpelnd zum Stehen kam, ergriffen eifrige Urlauber ihre Strohhüte vom Vorjahr und tasteten sich zum Ausgang vor.

»Gutenachtunddankeschön ... gutenachtunddankeschön ...« Die Stewardeß gab jedem der scheidenden Fluggäste ihren Segen.

Der Dicke drängte sich durch das Flugzeug auf mich zu. »Nummer 24«, sagte er.

»Wie?« fragte ich nervös.

»Sie sind Nummer 24«, erklärte er laut. »Ich merke mir jedes Gesicht.«

»Wer sind Sie?«

Sein Gesicht verzog sich zu einem schüchternen Lächeln. »Sie kennen mich«, schrie er. »Sie sind der Herr in der Wohnung Nummer 24, und ich bin Charlie, der Milchmann.«

»Ach ja«, murmelte ich schwach. Es war der Milchmann mit dem tauben Pferd. »Ich wünsche Ihnen einen schönen Urlaub, Charlie. Wenn Sie zurückkommen, zahle ich meine Schulden.«

»Die Wagen zur Costa del Sol!« tönten die Lautsprecher. Zoll- und Einwanderungsbeamte nickten flüchtig und schläfrig und stempelten ›30 Tage‹ in den Paß.

Ich entdeckte eine vierschrötige, massive britische Gestalt, die sich durch die Costa-del-Sol-Menge herankämpfte. »Willkommen in Gibraltar«, rief Joe MacIntosh, unser Mann in Spanien.

7

Joe MacIntosh fuhr mich zu einer der Unterkünfte an der Europa Road hinter dem Militärhospital, die für die verheirateten Offiziere reserviert waren. Es war 3.45 Uhr früh. Die Straßen waren so gut wie leer.

Wir nahmen einen Drink, und bevor er ging, versprach mir Joe, er werde mir morgen den Sachverhalt erklären. Ich legte mich schlafen.

Wir nahmen das Frühstück in der Messe, und das Wasser war weniger salzig, als ich es in Erinnerung hatte. Joe gab mir einige Einzelheiten bekannt.

»Ich höre von diesem falschen Papiergeld schon seit Jahren; es wird aus dem Meer an Land gespült.«

Ich nickte.

»Ich habe eine kleine Kartenskizze angefertigt.«

Joe öffnete seine Brieftasche und entnahm ihr ein Blatt aus einem Schulheft, auf dem eine zittrige Skizze des südwestlichen Viertels der Iberischen Halbinsel zu sehen war. Die Straße von Gibraltar lag in der rechten unteren Ecke, Lissabon oben links. Längs der Küstenlinie waren kleine Kreuze mit der Kartographenfeder eingezeichnet. Die hundert Kilometer zwischen Sagres am äußersten Südwestende und Faro bildeten eine riesige Bucht. Innerhalb dieser Kurve lagen die meisten von Joes Kreuzchen wie eingeschlossene Luftblasen.

Joe begann mir zu erzählen, welche Anordnungen er getroffen hatte. »Der Ort, der dem Wrack am nächsten liegt, ist Albufeira, hier . . .« Joe hatte sich nicht sehr verändert, seit er 1942 vom Geheimdienstkorps als mein Assistent nach Lissabon gekommen war. ». . . hier ist eine Liste aller Schiffswracks, die zwischen Sagres und Huelva liegen, und . . .« In den Jahren 41 und 42 waren massenhaft junge Geheimdienstoffiziere nach Lissabon gekommen, alle begierig, eine anstrengende Woche damit zu verbringen, die Achsenmächte in die Knie zu zwingen. Meist fielen sie den einfachsten Fallen zum Opfer, die wir ihnen aus Sicherheitsgründen stellten, oder sie begannen Streit mit Deutschen in den Cafés. Wir angelten ihre grünen Jungs und sie unsere, und die alten Routiniers tauschten über die Fingerhutschälchen mit schwarzem Kaffee hinweg ein sardonisches Lächeln mit ihrem feindlichen Gegenstück. ». . . indem wir einen ehemaligen italienischen Kampfschwimmer verwenden, mit dem ich schon gearbeitet habe. Er ist heute vielleicht der beste Schwimmtaucher in Europa. Wenn Sie über Nacht in der Stadt bleiben, werde ich ihn anrufen, damit er Sie aufsucht. Codewort: Unterhaltung. Ich fahre eine andere Route.«

»Joe«, sagte ich. Durch das Fenster konnte ich den Berg Hacho auf dem afrikanischen Festland sehen; der Himmel über den Wassern der Meerenge war klar und sonnig. »Was hat man Ihnen über dieses Unternehmen erzählt?«

Langsam holte Joe ein Paket Zigaretten aus der Tasche, nahm eine und bot mir die anderen an.

»Nein, danke«, sagte ich. Er zündete seine an und steckte die Zündhölzer ein. Seine Hand bewegte sich sehr langsam, aber ich wußte, daß sein Geist blitzschnell arbeitete.

Er sagte: »Sie kennen die Wren mit dem großen . . .«

»Die kenn' ich.«

»Sie ist die Chiffrebeamtin. Neulich plauderte ich mit ihr, da bemerkte ich einen Ordner mit Kopien aller Mitteilungen, die ich in den letzten zwei Monaten nach London geschickt habe. Auf allen stand BXJ. Ich hatte noch nie von einer solchen Dringlichkeitsbezeichnung gehört, also fragte ich sie danach.« Er zog an seiner Zigarette. »Man schickt alle unsere Funksprüche nach London zur Überprüfung.« Joe sah mich zweifelnd an.

»An wen?« fragte ich.

»Sie ist bloß die Beamtin, die Sache geht über den Leiter des Fernmeldedienstes, aber sie . . .« Er brach unvermittelt ab.

»Nur weiter.«

»Sie ist nicht sicher.«

»Und wenn schon.«

»Sie glaubt, es ist für jemanden im Unterhaus bestimmt.«

Ich bestellte noch einmal Kaffee, und die spanische Kellnerin brachte uns eine große Kanne. »Trinken Sie«, sagte ich, »und regen Sie sich ab. Dafür gibt es sicher eine ganz einfache Erklärung.«

Er lächelte mir verlegen zu. »Ich wollte es Ihnen erzählen«, sagte er. »Es klingt nur so unwahrscheinlich.« Wir gingen hinunter zu *Andalusia Cars* und nahmen einen grauen Vauxhall Victor für mich und einen Simca für Joe. Er fuhr nach Albufeira und wollte noch vor abend dort sein. Ich hatte einiges in Gibraltar zu erledigen und wollte die Reise in zwei Etappen machen.

Die Stadt war noch ebenso verwahrlost, wie ich sie aus dem Krieg in Erinnerung hatte. Riesige barackenartige Bars, in denen längst alles Zerbrechliche entfernt oder zerschlagen war. Akkordeonmusik und das Gejohle Betrunkener; rotnackige Militärpolizisten, die feiste Soldaten drangsalierten; dünnlippige Soldatenfrauen, die sich zwischen raffsüchtigen indischen Ladenbesitzern auf dem sonnenbeschienenen Gehsteig herumdrückten. Ein Schiffsarzt hatte mir einmal das Geheimnis verraten, wie man Gibraltar wirklich genießen kann: indem man das Schiff nicht verläßt.

8

Am Ende der Hauptstraße Gibraltars beginnt Spanien. Grenzwachen in grauer Uniform nickten, suchten nach Transistorradios und Uhren, dann nickten sie wieder. Ich fuhr durch 200 Meter Niemandsland und traf auf den zweiten Kontrollposten. Die Straße windet sich durch Algeciras zurück, und wenn man die Bucht überblickt, sieht man Gibraltar wie einen Klumpen alten Käse daliegen; von den Höhen, wo die Affen auf den Flugplatz hinunterstarren, bis zum Süden, wo die Ponta de Europa in die See abfällt.

Hinter Algeciras steigt die Straße an. Links erhebt sich ein Felsen, gezackt wie eine weggeworfene Picknickdose. Die Straße führt wieder abwärts und folgt der Küste nach Norden. Es war drei Uhr nachmittags.

Los Palacios ist ein großes Dorf, das von der Hauptstraße nach Sevilla profitiert und eine Stadt wäre, wenn es sich ein Pflaster leisten könnte. Lange Girlanden mit trüben Lämpchen durchdrangen fischäugig das Dämmerlicht, als ich ankam. Vor einem Café stand ein neuer Seat 1400; so heißen die in Spanien unter Lizenz hergestellten Fiat-Wagen. Der Name EL DESEMBARCO stand in mageren Lettern über dem dunklen Eingang. Ich stieg leicht auf die Bremse. Hinter mir hupte ein großer Diesellaster, während ich die Fahrbahn verließ. Der Laster parkte ebenfalls, und Fahrer und Beifahrer betraten das Café. Ich schloß meinen Wagen ab und folgte ihnen.

In dem großen scheunenartigen Raum saßen etwa dreißig Gäste. An den Wänden hingen Räucherschinken und Flaschen und große Spiegel mit Reklamen in Goldschrift. Eine glänzende Espressomaschine pfiff und spuckte. Auf der mattschwarzen Oberfläche des Schanktisches schrieben die Kellner mit Kreide Rechnungen. Sie schossen zwischen den riesigen Fässern umher und blieben nur stehen, um mit verzweifelter Geste ihre Schürzen auszuwringen und dem Küchenpersonal in schrillem Kellnerspanisch, das durch Rauchwolken und Gespräche drang, klagend Bestellungen zuzuschreien.

Ich raffte mein Spanisch zusammen.

»Deme un vaso de cerveza.« Der Kellner brachte mir eine Flasche Bier, dazu ein Glas und einen kleinen ovalen Teller frischgekochter, herrlich schmeckender Garnelen. Ich fragte nach einem Zimmer. Er nahm seine weiße Schürze ab und hängte sie an einen Haken, dann führte er mich durch die Hintertür. Rechts leuchtete das Küchenfenster, und ich bekam den intensiven Geruch des spanischen Olivenöls in die Nase. Es war beinahe dunkel.

Hinten lag ein sandiger Hof, teilweise mit Bambus überdacht und von rostigen Neonleuchten erhellt. Auf der einen Seite des Hofes führte ein verglaster Korridor zu kleinen, zellenähnlichen Zimmern. Ich wich einem Handwagen und einer Lambretta aus und betrat mein Zimmer. Es enthielt ein Eisenbett mit frischen Betttüchern, einen Tisch und ein Schränkchen für den Nachttopf.

»Veinte y cinco – precios fijos si v. gusta«, sagte der Kellner. Ein fixer Preis von 25 Pesetas schien mir O. K. Ich legte meinen Reisesack nieder, zündete mir eine Zigarette an und ging in die lärmende Gaststube zurück.

Die Kellner servierten Wein, Kaffee, Sherry und Bier, so schnell sie laufen konnten, wobei sie auf einen halben Meter Entfernung das Sodawasser in die Gläser spritzten, die kleinen Teller mit Räucherschinken, Salzkeks oder Garnelen auf die Tische schmissen, mit den Betrunkenen stritten und geschickt die Nüchternen bedienten. Der Lärm scholl gegen das Dach.

Während der Fischsuppe und des nachfolgenden Omeletts wartete ich auf meinen Kontaktmann. Ich frage, wem der neue Wagen draußen gehörte. Dem Wirt. Ich nahm weitere Tio Pepes zu mir und sah dem Lastwagenfahrer, der hinter mir gehupt hatte, bei einem Kartenkunststück zu. Um 10.30 Uhr trat ich auf die Straße hinaus. Auf dem ungepflasterten Boden saßen drei Männer in Overalls und tranken Rotwein aus einer Flasche, zwei barfüßige Kinder warfen Steine auf den großen Diesellaster, und ein paar Männer erörterten bedächtig den Marktwert eines gebrauchten Motorradreifens.

Ich schloß die Tür meines Wagens auf und griff nach der sechsschüssigen hahnlosen 38er Smith & Wesson unter dem Armaturenbrett. Der Griff bestand aus starken Magneten. Ich zog sie aus der Karosserie, wickelte sie in die Wagenpapiere, schloß ab und ging zurück in mein Zimmer.

Auf meinem Reisesack lag immer noch das gebrauchte Zündholz. Bevor ich schlafen ging, öffnete ich den kleinen Schrank und legte meine Pistole unter den Nachttopf.

9

Die Sonne brannte auf den Hof nieder, in dem ich am Donnerstagmorgen frühstückte. Den Brunnen verzierten Geranientöpfe, und rosa Winden kletterten die Bambusdecke entlang. Halb verborgen durch die zum Trocknen aufgehängte Wäsche sah ich ein großes pockennarbiges sonngebleichtes Coca-Cola-Plakat und wie ein Spielzeug in der Ferne den Kirchturm, von dem neun dumpfe Schläge herüberdröhnten.

»Sie sind doch ein Freund von Mr. MacIntosh, ja?«

Vor mir stand ein vierschrötiger, muskulöser Mann, etwa einsfünfundsechzig groß. Er hatte einen breiten Kopf, dunkles, gewelltes Haar, und sein Gesicht war so braungebrannt, daß sein Lächeln noch weißer wirkte. Er hielt die Arme vor dem Körper und zupfte ständig an seinen Manschetten.

»Ich habe eine Botschaft für Sie; Ihr Freund wollte, daß ich sie persönlich überbringe.«

Er sprach in einem seltsam abgehackten Rhythmus und senkte die Stimme am Ende des Satzes nicht, so daß man unwillkürlich noch auf ein paar nachfolgende Worte wartete. »Unterhalt«, sagte er. Ich wußte, daß das tatsächliche Codewort ›Unterhaltung‹ lautete.

Er griff in die Innentasche seiner Nadelstreifjacke, zog eine Lederbrieftasche von der Stärke einer Rasierklinge hervor und entnahm ihr eine Geschäftskarte. Er steckte die Brieftasche wieder ein, zog sein dunkles Hemd zurecht und strich langsam mit den Fingern über seine Silberkrawatte. Seine Hände waren kurzfingrig, kräftig und merkwürdig hell. Er reichte mir die Karte. Ich las sie.

S. Giorgio Olivettini
Unterwassertechniker
Mailand Venedig

Ich schwenkte die Karte ein paarmal, und er nahm neben mir Platz.

»Haben Sie schon gefrühstückt?«

»Besten Dank, ich hatte schon mein Frühstück; Sie gestatten?«

Señor Olivettini hatte ein kleines Päckchen Zigarren hervorgeholt. Ich nickte und schüttelte in entsprechenden Abständen den Kopf, er zündete eine an und steckte die übrigen in die Tasche. »Unterhaltung«, sagte er plötzlich und lächelte strahlend. Offenbar war er mein Fahrgast nach Albufeira.

Ich ging in mein Zimmer, steckte die Pistole in die Hosentasche, nahm meinen Reisesack und bezahlte die Rechnung. Señor Olivettini wartete neben dem Victor.

Schweigend fuhren wir etwa 30 Kilometer. Señor Olivettini rauchte und feilte und polierte zufrieden seine Nägel.

Die Pistole war unter meinen Oberschenkel geglitten. Es war unbequem, darauf zu sitzen. Ich verlangsamte das Tempo.

»Sie wollen anhalten?«

»Ja, ich sitze auf meiner Pistole«, sagte ich.

Señor Olivettini lächelte höflich. »Ich weiß.«

Das war also Giorgio Olivettini, der Mann, der während des Krieges Gibraltar in Panik versetzt hatte, indem er als italienischer Kampfschwimmer von einem geheimen Stützpunkt aus in der Bucht von Algeciras operierte.

»Wir sollen also Ladung aus einem U-Boot holen, wie?« fragte er.

»Kein U-Boot«, korrigierte ich freundlich.

»O doch«, meinte Giorgio überzeugt. »Mr. MacIntosh schickte mir Echogramme des Wracks. Es ist ein U-Boot.«

»Sind Sie sicher?«

»Das MS 29 ist ein erstklassiger Echograph. Hab' schon früher damit gearbeitet. Ich sage Ihnen, ein großes U-Boot. Sie werden sehen.«

Ich hoffte sehr, allmählich klarer zu sehen. Ich mache einen Schwimmtaucher-Lehrgang, dann schickt man mich aus, um gefälschtes Alliiertengeld zu bergen, das die Deutschen während des Krieges hergestellt haben. Ich soll es portugiesischen Revolutionären übergeben, damit sie einen Putsch aufziehen können. Soweit schien die Sache beinahe unkompliziert; warum aber war ich von dem Anglia und dem Bristol verfolgt worden? Hatte das einen ernsten Grund, oder wollte man mich bloß ins Bockshorn jagen?

Wieso war dieser Henry Smith, ein Kabinettsmitglied, in die Geschichte verwickelt? War er es tatsächlich? Betätigt sich dieser Butcher, von dem ich weiß, daß er vor zwei Jahren für Smith gearbeitet hat, auch heute noch für ihn? Hat es etwas mit dieser Akte über das Eisschmelzverfahren zu tun, die Butcher meiner Abteilung verkauft hat?

»Ja«, sagte ich, »ich werde sehen.«

Der Guadinafluß bildet die Grenze zwischen Spanien und Portugal. An seinem spanischen Ufer breitet sich die kleine weiße Stadt Ayamonte aus.

Ich ließ den Wagen in eine mit Kopfsteinen gepflasterte Seitenstraße rollen, bis der träge fließende Fluß vor uns lag, und fuhr dann den Kai entlang. Señor Olivettini zog einen Paß der Vereinten Nationen hervor, und wir gingen beide in das alte, ausgediente Gebäude der Grenzwache. Unsere Pässe wurden besichtigt und gestempelt. An der Wand hing das Porträt eines Offiziers mit dunklem Hemd. Es trug eine Unterschrift mit großem Schnörkel und war ein Jahr vor Ausbruch des Bürgerkrieges datiert. Ein Mann sah ins Wageninnere, und ich sorgte mich wegen der Pistole. Ein Zwischenfall dieser Art würde Dawlish außer sich geraten lassen. Der Wachtposten sagte etwas zu Giorgio, der rasch ein paar spanische Worte erwiderte. Das spröde Gesicht des Postens verzog sich zu einem Lachen. Als ich zum Wagen kam, inhalierte er bereits eine von Giorgios Zigarren.

Ich fuhr die Hafenböschung hinunter zu einem klapprigen Kahn. Das Gewicht des Wagens spannte die Seile an dem handgefertigten Belegpoller, und der Kahn senkte sich unter der Last. Dann glitt er mühsam über das öliggraue Wasser. Am portugiesischen Ufer wollte mindestens ein Dutzend Leute helfen, den Wagen an Land zu schaffen. Ich ließ Giorgio aussteigen, damit er sich vergewisserte, ob die schmalen Planken richtig unter den Rädern lagen. Ich hatte wenig Lust, den portugiesischen Ausdruck für ›daneben‹ zu lernen. Ich kuppelte ein und trat aufs Gas. Der Wagen machte einen Satz vorwärts und raste die steile gewellte Rampe hinauf. Ich wartete auf Giorgio. Er kam heran und schnipste imaginäre Staubteilchen von seiner tadellosen Hose. Er sah durchs Wagenfenster, seine Hände drehten nervös an seinen goldenen Ringen. Mit einem flüchtigen Lächeln griff er seine kleine neue Aktentasche, die er unter den Arm geklemmt hatte, und legte sie in den Wagen. Ich hatte nicht bemerkt, daß er sie herausgenommen hatte.

»Wertvoll«, bemerkte er.

Portugal ist ein halbtropisches Land; gepflegt, sorgfältig vermessen und bebaut. Anders als Spanien, wo alle paar Meter Zivilgardisten ihre gut geölten automatischen Gewehre schwenken. Es ist ein schlau regiertes Land; von Salazar ist nichts zu sehen, weder auf Anschlägen noch auf Briefmarken.

»Wie steht's mit der Ausrüstung?« fragte ich. »Glauben Sie, in 40 Meter arbeiten zu können?«

»Zu Frage eins: Mr. MacIntosh bringt sie mir mit; zu Frage zwei: jawohl, ich kann in 40 Meter Tiefe arbeiten. Ich werde Preßluft verwenden, das ist einfach. Ich bin ein großer Spezialist in Unterwasserarbeiten. Ich könnte sogar auf 60 Meter und tiefer gehen.«

Albufeira ist terrassenförmig angelegt. Die Straßen steigen steil an, und auf der Höhe kleben die Häuser an dreißig Meter hohen Felsen.

Praca Miguel Mombarda Nr. 12 ist eines der wenigen Häuser, die über eine Privattreppe zur Küste hinunter verfügen. Von dem großen Patio an der Hinterseite des Hauses kann man 200 Meter weit nach Westen sehen und in der anderen Richtung vielleicht drei Kilometer weit nach Kap Santa Maria, wo nachts der Leuchtturm blinkt. Als ich den Wagen unter dem Baum parkte, erschien MacIntosh in der Haustür. Die Kirchenglocke schlug neun Uhr. Es war Donnerstag abend.

Die Nachtluft preßte ihre feuchten Nüstern gegen die Fensterscheibe. Meeressand und Wasser vermischten sich in endlosem Wechsel, und irgendwo in der Tiefe lag das gesunkene Wrack, das uns hergeführt hatte.

11

Am Freitagmorgen kam ein alter schwarzer Citroën von der Gesandtschaft in Lissabon. Er wurde von einem blonden Jungen gefahren, der knielange Shorts und ein Aertexhemd trug. Er klopfte an die Tür. Ich öffnete.

»Oberleutnant Clive Singleton, Zweiter Marineattaché, britische Botschaft Lissabon.«

»O. K.«, sagte ich, »unnötig, ein Megaphon zu verwenden, ich bin kaum einen halben Meter von Ihnen entfernt. Was gibt's denn?«

»Meine Nachricht ist für Ihren Kommandanten bestimmt.«

»Ich werd' Ihnen was verraten, Errol Flynn, ich bin mein eigener Kommandant. Jetzt lüften Sie Ihren Anker und hauen Sie ab.« Ich wollte die Tür schließen.

»Hören Sie, Sir, eine Sekunde«, rief er durch den Spalt. Die blauen Augen waren ganz verschreckt. »Es handelt sich um das . . .« Er hielt inne und zischte das Wort »U-Boot«. Die Tür war jetzt schon fast zu. Mit einer letzten Anstrengung preßte er hervor: »Sie müssen das Logbuch herausholen.«

»Kommen Sie herein.«

Ich ließ ihn in das fliesenbelegte Vorhaus. Durch die doppelten Spitzenvorhänge drang genügend Licht herein, daß ich ihn mir genauer ansehen konnte. Etwa 26, schlanke, drahtige Gestalt, einsachtzig groß, Ledersandalen, blaue Socken, schwarze Aktentasche mit Wappen. Das klassische Goldsöhnchen, frisch von der Schule.

»O. K., da sind Sie also – wie lautet Ihre Botschaft?«

Er sprach sehr schnell. »Ich soll mit Ihnen arbeiten, Sir, aufgrund meiner Erfahrung als Sporttaucher. Ich habe meine Ausrüstung im Wagen . . .«

»Ich sehe sie«, sagte ich. Im Wagen saß eine junge Blondine.

»Ja, Sir.« Er fuhr sich mit der Hand durchs Haar und lächelte nervös. »Charlotte Lucas-Mountford – Admiral Lucas-Mountfords Tochter.« Ich schwieg. »London sagte uns, wir sollten jemanden mit Taucherfahrung herschicken und jemanden zur Führung des Haushalts. Charlotte spricht fließend Portugiesisch, und ich . . .«

Ich schloß die Tür und warf ihm einen Blick zu, der ihn veranlaßte strammzustehen. Ich ließ mir beim Anzünden der Zigarette Zeit und bot ihm keine an.

»Setzen Sie sich, mein Sohn«, sagte ich, »und entstauben Sie Ihr Hirn. Sie meinen, Sie sind auf einer prima Vergnügungstour, nicht wahr?«

»Ich bin ausgebildeter Freitaucher, Sir, Marinebrevet. Sie brauchen für diesen Auftrag einen Unterwasserfachmann.«

»So, so. Wirklich? Nun, ich weiß nicht, was Sie Fachmann nennen, aber der Mann, den wir engagiert haben, war fast vier Jahre als italienischer Kampfschwimmer tätig. Er hat einmal eine ganze Nacht lang in völliger Dunkelheit auf dem Grund des Hafens von Gibraltar verbracht und ein Zeitzündgerät repariert, während die Marine alle Tiefenbomben, die sie finden konnte, ins Wasser warf. Sie hörten erst am Morgen auf, weil sie sich ausgerechnet hatten, daß dort unten niemand mehr am Leben sein konnte. Er schwamm zur Nordmole, brachte an einem Tanker eine schwere Sprengladung an und schwamm zurück nach Algeciras. Das tat er vor zwanzig Jahren, als Sie noch eine Mickymaus-Gasmaske trugen und Ihre Lebensmittelmarken für eine Tafel Schokolade sparten. Wenn Sie hier mit uns arbeiten wollen, dann gibt es keine Halbheiten und keine Damen, und Sie werden wesentlich mehr auf Draht sein müssen als bisher. Warum, glauben Sie wohl, hat London diese Mitteilung verschlüsselt an die Botschaft geschickt? Warum konnte mir Lissabon kein Telegramm senden? Man hat sie Ihnen anvertraut, weil man sicher sein wollte, daß sie nicht aufgefangen würde; aber sobald ich nur mit der Wimper zucke, schreien Sie sie über alle Dächer.« Ich winkte seine Erklärungen ab. »Gehen Sie, holen Sie Ihre Ausrüstung«, sagte ich.

Giorgio machte ein paar ruhige Bemerkungen über Clives hellgrüne Tauchausrüstung, aber im ganzen war sie zünftiger, als ich gefürchtet hatte. Was Charlotte betrifft, so hatte ich sie noch nie gesehen, aber wenn man sie einmal gesehen hatte, konnte man einige Dinge an ihr nicht vergessen. Sie begann auf eine Art in der Küche zu werken, die mich überraschte. Sie waren beide verzweifelt darauf erpicht, ihre Tüchtigkeit zu beweisen.

Nach dem Frühstück setzten wir uns zusammen. Joe breitete die leinenen Admiralitätskarten auf dem Tisch aus und zeigte uns, wo das U-Boot lag. Die Echogramme waren Streifen von elektrolytischem Papier, etwa 20 cm breit. Unten lief über jedes ein ungleichmäßig breites schwarzes Band, der Meeresboden, und darüber, getrennt durch einen halben Zentimeter Weiß, ein schmales ungleichmäßiges schwarzes Band, Fische oder Gegenstände, die auf dem Meeresboden lagen. Auf einem der Echogramme ließ sich ein Umriß erkennen. Ich war bereit, einem Fachmann zu glauben, es sei der eines U-Boots.

Laut Singleton lag dem Marinegeheimdienst sehr viel daran, das Logbuch des U-Bootes zu bekommen, da es ein Typ war, über dessen Einsätze man wenig Informationen besaß. Ich fragte Giorgio und Joe, wie die Chancen stünden.

Joe meinte: »Wenn das Logbuch nicht vorher über Bord geworfen wurde, ist es leicht.«

»Wissen Sie, wo man das Logbuch finden kann? Soll ich in London diesbezüglich anfragen?«

Giorgio sagte: »Das wird nicht nötig sein. Ich habe einige Erfahrung, was das Leben an Bord eines deutschen U-Bootes anbelangt.« Wir tauschten ein dünnes Grinsen.

»Und wenn man es über Bord geworfen hat?«

»In diesem Fall ist erstens entscheidend«, Giorgio schlug auf seinen Zeigefinger, »wie weit das Boot nachher noch gefahren ist, zweitens, ob der Kelvin-Hughes-Echograph einen so kleinen, flachen Gegenstand, der wahrscheinlich in den Schlick eingesunken ist, registrieren kann, und drittens«, der Goldring an seinem Finger glänzte in der hellen Sonne, »ob das Boot durch die Tiefenströmung, die ich für beträchtlich halte, stark abgetrieben wurde.«

Danach befragte Giorgio Joe über die Gezeitenbewegung an der Oberfläche, die Stillwasserzeiten und deren Dauer, und sie besprachen den unter diesen Umständen günstigsten Stundenplan für das Tauchen.

Es hatte keinen Sinn, das Boot so spät am Tage noch hinauszufahren. Ich sagte, heute nachmittag sollten sich alle ausruhen, abends würden wir noch eine Besprechung abhalten und mit der morgendlichen Flut eine Erkundungsfahrt antreten.

Dawlish hatte klug erkannt, daß man jemanden, der sich vor einer Sache drücken will, am sichersten daran hindert, indem man ihm die Verantwortung aufhalst.

Die Wellen spülten an diesem Freitagnachmittag träge an den Strand. Charlotte war mit ihrem weißen Badeanzug nur spärlich bedeckt und klatschte Giorgio begeistert Beifall, der auf seinen Händen umherspazierte, während Singleton wie ein Seehund im Wasser tollte. Ich sagte Giorgio, er solle mit Singleton hinausschwimmen und mir erzählen, wie es um seine Ausdauer stünde.

»Schwimmen Sie 250 Meter weit und kommen Sie wieder zurück. Jagen Sie ihn nicht, aber lassen Sie ihn merken, daß Sie ihn beobachten.«

»Verstanden«, sagte Giorgio und ging auf Singleton zu.

Ich sah sie über den weichen nassen Sand laufen. Ihre Spuren formten riesige Arabesken. Joe sprach über den Echographen.

»Ich habe das Gerät vor fast vier Wochen ausprobiert, als wir zum erstenmal von diesem Auftrag hörten; seither verwenden wir es zum Fischen. Es ist großartig, und einige Fischer sprechen davon, sich selbst eines zu kaufen.«

»Wäre es dann nicht möglich, daß sie uns folgen, um die Fischzüge zu orten?«

»Nein, gestern habe ich den Echographen abgeschaltet und dem Alten aufgetragen zu erzählen, das Gerät sei nicht in Ordnung.« Er hielt inne und versuchte einen Satz zu formulieren, der nicht unverschämt klang. »Warum führt London dieses Unternehmen nicht offiziell durch – unter Mitwirkung der Behörden hier?«

»Die Sache stinkt, Joe. Um die Wahrheit zu sagen, ich habe das Gefühl, wir sitzen wie die Ziegen in der Tigerfalle. Da ist der Auftrag bezüglich des Logbuchs. Er klingt nicht echt. Nur noch die Historische Abteilung interessiert sich für deutsche U-Boote. Was geht das uns an?« Ich erzählte Joe von Henry Smith und Butcher. »Und was ist mit diesem Giorgio?« schloß ich. »Warum mußte er mich in diesem komischen Los Palacios treffen?«

»Er war gerade mit Revisionsarbeiten in einem Gasometer in Sevilla beschäftigt.«

»Wo ist sein Preßluftgerät?«

»Eines läßt er dort; er steht unter Vertrag. Er ist in Ordnung; wir haben ihn gründlich unter die Lupe genommen. Dagegen wohnt hier im Dorf ein Amerikaner, bei dem ich mir gar nicht sicher bin . . .«

Eben kamen Giorgio und Singleton aus dem Wasser. Giorgio war dunkelbraun gebrannt und bewegte sich, als käme er eben aus der Dusche. Singleton schnappte heftig nach Luft und strich sich mit der Hand durch sein langes blondes Haar. Sie schlenderten langsam auf Joe und mich zu und warteten auf Lob.

»Wie fühlen Sie sich, Singleton?« fragte ich.

Seine weiße Brust wogte. »O. K., Sir . . . ganz erstklassig, Sir.«

»Dann möchte ich, daß Sie jetzt halb so weit hinausschwimmen – aber unter Wasser hin und zurück. Kommen Sie nur an die Oberfläche, wenn Sie Luft brauchen. Falls Sie Schwierigkeiten haben, sagen Sie es sofort Giorgio. Ich brauche keine toten Helden, mir sind lebendige Feiglinge lieber. Sie, Giorgio, bleiben dicht bei ihm.«

Beide nickten. »Joe und ich gehen hinauf, um zu zählen, wie oft Sie hochkommen. Und noch etwas, Singleton, Sie sind nicht beim Appell, bemühen Sie sich, auszusehen wie ein englischer Tourist . . . also kläglich!«

»Sind Sie nicht ein wenig hart mit Singleton?« fragte Joe. Wir stiegen die Stufen zum Patio hinauf.

»Möglich«, sagte ich. »Er erinnert mich an Leute, die auf Partys in Chelsea ›Ich hab' 'n Loch in der Pütz‹ zur Gitarre singen.«

Wir gingen schweigend weiter, dann sagte Joe: »Vielleicht machen Sie sich unnötige Sorgen, Sir, und alles geht leicht und einfach.«

Dieser Meinung war ich nicht.

12

Die nächste große grüne Atlantikwelle zog das Holzboot durch die Brandung hinaus. Der alte Fischer benutzte die Riemen, um es in rechtem Winkel zum Strand zu halten. Joe riß an der Startleine des Außenbordmotors. Wieder schleuderte uns eine Welle hoch und zögerte, uns auf den Sand zurückzuwerfen. Ich saß oben im Bug, und Joe war tief unter mir in dem steilaufragenden Boot. Der Motor spuckte, das Wasser schäumte unterm Heck, und wir fuhren hinaus in den Atlantik.

Der Fischer war ein Mann von Achtzig mit einem Gesicht wie eine Walnuß. Er zeigte seine braunen Zähne, als ich ihm half, die Riemen einzuziehen. Dann schaltete er den Echographen ein. Giorgio und Singleton zogen Plastiksäcke aus den großen Picknickkörben, nahmen die Tauchanzüge heraus und begannen sie überzuziehen. Wir knatterten westwärts.

Gleich einem grünen Kleid mit gekräuselten Unterröcken schlug die See gegen die gelben Klippen. Die gefährlichsten sind jene, die völlig von Wasser bedeckt sind. Ich beobachtete den Echographen. Klickend zeichnete er Kurven auf Papierstreifen, entwarf ein Bild des Meeresbodens. Giorgio rauchte eine seiner Zigarren. Der Alte rauchte auch eine, lächelte und zupfte an seinem Ohrläppchen – eine Geste der Zufriedenheit. Er steuerte das Boot, indem er sich nach dem zackigen Gipfel des Penha de Alte im Norden und dem Kap Santa Maria im Osten richtete.

Joe beobachtete die kratzende Registriernadel und den Kompaß. Er schrie Giorgio etwas zu, der zuckte mit den Achseln. Wir machten eine Wendung um 180 Grad.

»Ich fürchte, wir sind schon vorbei«, sagte Joe. »Wir kehren um.« Dann hörte er, wie der Echograph den Ton änderte, und der rostige mehrarmige Anker – ein großer Luxus in einer Gegend, wo die meisten Boote einen Betonklotz verwenden – klatschte über Bord. Giorgio schnallte die Preßluftflaschen des Tauchgeräts auf den Rücken. Ich klopfte ihm auf den Arm; die Muskeln unter dem Tauchanzug waren hart wie Stahl. Die Talkflecken auf seinem vor dem Verpacken sorgfältig eingepuderten Anzug betonten noch sein abenteuerliches Aussehen.

»Beim Abtauchen kontrollieren Sie bitte zuerst, ob der Anker hält.«

Giorgio nickte, und ich fuhr fort: »Singleton steht unter Ihrem persönlichen Befehl; er taucht nur, wenn Sie es wünschen.«

»Der Junge ist in Ordnung, ehrlich, ganz in Ordnung«, behauptete Giorgio. Er reichte dem Alten seine halbgerauchte Zigarre, an der dieser begeistert weiterpaffte.

Dann setzte er seine ovale Tauchmaske auf, zog die mächtigen Gummiflossen über die Füße und schwang ein Bein über Bord. Der Atlantik ist im Oktober trotz des Sonnenscheins kalt. Giorgio zog hinter der Maske ein Gesicht und wischte sich den Talkfleck vom Arm. Dann ließ er sich sanft hinabgleiten. Das Wasser wogte über seine Schultern, er stieß von der fahlblauen Bootswand ab und warf die schwarzen Beine hoch, um abzutauchen.

Seine scharfe Silhouette löste sich in ein Dutzend tanzender schwarzer Flecken auf, und ein Schwarm silberner Luftblasen stieg an die Oberfläche. Er war verschwunden.

Der Alte stellte den Motor ab. Es wurde still, und man hörte das Murmeln des Meeres. Den Launen des Ozeans überlassen, wurde das kleine Boot von einer Welle zur anderen geschaukelt. Waren wir auf dem Wellenberg, so konnte ich am Horizont einen großen Tanker ausmachen, der riesige Rauchwolken ausstieß. Singleton versuchte eine Zigarette anzuzünden, aber Wind und Bewegung vereitelten es, bis er das weiße Ding fortschnellte, das im Bogen über das Wasser wirbelte. Der Alte sah wortlos und ungläubig der Vergeudung zu. Er blickte zu den Austernbänken hinüber; dreimal hatte er Giorgio gebeten, er solle sie für ihn absuchen. Ich sah, wie er Singleton mit einem Blick abschätzte, zweifelnd, ob er ihn diesbezüglich angehen sollte.

Ich rief Joe zu mir. »Falls Giorgio etwas Annehmbares herausfindet, geben wir London heute abend den Funkspruch ›Kontakt bewerkstelligt‹ durch. Das ist doch möglich?«

Joe war heute nicht sehr munter. Er sagte: »Ich bin mit unseren Verbindungen nicht zufrieden.«

»Der Apparat ist doch in Ordnung?«

»Ja. Ich bekomme Gibraltar ganz leicht, aber es ist die Verspätung zwischen Gibraltar und London. Gestern abend zum Beispiel verlangte ich Ihrem Wunsch gemäß, man solle Singleton und das Mädchen kontrollieren, aber heute früh entschlüsselten sie immer noch die Antwort. Es machte nichts aus, da es über Wasser ging, aber ...«

»Sie haben recht, Joe. Nächstesmal hören Sie auf zu senden.«

»Vielleicht wäre es besser, über die Botschaft in Lissabon zu arbeiten, denn Gibraltar läßt uns wahrscheinlich bis zum Ende der Liste warten.«

»Tun Sie's nicht. Zwischen Lissabon und hier gibt es zu viele offene Ohren; Polizei, Armee. Es wäre dumm, sich wegen dieser blödsinnigen Kleinigkeit schnappen zu lassen. Arbeiten Sie weiter über Gibraltar, und wir werden in London Stunk machen, wenn es Schwierigkeiten gibt. Senden Sie heute abend ›eine Tasse Kaffee, 9.40, gelb‹ mit Dringlichkeit TA 8.«

Joe zog die Augenbrauen hoch. »Ich werde damit schon um sieben beginnen ...«

Dann rief der Alte *»pronto, pronto«*, und ich sah das Ankertau auf und ab rucken und schwarze Muster in den Wellen, die sich zu Giorgios Gestalt zusammenfügten. Er löste eine große Taucherlampe von seinem Handgelenk und reichte sie uns, zog unter Wasser seine dunkelgrünen Flossen aus und warf sie ins Boot, wo sie klatschend landeten. Dann packte er mit seinen weißen, aufgeweichten Händen den Bootsrand und hob sich mit einem kräftigen Ruck aus den Wellen. Joe hielt die Thermosflasche mit heißem Tee bereit, Giorgio leerte den Becher in einem Zug und hielt ihn zum Nachfüllen hin. Nachdem er auch den zweiten ausgetrunken hatte, nahm er ein Antiseptikum aus dem Korb und goß es über seine geschwollenen Hände. Aus einem üblen Schnitt an seiner Linken blutete es, und er trampelte vor Schmerz auf dem Boden des Bootes herum.

Schließlich zog er den Tauchanzug aus und rieb sich mit Kampferöl und einem rauhen Handtuch ab. Bedächtig zog er mit Hilfe eines Taschenspiegels seinen Scheitel und legte seine sorgfältig gebügelte blaue Baumwollhose, ein weißes Hemd und einen schwarzen Kaschmirpullover an. Dann wandte er sich mir zu und sagte: »Es ist nicht besonders schwierig.« Er meinte, es sei nicht notwendig, daß Singleton tauchte. Der Alte warf den Motor an, hievte den Anker, und wir begannen uns zu fragen, was Charlotte zu Mittag vorbereitet haben würde.

Nach dem Essen skizzierte uns Giorgio die Position und den Zustand des U-Bootes.

»Das hier ist ein Graben mit felsigen Wänden. Hier drückt eine Strömung den Schiffskörper dagegen . . . so; ich schätze sie auf fünf Knoten.« Er zeichnete erklärende Pfeile aufs Papier.

»Es ist ein U-Boot vom Typ XXI«, fuhr er fort. »Glücklicherweise kenne ich es aus Plänen. Es ist rund achtzig Meter lang und sieben Meter breit. Also ein großes Boot. Aber das alles« – Giorgio zog einen Strich und wies auf die untere Hälfte – »ist voll mit Akkumulatoren. Der Raum unter dem Kommandoturm muß die Zentrale sein. Darunter Vorratsraum und Reglertanks. Achtern Messe und Kombüse, dann Elektromotoren und Turbinen. Vor der Zentrale die Unterkunftsräume für die Besatzung: etwa sechzig Mann waren auf solch einem Boot. Bis zu diesem Schott reicht der Akkumulatorenraum. Die nächste Abteilung nutzt die volle Tiefe des Rumpfes und ist sehr groß. Das ist der Torpedoraum.

Aufpassen, wenn Sie durch dieses Schott kommen – man fällt tief hinunter auf den Boden. Hier steckt alles voll mit geladenen Torpedos, und da, im hinteren Teil des Torpedoraums, ist ein großes Leck im Rumpf. Sechs Ausstoßrohre, je drei beiderseits vom Bug. Alle Kappen geschlossen.«

Ich bemerkte, daß die Wunde auf Giorgios Handrükken wieder blutete.

»Das Boot liegt leicht geneigt; diese Abteilung ist vollkommen zerstört. Die Turbinen haben den Druckkörper durchschlagen und liegen zusammen mit dem zerbrochenen Tiefenruder in dieser Felsspalte. Ein Glück, daß uns der Maschinenraum nicht interessiert. Die hintere Abteilung ist völlig aufgerissen und enthält Leichen in fortgeschrittenem Verwesungszustand. Der Rumpf ist hier sehr scharfkantig und wegen der Toten bakteriologisch sehr gefährlich. Wenn man hier taucht, muß man auch den kleinsten Schnitt sofort behandeln.

Die Zentrale kann in zwanzig Tauchstunden durchsucht werden, wenn der Boden nicht zerstört ist. Es wäre möglich, daß er in einer Weise eingestürzt ist, die das Suchen darunter ohne Hebeapparatur unmöglich macht. Es könnte auch sein, daß der Schiffskörper auf dem Meeresboden weitergerollt worden ist; durch Wasserbewegungen, die dieser Einsturz ausgelöst hat. Das wäre aber eine äußerst pessimistische Annahme. Morgen werde ich, wenn das Wetter günstig bleibt, in den Druckkörper eindringen.«

13

Im Flughafengebäude West-London gibt es elektrische Rasierapparate mit Münzeinwurf. Ich hatte Zeit zum Rasieren, ehe mich Jean in Dawlishs altem Riley abholte. Es war 9.39 Uhr morgens.

»Was kannst du bloß für Dawlish getan haben, daß er dir Englands Antwort auf den Schrei nach dem Raumschiff der Zukunft leiht?«

»Er hat gestern früh die Stoßstange meines Mini-Minor abgerissen. Erwähne es bitte nicht – er ist immer noch sehr empfindlich.«

»Was du nicht sagst.«

»Nur die Ruhe«, meinte sie, überholte einen Postlaster, drängte sich an einem entgegenkommenden Bus vorbei in die Kolonne, schaltete das Radio ein und zündete eine Zigarette an. »Wie steht's in Portugal?« Sie warf mir einen Blick zu. »Du wirkst genauso angespannt wie vor deiner Abreise.«

»Bevor ich in diesen Wagen stieg, fühlte ich mich tadellos; jedenfalls bin ich seit drei Uhr früh auf«, erklärte ich. Der Regen prasselte gegen die Fenster. Wir hielten beim *Admirality Arch.*

»Die Admiralitätsbibliothek«, sagte Jean. »Spätestens um 15.45 Uhr mußt du von hier fort, wenn du den Flug BE 072 nach Lissabon heute nachmittag nicht verpassen willst.«

Das Mädchen in der Bibliothek las den *Daily Express* mit der Schlagzeile ›Tournee durch das Commonwealth für Tony?‹.

»Entsinnen Sie sich noch an das Material, das ich voriges Jahr für das Waffenkoordinationskomitee durchgeackert habe?«

»Ja, Sir«, sagte sie und verstaute den *Daily Express* unter einem rosa Pullover und einer Flasche Handlotion in einem Geheimfach ihres Pults.

»Ich brauche einiges davon noch mal«, sagte ich. Der Raum roch nach feuchter Kleidung. »Ich suche Einzelheiten über eine wissenschaftliche Erfindung eines hohen Offiziers oder vielleicht eines Wissenschaftlers, der im März oder April 1945 Deutschland verlassen hat. Ich möchte auch die Berichte über versenkte U-Boote aus dieser Zeit einsehen.« Es gab eine Menge zu tun, bevor ich das Flugzeug nach Lissabon nehmen konnte.

14

Giorgio arbeitete genau nach Plan. Er begann die Durchsuchung der Zentrale. Der Druckkörper war arg versandet, und Giorgio glaubte, es würde nicht genügen, auf gut Glück herumzusuchen. Also begann er backbords, am Zentralschott. Ich hatte ihm gesagt, er solle nach jeder Art Geld suchen, nach Dokumenten, dem Logbuch oder den Metallkassetten, in denen die Schiffspapiere aufbewahrt wurden.

Nach wenigen Tagen hatten wir Routine. Gegen 7.30 Uhr standen wir auf, sahen die Sonne aufgehen und nahmen das Frühstück ein. Dann fuhren wir mit dem Boot hinaus, und Giorgio tauchte 25 Minuten lang. Singleton ging anschließend ebenfalls für 25 Minuten hinunter, dann machte Giorgio noch ungefähr 15. Danach war der Schlamm so stark aufgewühlt, daß der Lichtstrahl der Taucherlampen das Wasser nicht mehr durchdrang. Gegen 12 Uhr fuhren wir zurück zum Mittagessen. Inzwischen war Charlotte auf dem Markt gewesen, hatte das Haus in Ordnung gebracht und das Essen gekocht.

Singleton hatte sich danach gedrängt, nachmittags nochmals zu tauchen; aber ich fand, das sähe zu auffällig aus, und Giorgio erklärte außerdem, es würde die Gesamttauchzeit innerhalb von jeweils 12 Stunden so erhöhen, daß zu lange Austauschpausen nötig würden, um die Caissonkrankheit zu vermeiden. Daher nahmen alle auf Befehl nachmittags Sonnenbäder am Strand. Aber am nächsten Samstag umflogen Wolken die Sonne wie Motten eine Kerze, und sobald die Sonne verdeckt war, wurde es schneidend kalt. Charlotte wollte gerade ins Haus gehen und Tee machen, da sah ich jemanden über den Strand auf uns zukommen. Der Mann war muskulös, vielleicht ein wenig übergewichtig. Sein schwarzes Haar trug er kurzgeschoren, und auf seiner Brust war mehr davon als auf dem Kopf. Ein kleines goldenes Kreuzchen baumelte an seinem Hals. Er trug eine gelbe Schwimmhose und hatte ein weißes Handtuch in der Hand, mit dem er sich beim Gehen den Kopf abtrocknete. Nur das Handtuch und die Schwimmhose kennzeichneten ihn als Fremden, denn er war ebenso braungebrannt wie die einheimischen Fischer.

»Erblicke ich dort nicht ein Stück Alt-England? Kondit«, stellte er sich vor und streckte Giorgio seine große, auf der Rückseite behaarte Hand entgegen.

»Kondit?«

»Ja, Harry Kondit.« Er lachte. »Ich bin Nordamerikaner – ich hörte, Albufeira habe Wintergäste. Ich fürchte, für heute ist es mit dem Sonnenschein vorbei, warum kommen Sie nicht auf ein Glas mit mir? Ich gehe nach Hause, ziehe mir etwas an und klopfe Sie in einer halben Stunde raus – so sagt man doch in England, nicht? Ha, ha, ha.«

Charlotte war natürlich ganz dafür, und Giorgio schien Lust zu haben, seine monotonen Handstände zu unterbrechen. Joe sagte: »Ein Bulldozer, dieser Mann; es ist der Amerikaner, von dem ich gesprochen habe.«

»Er ist sehr nett«, sagte ich. »Lassen Sie ihn überprüfen.«

Die Jul-Bar ist die modernste in Albufeira, ganz in Plastik, Chrom und Mosaik, mit einem G.E.C.-Kühlschrank so groß wie eine Telefonzelle und einer Espressomaschine. Sie liegt auf halber Höhe einer breiten Treppe, die zu den ›Gärten‹ führt, dem Haupt- und Marktplatz. Das erklärte uns Harry Kondit (»Nennt mich einfach Harry!«) unterwegs.

Auf dem Marktplatz stand ein riesiger Dieselbus. Er hatte Bauern in die Stadt gebracht. Sie saßen hinter kleinen Bergen von violetten Süßkartoffeln, grünen Zitronen, Kraut, Eiern, braungesprenkelten Bohnen und Tomaten.

Die schwarze Kleidung von Kopf bis Fuß wird von den Landleuten allmählich aufgegeben. Nur noch wenige sind ganz in Schwarz, aber fast alle tragen einen schwarzen Filzhut. Die alten Frauen tragen ihn über ihren Kopftüchern. Ein Pferd in besticktem Geschirr mit eingesetzten Spiegelstücken und baumelnden Glöckchen klapperte und klingelte an uns vorbei, und unter den Bäumen ließ die Dorfjugend ihre Perfectas und Dianas wütend aufheulen und raste in aufreizender Bravour über das Kopfsteinpflaster.

Harry Kondit, der jeden im Ort zu kennen schien, schrie einem von ihnen zu: »Georgie Porgy, wie wär's mit 'nem Drink, Junge?«

Das kleine Motorrad stoppte. Der Fahrer war ein

Mann mit weißem Gesicht, großem Schnurrbart und sehr hellen blauen Augen. Er trug den unvermeidlichen schwarzen Filzhut mit Schleife und eine graue Weste nach spanischer Art, mit langen Ärmeln, vorn spitz zulaufend.

Bevor das Rad stand, hatte er seinen Hut abgenommen und hielt ihn wie einen Schild vor seine Brust.

»Gestatten Sie, daß ich vorstelle«, sagte H. K. »Das ist Senhor Jorge Fernandes Tomas. Das stimmt doch, Fernie?«

»*Sin*«, sagte Fernie.

Er war ein magerer, nervöser Mann von etwa vierzig Jahren. Obwohl später Nachmittag, war Fernie, wie es in Südeuropa üblich ist, frisch rasiert. Sein Haar war lang, und die Koteletten verbargen auf einer Seite eine kleine Narbe, die rund um das Ohr lief.

»Wir gehen in die Jul-Bar, Fernie!« H. K. ging weiter, offenbar sicher, daß er nachkommen werde. Fernie lehnte sein Zweitaktrad an den Bäckerladen. Durch die Tür sah ich Männer mit geröteten Gesichtern, asymmetrische Brotlaibe und glühende Kohlen.

Wir stiegen die Steintreppe empor zu dem kleinen Café. Hellgestrichene Metallstühle kreischten protestierend, als H. K. sie auf dem Gehsteig anordnete.

H. K. hatte inzwischen Charlotte unter seine Fittiche genommen und sofort herausgefunden, daß sie von ihren Freundinnen in der Schule ›Charly‹ gerufen worden war. Seither nannte niemand sie anders.

H. K. zögerte keineswegs, von sich zu reden: »Harry, sagte ich mir, bald bist du fünfzig, und was bist du? Ein kleiner Verlagsangestellter mit 25 000 im Jahr und wenig Aussicht, auf mehr als 30 000 zu kommen. Und was hast du davon? Einmal im Jahr drei Wochen Florida und einen

Jagdausflug nach Kanada, wenn du Glück hast. Was tat ich also?«

Ich konnte sehen, wie Charly immer noch 25 000 Dollar im Jahr in Pfunde pro Woche umrechnete.

»Waren Sie hier in Europa in der Armee, Mr. Kondit?« unterbrach sie mit echt weiblicher Unbekümmertheit seine Erzählung.

»Nein, war ich nicht. Sie erinnern sich, wie General MacArthur den Leuten auf den Philippinen sagte: ›Ich komme wieder‹? Nun, ich war etwa acht Stunden vor ihm wieder dort. Aber Sie trinken ja gar nicht – ich werde noch Wein bestellen! – *Chefe dos mocos Estas Senhores desejam vinho seco.*«

Ich bemerkte, wie der junge Kellner Fernie ansah, denn abgesehen von der ungewöhnlichen Aussprache hatte H. K. das hochtrabende Portugiesisch gebraucht, das man in den Konversationshandbüchern findet. Wir bekamen den Wein.

Wir gingen zu H. K., um noch ein Glas vor dem Abendessen zu trinken. Er wohnte weit unten in der Praca Miguel Bombarda. Ein einfaches Haus mit einer rotweiß-gekachelten Vorhalle. Die dunklen Möbel wackelten, als wir den unebenen Holzboden betraten. Man konnte von der Halle durch das Haus hindurch die hellgraue See, dunkle Wolken und den weißgestrichenen Balkon sehen; es machte den Eindruck eines Dreifarbendrucks. Aus der Küche duftete es nach Olivenöl, Zwiebeln, Paprika und Tintenfisch. Eine runzelige Frau von Sechzig besorgte den Haushalt; ihre weibliche Hand war an den Hortensien zu merken, die in Terrakottatöpfen herumstanden.

»Hallo, Maria – hier herein, Herrschaften«, rief Harry. »Ich bin der einzige Amerikaner auf Erden, der keinen

Kühlschrank besitzt.« Er hatte seinen Patio mit Grünpflanzen und einem Sonnenschirm versehen. Von seinem Balkon konnte man das neue Hotel betrachten, das im Bau war. H. K. schüttelte den Drink in seinem Glas und blickte bedauernd hinüber. »Der Platz hier wird bald über meine Steuergruppe hinausgehen, wenn das Ding erst fertig ist.«

Fernie, der bisher wenig gesprochen hatte, bat Giorgio um eine Zigarette, und Giorgio drängte ihm eine von seinen schwarzen Zigarren auf. Fernie sprach ein deutliches, fließendes Italienisch, und H. K. bemerkte, daß ich zuhörte. »Und er spricht Deutsch und Spanisch ebensogut, nicht wahr, Fernie?« Er klopfte ihm herzlich auf die Schulter. »Fernie besaß drei Boote, aber die Regierung hat sie ihm weggenommen. Eines Morgens kommt er hinunter in den Hafen, da hängt ein Schloß an seiner Bürotür, und neben seinen Booten stehen zwei Mann in Grau. Keine Gerichtsverhandlung, nichts – einfach beschlagnahmt.«

Singleton fragte: »Was gaben sie als Grund an?«

H. K. lachte. »Sie sind noch nicht lange in Portugal, mein Sohn. Die Regierung wird Erklärungen erst dann abgeben, wenn die Ehemänner anfangen, ihren Frauen zu erzählen, wo sie waren. O nein, so was gibt's in diesem Land nicht.«

»Glauben Sie, es gab einen Grund?«

»Nun ja, wahrscheinlich, weil Fernie in der spanischen Angelegenheit gegen diesen Hurensohn Franco gekämpft hat. Er war bei der Belagerung von Malaga dabei.«

»Tatsächlich?« fragte ich. »Es gab nicht viele Portugiesen, die in Spanien kämpften.«

»Sie haben überall gekämpft, diese Portugiesen. Jemand hat mir einmal gesagt: ›Gott gab den Portugiesen ein kleines Land zur Wiege und die ganze Welt zum Grab.‹« Fernie Tomas' Gesichtsausdruck verriet nicht, ob er die Unterhaltung verstanden hatte.

Singleton sah verdutzt drein und meinte: »Wenn er in Spanien gekämpft hat, ist es gewissermaßen verständlich.«

»Wirklich?« fragte H. K. leise. »Ich will Ihnen was sagen, mein Junge. Eine Anzahl meiner Freunde war bei der Abraham-Lincoln-Brigade, und sie waren keine Kommunisten. Sie waren einfach Kerle, die sich totschlagen ließen, damit sie kein Schwarzhemd tragen und auf dem Schulweg nicht die Fenster jüdischer Süßwarenhändler einschlagen mußten. *Nestra guerra* nennen sie's drüben in Spanien, aber es war nicht ihr Krieg, es war mein Krieg, sein Krieg und, ob Sie's wissen oder nicht, Ihr Krieg. Es war auch der Krieg der anderen, derer, die in die Staaten zurückkamen und denen eine Menge Leute gern das getan hätte, was Fernies Leute ihm antaten – und noch mehr. Aber sie taten es nicht – was für alle ein Glück war, denn 1942 waren wieder die Leute in Mode, die den Faschisten hölzerne Überröcke besorgten. Seien Sie also nicht gar so tolerant und verständnisvoll – es ist einfach so, daß man nie wissen kann, wann man aus der Mode kommt.« H. K. sprach ruhig, aber alle anderen Gespräche waren verstummt. Der abendliche Nortrada begann die Blätter der kleinen Palme zu bewegen. H. K. klopfte Singleton onkelhaft auf die Schulter und sagte: »Wir sind ein bißchen zu ernst geworden – wie wär's mit noch einem Drink? Kommen Sie, helfen Sie mir, Charly.«

Sie verschwanden in der Küche. Fernie begann mit Giorgio auf der anderen Seite des Balkons italienisch zu sprechen.

»Was halten Sie davon?« fragte Joe leise.

»Verlangen Sie in London ein S 8 über ihn und kontrollieren Sie Singleton noch mal. Man kann nicht vorsichtig genug sein, und dieser Singleton ist zu schön, um wahr zu sein.«

Charly und H. K. tauchten wieder auf, mit einem großen Tablett Gläser und einem Krug, auf dem Can-Can-Girls und die Aufschrift ›Es lebe der kleine Unterschied‹ in Gold prangten.

Als sie durch die Tür kamen, sagte H. K.: ». . . das einzige aus New York, das mir wirklich fehlt.«

»Aber ich mache es für Sie«, sagte Charly.

»Wollen Sie das wirklich? Ich wäre Ihnen außerordentlich dankbar. Nur eines in der Woche wäre schon herrlich. Meine Haushälterin wird mit den Baumwollenen fertig, aber die Kunstfasern verbrennt sie. Sie läßt das Eisen zu heiß werden.«

Dann verkündete Charly laut und deutlich: »Mr. Kondit – ich meine Harry – hat für uns alle einen speziellen Martini gemacht, und er besitzt doch einen Kühlschrank.«

»Aber Sie haben doch versprochen, daß es unser Geheimnis bleiben soll«, sagte H. K. scheinbar ernst und kniff Charly hinten hinein.

»Das ist eine unamerikanische Handlung«, beschwerte sie sich.

»Ach nein, es gibt schon noch ein, zwei Dinge bei uns, die wir von Hand tun müssen.«

Draußen überschlugen sich die Wellen und starben im zischenden Schaum ihrer Vorgänger. Ich fragte mich, wie lange es dauern würde, bis wir anfingen, das gleiche zu tun.

15

Montag schien wieder die Sonne. Ich blieb im Haus, was Charly als ›einfach wundervoll‹ bezeichnete. Ich gab ihr zu verstehen, meiner Ansicht nach habe sie mit H. K. und Giorgio alle Hände voll zu tun, worauf sie mich fragte, woher ich wüßte, daß es nicht umgekehrt sei. Stimmt, ich wußte es nicht. Charly lieh sich meinen Kamm, frisierte sich anderthalb Minuten, und wir gingen auf den Markt. Sie stand mit den Männern auf freundschaftlichem Fuß, ohne die Frauen zu verärgern. Sie sprach fließend Portugiesisch und kannte sogar die ortsüblichen Bezeichnungen für verschiedene Gemüse und Fische. Die Frauen erblickten in ihr die Emanzipation, die sie sich alle wünschten, während die Männer sie beobachteten und sich fragten, ob sie etwas sei, womit man sich über einen Tisch oder auf einem Kissen unterhalten könnte. Sie trug ein blaßrosa ärmelloses Kleid, das ihre Arme sehr braun erscheinen ließ. Ihr Haar war weißblond. Sie blieb stehen und streichelte einen Hund, der mitten auf der heißen Straße saß, sie pfiff dem Gasmann hinterher, und der Gemüsehändler ließ sie die Hackmaschine bedienen. Sie beschäftigte sich damit, aus Kraut Drahtwollehaufen, aus Karotten und Kürbis Rasierklingen und aus Bohnen Haarnadeln zu machen.

Sie zerteilte mit einem Messerhieb gelbe Bananenbüschel, kritisierte den Knoblauch, zerdrückte die Tomaten und hinterließ Nagelspuren auf den Bohnen. Den Leuten gefiel sie.

Wir gingen über den Fischmarkt. Die flachen Betonbänke glänzten von Rotbrassen, Goldbrassen, Sardinen und Makrelen. Draußen spiegelte sich die Sonne mit Millionen glitzernder Lichtfunken in der See, als säßen auf der Meeresoberfläche unzählige Vögel mit wütend gesträubtem weißen Gefieder.

Die bunten Fischerboote waren hoch aus dem Wasser gezogen und lagen so dicht beieinander wie die Wagen am Ende des Fließbandes bei Ford. Die meisten waren innen leuchtend blau. Außen hatten sie Streifen in Hellgrün, Blaßrosa, Schwarz und Weiß. Vorne waren Kennzeichen aufgemalt: ein Auge, ein Pferd oder ein Name. Manche führten große Knäuel aus Tierhaaren als Glücksbringer. Die Boote, die Sonntag nacht im Regen draußen gewesen waren und deren Segel jetzt locker aufgezogen in der Sonne trockneten, bildeten eine Art Zeltlager. Da und dort kontrollierten Männer die Netze und brachten sie in der heißen Sonne wieder in Ordnung.

Als wir den Fischmarkt verließen, klingelte das Glöckchen für den Steuerkontrolleur. Muränen trockneten in der Sonne, und ein Mann in dunkelblauem Hemd mit hellblauen Flicken oder umgekehrt stand auf dem Kopfsteinpflaster und schrubbte die große hölzerne Fischwaage. Charly fragte ihn, ob er alles verkauft habe. Er sagte ja, und als sie ihm ein mäßiges portugiesisches Schimpfwort an den Kopf warf, lief er davon und brachte die Riesenkrabben, die er ihr angeblich nicht zur Seite gelegt hatte.

Sogar der Polizist zog seinen Glanzledergürtel hoch und lächelte, und Charlys Aktien stiegen noch höher. Niemand hatte ihn je zuvor lächeln gesehen.

Das Gebäude mit der Glocke wird jedes Jahr in Senffarbe gestrichen, und die Bar nebenan tomatenrot, aber die Sonne bleicht sie aus, bis die Farbe fast verschwunden ist. Der sternförmig verflieste Boden im Inneren der Bar paßt zu den sternförmig gekachelten Wänden. Das

Sonnenlicht, das zwei weiße Bodenmatten bildet, erhöht den Eindruck von Kühle, den die Marmortische, die wackligen blauen Stühle, die gerahmten Farbdrucke vom Londoner Tower und der Königin an der Seite Salazars ausströmen. Eine große gelbbraune Katze und ein lärmender weißer Hahn namens François leben in glücklicher Koexistenz. Die Matrosen riefen eben: »Sing doch, François«, um ihn zum Krähen zu bringen, als Charly und MacIntosh eintraten. Er sagte: »Wir haben eine Kassette heraufgeholt – kommen Sie?«

Als wir gingen, betrat Fernie die Bar. Er beobachtete uns, ohne mit der Wimper zu zucken.

16

Die Fensterläden waren geschlossen. Im dunklen Vorderzimmer saß Giorgio und wartete auf uns. Singleton war dabei, Boot und Geräte in Ordnung zu bringen. Er würde jeden Augenblick erscheinen.

Joe sagte: »Wir haben beschlossen, auf Sie zu warten, Sir.«

»Danke«, erwiderte ich, als übernähme ich das Kommando der *Queen Elizabeth.*

Die 60-Watt-Lampe über dem mit Zeitungspapier bedeckten Tisch beleuchtete den grünen Stahlkanister. Die Ränder und Ecken waren abgerundet und die beiden gleichgeformten Seiten zusammengelötet.

Ich sagte Joe, er solle die Polaroidkamera holen. Er brachte sie samt Blitzlicht und Grünfilter, um möglichst viele Details zu bekommen. Er machte sechs Aufnahmen. Die Kopien erwiesen sich als zufriedenstellend.

Joe nahm eine kleine Zange und werkte an der Dose herum, bis sie an ihren verrosteten Scharnieren aufbrach. Keiner von uns, denke ich, erwartete viel, aber doch etwas Lohnenderes als die zwei Händevoll talkige Watte drittklassiger Qualität, das zerfetzte Stückchen Leinen, die paar weißen Papierschnipsel und den schmutzigen, zerknüllten Zwanzig-Dollar-Schein. Charly griff nach dem Schein, aber als sie ihn in die Hand nahm, hörten wir den Lärm eines sich nähernden Zweitaktmotors, der direkt unter dem geschlossenen Fenster zum Stillstand kam.

Charly murmelte »Fernie« und runzelte die Stirn.

Es war selbstverständlich nicht gefährlich, wir versteckten einfach die Kassette, bevor wir Fernie einließen und ihn zum Kaffee einluden. Er nahm in seiner höflichen, lakonischen Art eine Tasse an, lächelte freundlich und sagte, er bringe »eine Botschaft vertraulicher Natur vom ersten Bürger der Gegend«.

Ich erkundigte mich, wer der erste Bürger der Gegend sei. Fernie antwortete: »Senhor Manuel Gambeta do Rosario da Cunha, ein sehr bedeutender Herr, wenn Sie mir gestatten, das zu sagen, Sir.«

Ich hörte Singleton vom Balkon rufen: »Was war denn drin?«

»Senhor Fernandes Tomas, es ist mein Grundsatz, jedem zu gestatten, mir jederzeit alles zu sagen, was ihm beliebt.«

»Das ist auch der meine«, erklärte er. Man hätte meinen können, er habe Singleton nicht gehört. Dann gab er mir eine Adresse. Ich war für 17 Uhr eingeladen, »um etwas zu meinem Vorteil zu erfahren«.

»Ich werde Sie dort treffen.« Er ergriff seinen schwarzen Filzhut und startete sein Motorrad. Dann sauste er an den engen weißgetünchten Mauern der Kopfsteingasse vorbei. Er sah sich nicht um.

Im Haus saßen sie alle um *zwei* Zwanzig-Dollar-Scheine herum, die sie eingehend betrachteten. Die Nummern differierten um nur dreiundzwanzig Einheiten.

»Zwei«, stellte ich fest. »Ich dachte, es wäre nur einer in der Kassette gewesen.«

»Stimmt«, sagte Joe. »Charly fand den Zwilling im Schrank bei der Schmutzwäsche.«

Ich sah Charly an.

»Er war in der Tasche eines der schmutzigen Hemden von Harry Kondit«, sagte sie verlegen. »Ich habe ihm angeboten, sie zu waschen.«

Ich schwieg.

»Nicht alle, bloß die aus Kunstfaser.«

»O. K., aber freunde dich nicht so mit ihm an, daß er dir fehlt, wenn er plötzlich verschwindet.«

17

Westlich von Albufeira gibt es einen Aussichtsplatz; man überblickt die sanft abfallenden Felder aschgrauer Feigenbäume und Weinstöcke bis zu der drei Kilometer entfernten blauen See.

Der Patio ist von den Stimmen der Fischer und Ladenbesitzer aus Albufeira erfüllt. Auf den sonnengebleichten Holztischen stehen Teller mit schwarzem Tintenfisch und knusprig gebratenem Muränenfleisch. Man trinkt den Wein der neuen Ernte und streitet sich über seine Qualität, bis die nächste Ernte da ist. Nach alter

Maurenart noch in Jutesäcken gepreßt, greift einem der wolkige Rosé an die Kehle wie ein *fado*. Die Windmühlen auf dem nächsten Hügel stehen wie Sterne gegen den Horizont. Dahinter liegt der Bahnhof, bei dem die Eisenbahnlinie aus Lissabon endet. Albufeira liegt sechs Kilometer entfernt.

Fernie schüttelte Hände, die sofort wieder Brotstücke abrissen und Gläser hoben. Er stieß die Tür am Ende der Terrasse auf, die einen Ton von sich gab wie ein Kirchenchor, lang und vibrierend. Drinnen war es dunkel. Aus den Fässern tröpfelte der Wein in die Flaschen für die Trinker draußen. Neben Bottichen mit schwarzen und Schüsseln mit grünen Oliven standen übervolle Körbe mit Feigen. Fernie reichte mir eine Handvoll. Wir gingen durch die Hintertür hinaus. Vor uns führte ein von Olivenbäumen umsäumter, mit hellen Fliesen bedeckter Pfad zu einem blaßblauen Gebäude mit kunstvollen weißen Verzierungen. Wie ein Wedgwoodteetopf stand es in der Landschaft. Es war einer von den alten Adelssitzen oder *montes*, die sich inmitten der großen Korkeichen-, Oliven- und Feigenbaumpflanzungen erheben. Schwarze Schweine grunzten unter den Olivenbäumen, und hinter dem Gebäude bellte ohne Überzeugung, nur der Form halber, ein Hund.

Fernie stieß das schmiedeeiserne Tor auf, hielt es für mich offen und sagte in langsamem, sorgfältigem Englisch: »Sie sind in Kontakt mit Mr. Smith?«

»Selbstverständlich«, log ich schnell.

Er nickte schweigend und ließ mich vor dem Hause von Senhor Manuel Gambeta do Rosario da Cunha, dem ersten Bürger der Gegend, allein.

Im Oktober steht die Sonne nachmittags um fünf schon recht tief. Die Berge im Norden leuchteten violett, und die Sonne, die noch die weißen Häuser beschien, färbte sie rosa wie die Topfgeranien an den Mauern.

Die letzten Sonnenstrahlen trafen da Cunhas knochigen Kopf von der Seite, und hinter ihm die goldglänzenden Lettern von Mommsens ›Römischer Geschichte‹ und den Gesammelten Werken von Balzac. Das Haus war vornehm eingerichtet, und wenn ich auch nicht zum Dinner eingeladen war, wußte ich doch, daß die Essig- und Ölfläschchen nicht aus Plastik sein würden.

Auf da Cunhas Mahagonischreibtisch lagen ein Schreibzeug aus Gold und Porzellan, ein goldener Brieföffner, ein eleganter Siegelwachsbehälter, ein Siegel und ein halbes Dutzend luxuriöser Briefbogen.

»Wie ich höre, suchen Sie den Meeresgrund nach etwas ab, das verlorengegangen ist.«

Das war keine exakte Beschreibung, aber auch keine Frage. Ich erwiderte nichts.

Da Cunha nahm seine goldgerahmte Brille ab.

»Diese Küste hat im Laufe der Zeit alle möglichen Abenteurer angezogen. Nicht alle haben nach jüngstverlorenen Schätzen gesucht, und manche von ihnen hatten sehr wenig Erfolg. Die Stadt Olhao wurde ausschließlich von den Gewinnen erbaut, die durch Verkäufe an beide Seiten während der Affäre von Cadiz erzielt wurden.«

Er erwähnte die Affäre von Cadiz, als sei sie vorige Woche passiert, und nicht im 16. Jahrhundert.

»In Ihrem Falle bin ich jedoch der Meinung, daß die Motive nicht ganz ehrenhaft sind.«

Er machte eine Pause, dann fuhr er fort: »Ich hoffte, eine Antwort zu hören.«

»Ihr Englisch ist ausgezeichnet«, sagte ich.

»Ich war in den Jahren 34 und 35 im Peterhouse College, aber Sie weichen meiner Frage aus.«

»Ich bin nicht sicher, daß Ihre Ansichten über Ehre mit den meinen übereinstimmen. Mit diesem Schreibzeug könnten Sie Schuhe für jedes barfüßige Kind in Albufeira kaufen.«

»Vor zehn Jahren wäre ich versucht gewesen zu erklären, weshalb Sie ganz und gar unrecht haben. Aber heute . . .« Seine Stimme verlor sich.

Die Sonne war jetzt hinter dem Hügel verschwunden, nur ein paar Bäume glühten noch im letzten Schein. Da Cunha hakte seine Brille über ein Ohr und zog sie über die Nase.

»Es ist unnötig zu diskutieren. Ich kann Ihnen geben, was Sie suchen, und ich nehme an, Sie werden dann Algarbien und seine Bewohner verlassen und nicht mehr zurückkommen.«

Langsam ging er in eine Ecke, der kostbare Perserteppich schluckte das Geräusch seiner Schritte. Er griff mit der Hand in das Fach mit den lose stehenden Büchern und nahm etwa sechs davon heraus. Hinten im Regal lag ein Paket, etwa halb so groß wie eine Zigarrenkiste; es war in braunes Papier gepackt. Er zog an einer roten Samtkordel und legte das Paket auf den Mahagonitisch.

Ich rührte es nicht an.

»Es verärgert mich«, sagte da Cunha. »Die ganze Art und Weise gefällt mir nicht, richten Sie das Mr. Smith aus.«

Ich dachte: »Das werde ich ihm bestimmt ausrichten – falls ich ihn je treffe.« Da Cunha bot mir Kaffee an, und ich fragte mich, wer dieser allgegenwärtige Smith war und in welchem Zusammenhang er mit dieser kleinen Bande portugiesischer Piraten stand.

Der Kaffee kam, wie es sich in einem solchen Hause gehörte, in einer Silberkanne zwischen Limogestassen.

Auf einem Teller daneben lagen weiche Marzipantörtchen. Da Cunha drängte mir drei davon rasch hintereinander auf.

»Ich glaube, unser Algarbien ist Europas geheimes Paradies«, meinte er, während er den Kaffee eingoß. Er wies auf den Teller mit Süßigkeiten.

»Mandeln, Feigen, die feinsten Trauben Europas, annehmbarer Champagner, wundervolle Oliven, Nüsse, Orangen, Mandarinen, Granatäpfel; und Hummer, Tintenfische, Krabben, Aale, Garnelen, Sardinen, Kalmare, Kraken; mehr als ich aufzählen kann. Auf den aufwärts gerichteten Giebeln dieser Häuser – aufwärts gerichtet, um dem bösen Blick zu wehren, wie es die portugiesischen Matrosen in China gesehen haben –, auf diesen Giebeln sitzen die kleinen Nachtigallen, die der arabische Dichter so verehrt.«

»Ist es die Möglichkeit«, sagte ich, schlürfte meinen Kaffee und bot ihm eine High Life an – eine billige lokale Zigarettensorte. Er dankte und zündete sich eine ovale türkische an, die er aus einer geschnitzten Elfenbeindose nahm.

»Man erzählt eine alte Geschichte in dieser Gegend«, fuhr da Cunha fort, »von einem Maurenfürsten, der eine russische Königin heiratete. Sie verging vor Sehnsucht nach ihrer schneebedeckten nordischen Heimat, bis sie eines Tages im Februar erwachte und durch ihr Fenster die weißen Mandelblüten sah, die unser ganzes Land einhüllen. Algarbien im Februar würde Ihnen gefallen.«

»Mir gefällt es auch jetzt auf meine bürgerliche Weise«, erklärte ich und nahm noch ein Stück Marzipan. Er nickte.

Bei der zweiten Tasse Kaffee erzählte er mir vom São-Marcos-Fest, bei dem die Mönche auf der Kirchentreppe ein Kalb peitschen, damit alle Viehkrankheiten und -unfälle des Jahres dieses eine arme Kalb treffen. Ich trank den Kaffee und dachte nach.

Mr. Smith hat irgend etwas mit dem Wagen zu tun, der mir auf der A 3 folgte. Er läßt durch den Fernmeldedienst der Königlichen Marine meine Funksprüche überwachen; ich komme hierher, und sein Name wird mir von allen Seiten unter die Nase gehalten, und jetzt macht mir jemand Geschenke, weil er meint, Smith und ich seien Freunde. Ich verstand, was das arme Kalb fühlen mußte.

Bei der geräucherten paprizierten Schweinewurst erzählte mir da Cunha von einem Hügel, den man am Tag des São Vincente besteigt. Wenn die brennende Fackel ausgeht, bereitet man sich auf ein gutes Jahr vor. Brennt sie weiter, so entläßt man die Landarbeiter. Nach einem halben Dutzend kalter Biere waren wir beim Hexensabbat der Sankt-Johannis-Nacht, in der Jungen und Mädchen Hand in Hand übers Feuer springen. Das Mädchen verbrennt dabei die Blüte einer Purpurdistel und pflanzt den Stiel ein. Nur wahre Liebe bringt den Stiel zum Blühen.

»Hinreißend«, sagte ich. Senhor Manuel Gambeta do Rosario da Cunha stand vom Tisch auf und ging zur Tür, wo er mit jemandem flüsterte. Dann erzählte er mir kurz von den zwölf Weintrauben, die man Silvester um Mitternacht essen muß, während Trommeln, Trompeten und Glocken auf jedem Platz in Portugal erdröhnen: Nur so kann man sich zwölf Monate Glück sichern. Die Tür öffnete sich.

Draußen war es dunkel, und Senhor da Cunha zündete die kleine Messinglampe mit dem grünen Schirm an. Dann machte er auf dem Tisch Platz. Das Mädchen in schwarzem Kleid und weißer Haube stellte ein Tablett nieder. Darauf befanden sich ein Laib portugiesisches Brot, Butter, eine rote Seespinne, geöffnet und eßbereit, und eine Schale cremiger Fischsuppe, in der rosa Garnelen schwammen.

»Unser Kognak eignet sich recht gut als Abschluß eines kleinen Imbisses«, sagte da Cunha in typisch portugiesischer Gastfreundschaft, »und vielleicht ein wenig süßer Anislikör mit einer Tasse Kaffee.«

Als ich ging, schlug er die Hacken zusammen und behauptete, es sei ihm ein Vergnügen gewesen, sich mit einem so gebildeten und kultivierten Menschen wie mir unterhalten zu haben. Maria sollte mich durch den Garten begleiten und die Laterne tragen, aber ich bestand darauf, sie selbst zu nehmen. Auf halbem Weg zum Eisentor blies ein Windstoß das flackernde Licht aus. Der Mond war eine schmale Sichel, und der Hund hinter dem Haus begann wieder zu bellen. Jenseits der Hortensien und der hohen Mauer, die im Mondlicht graublau schimmerte, wurde ein zweitaktiges Motorrad gestartet.

Ich trat in den Schatten der Mauer und blickte zurück zum Haus. Nur das Licht des Arbeitszimmers im Oberstock leuchtete in den Garten hinaus. Ich sprang über eine niedrige Mauer und landete auf weicher Erde. Ich schüttelte meinen Kopf und bemühte mich, die Wirkung des Alkohols loszuwerden. Ich fühlte den Druck der Pistole unter meiner Achsel. Niemand war zu sehen; ich ging vorsichtig über die weiche Erde und freute mich, daß man am nächsten Morgen meine Fußspuren finden würde. Vor dem Eingang, wo die Spuren des Motorrads noch zu sehen waren, entdeckte ich eine Grube. Sie war mehr als zwei Meter lang. Ich blickte hinein. Etwa einen Meter tief. Noch ein bißchen tiefer, und man hätte sie ein wohlangelegtes Grab nennen können.

Am Kopfende stand ein einfaches Holzkreuz, darauf die Inschrift: ›Hier ruht ein unbekannter deutscher Seekadett. An Land gespült am 2. Mai 1945. Seine Seele ruhe in Gott.‹

Ich stieg zu der Stelle hinauf, an der ich meinen Wagen geparkt hatte. Ich fand die Wagenschlüssel zwischen Mandeln und Nüssen in der Tasche und startete ohne Schwierigkeit den Motor. Wie lautete doch das Sprichwort, das da Cunha zitiert hatte: »In Italien soll man geboren werden, in Frankreich leben und hier sterben.«

Daheim trank ich vier kleine Tassen Kaffee, ehe ich mich annähernd nüchtern fühlte, und ehe jemand den Mut fand zu fragen, was ich erfahren hätte.

»Es wird erst morgen für mich bereit sein«, sagte ich leichthin. Ich konnte ihnen wirklich nicht erzählen, daß ich das Paket vergessen hatte. »Morgen«, sagte ich zu Joe MacIntosh, »fahren wir beide zurück nach London.«

Als ich diesen Abend schlafen ging, stand mir das große Grab frisch im Gedächtnis, aber die auf dem Kreuz eingeritzten Buchstaben waren noch frischer.

18

Ich war wütend über mich selbst. Früh am nächsten Morgen fuhr ich zu da Cunha hinaus. Seine Dienerin kam an die Tür und sagte: »Bons dias.« Sie reichte mir eine gravierte Geschäftskarte da Cunhas; auf der Rückseite stand in regelmäßiger Schrift: ›Ihr Päckchen ist in Sicherheit. Geben Sie mir bitte die Ehre und holen Sie es heute abend um 22 Uhr ab. Mit bestem Gruß, M. G. R. da Cunha.‹

Sie streckte die Hand aus, um die Karte zurückzunehmen. Ich gab sie ihr, bedankte mich und ging zurück zum Wagen.

An diesem Morgen wurde nicht getaucht. Der Himmel war grau, der Wind brach die Wellenkämme, und weißer Schaum schlug gegen die Klippen. Wir saßen müßig herum, bis H. K. erschien und uns zu sich zum Kaffee einlud. Wir gingen.

»Maria Teresa de Noronha«, sagte H. K., »die beste *fado*-Sängerin in Portugal.« Eine gläserne Kaffeemaschine blubberte auf dem blau-weiß gekachelten Herd, und Charly saß in ihren bronzefarbenen Toreadorhosen mit gekreuzten Beinen da wie ein Buddha. Um sie herum lagen Schallplatten in farbigen Hüllen, Volkskunstprodukte der modernen Welt.

An den Wänden hingen leuchtende, gestreifte Decken einheimischer Herkunft und Fotos von H. K., das Gewehr unterm Arm, einen Fuß auf dem Ohr verschiedener größerer Vierbeiner.

Singleton und Joe lauschten H. K., der eine kurze Beschreibung Portugals zum besten gab. (Joe lebte seit fünfzehn Jahren dort.) Giorgio starrte über den Balkon auf das Meer. Ich sah mir H. Ks. Bücher, Muskelexpander, die gepflegte 7-mm-Mauser-Sportflinte und sein schönes x 4-Zeiss-Teleskopglas im Lederetui an, auch seine modernen Lithographien; und ich hörte dem seltsamen Lamento der *fado*-Platten zu. H. K. machte zu jeder, die er auswählte, eine Bemerkung: »Das ist ein Lied über ein Mädchen, das in einem Haus auf den Felsen ein Zimmer mietet, um die Rückkehr ihres Geliebten zu beobachten. Eines Tages kommt die Nachricht, ihr Geliebter sei auf See ertrunken und käme nie wieder. Da wendet sie sich zu der Alten, der das Haus gehört: *›Faz um pre-*

co – faz um preco mais barato para longa estadia?‹« H. K. sprach mit leidenschaftlich melancholischer Stimme. Singleton nickte traurig, Giorgio zuckte nicht einmal mit der Wimper, aber Charly klatschte in die Hände und setzte ein Lächeln auf, bei dem man spürte, daß sie an seine Wirkung dachte.

»Habt ihr verstanden?« fragte Charly. »Es bedeutet: kostet es weniger, wenn ich länger bleibe? Das sagen die Touristen immer in Lissabon. Sie sind ein schrecklicher Spaßvogel, Mr. Kondit.«

H. K. lachte. Er goß Kaffee in die großen Tassen, und ich ging mit meiner wieder zum Bücherregal.

Da standen Fodors ›Spanien und Portugal‹, beinahe sämtliche Werke von D. H. Lawrence, einschließlich der Olympia-Ausgabe von ›Lady Chatterley‹ und das Buch über den Lady-Chatterley-Prozeß. Auch Koestlers ›Spanisches Testament‹, ein ›Führer zu den größten Kunstschätzen der Welt für Kinder‹, eine ›Kunst seit 1945‹ und eine Auswahl von Büchern über moderne Malerei mit Farbreproduktionen fanden sich.

Wir lobten den Kaffee, dann fragte Singleton: »Was hat Sie dazu gebracht, nach Europa zu kommen, Mr. Kondit?«

»Nun ja, ich nahm Milltown, um zu schlafen, Dexamyl, um aufzuwachen, und Seconal, um bis zum Schlafengehen durchzuhalten. Hier trinke ich den ganzen Tag Champagner, und dabei kostet es weniger!« H. K. servierte zum Kaffee portugiesischen Kognak. Joe dankte.

»Ja«, sagte er und nahm einen kräftigen Zug aus der Flasche, ehe er sie wieder verkorkte, »da stand ich also bis zu den Backenzähnen in Milltown und Kreditkarten – wie da herauskommen? Ich wußte, daß es für Amerikaner Posten im Ausland gab, aber für die großen Firmen war ich zu alt, und für einen ungebildeten Kerl wie mich hat Onkel Sam keinen Job. Da steh' ich also eines Tages in der Bar des Zuges, der um 5.11 Uhr vom Grand-Central-Bahnhof abgeht, und betrachte diese Schweinehunde aus den Vorstädten und frage mich, was man all diesen bornierten Idioten für ihr Geld verkaufen könnte. Und was ist die Antwort?«

Er blickte seine Zuhörer an, genoß die Pause und goß sich noch eine Tasse ein.

»Kultur.« Er reichte den Kaffee und die Zuckerdose in der Runde weiter. »Also ich und ein Kerl namens Leo Williams Bindestrich Cohen, alter Kumpel von früher her, der im Musikalienhandel war, wir verdienten einen Haufen Geld mit ein paar patriotischen Schnulzen zu Beginn des Koreakriegs. Ich sagte: ›Jetzt oder nie, Wilco, mein Junge‹ – jeder nennt ihn Wilco –, ›wir machen Schluß mit dem Lotterleben, wir zwei werden 1975 auf die Titelseite vom *Time Magazine* kommen.‹ «

Es war ungefähr halb zwölf.

Ich ging zu Giorgio, der durch die Balkontür hinausblickte. Gelegentlich klatschten ein paar warme Regentropfen gegen die Brüstung. Am Strand zogen Männer an den beiden Enden eines U-förmigen Netzes.

H. K. sprach weiter. »Zum Teufel mit den Kunstsnobs, ich bin für den Mann von der Straße, verstanden. Und so begannen wir mit der ›Kunst für jedermann GmbH‹, zuerst nur mit einem kleinen Lager in der East 12th; Williams lieh sich einmal in der Woche den Lastwagen seines Schwagers für die Zustellung.«

»Harry, Sie sind unbezahlbar«, unterbrach Charly, »aber was haben Sie zugestellt?«

»Also, wir druckten ein Käseblättchen ›Kunst für jedermann‹. Wir setzten es in den Kaffeehäusern ab und machten ein wenig Reklame in den Intellektuellenwochenblättchen. Es ging uns ganz gut – nicht daß wir unseren Puppen Nerzmäntel gekauft hätten –, aber wir konnten zufrieden sein. Da sagt eines Tages mein Kumpel Leo Williams-Cohen zu mir: ›Sind ja Scheiße, die Jedermanns, Harry, nichts als unnütze Erdnußfresser. Was wir brauchen, ist etwas mit Niveau.‹ Dann denkt er nach und sagt: ›Kunst für Kenner‹, sagt er.«

Harry Kondit schlug eine Nummer des *Esquire* auf. Ein Farbdruck eines Modigliani-Aktes war zu sehen. Darunter stand:

»Der Klub ›Kunst für Kenner‹ gibt sich die Ehre, als Bild des Monats Januar diese schöne Farbreproduktion eines der großen Kunstwerke der Welt vorzustellen. Treten Sie in diesem Monat bei, und Sie erhalten zwei farbige Reproduktionen berühmter Akte, ausgewählt aus den hervorragendsten Kunstwerken der Welt; sie eignen sich als Wandschmuck für Büro, Betrieb oder ›Bude‹.

Sie erhalten jeden Monat ein wunderschönes Porträt hüllenloser Weiblichkeit, ausgewählt von einer Jury berühmter Künstler, Lehrer und Erzieher, dazu eine prägnante Erklärung und Kritik von Henri Zahn.«

Charly klatschte Beifall, und Singleton, Giorgio, Joe und ich schlossen uns an. H. K. war nicht beleidigt.

»Aber wie kommt es«, fragte Joe, »daß Sie hier in Albufeira leben können?«

»Ganz einfach. Ich sehe mir diese Bücher hier an . . .« H. K. nahm drei große Bücher mit Kunstreproduktionen vom Regal, »und wähle das Bild des Monats aus.«

Als er die Kunstbücher herausnahm, sah ich drei kleine Bände, die hinter die anderen gefallen waren.

»Aber hier heißt es doch . . .«, meinte Joe. *Ich griff schnell nach den drei Bändchen.*

»Na ja, es heißt, daß sich eine Jury von Künstlern und anderen Spaßvögeln damit beschäftigt«, gab H. K. zu.

Ein Buchtitel lautete ›Formeln für den Physiker‹, der nächste ›Wie baut man ein Labor?‹

». . . Sie wählen es aus . . .«, fuhr H. K. fort.

Das dritte Buch hieß ›Molekularstruktur‹. Ich mußte an die Eisschmelztheorie denken. Man gruppierte die Molekularstruktur von Eis um, dann wurde es zu Wasser.

». . . aber ich, Henri Zahn, treffe die Entscheidung.« H. K. lachte aus vollem Hals und schlug sich mit seiner großen haarigen Pranke auf den Oberschenkel.

Dieser Mittwoch war nichts als ein langer vergeudeter Tag. Giorgio und Singleton sollten am Nachmittag tauchen, aber Giorgios Lungenautomat funktionierte nicht: die Luft schoß beim Einatmen mit viel zu hohem Druck ins Mundstück. Nach wenigen Metern kamen sie zurück. Wahrscheinlich war ich etwas gereizt, ich verwünschte mich, weil ich am Abend vorher das Päckchen vergessen hatte und bei allem ein wenig zu kritisch gewesen war. Z. B. bei den Borbigos, den großen Muscheln, die Charly mit scharfem Paprika und geräucherter Schinkenwurst zu Mittag gekocht hatte. Nach dem Essen verschwand sie wieder zu H. K., und ich sprach mit MacIntosh über die Ausgaben und die Wagenmiete; er machte die Buchhaltung, außerdem überwachte er den Ablauf der Tauchoperationen.

Giorgio machte mir Sorgen. Er war so ungestüm und übersprudelnd gewesen, ehe wir zu tauchen begannen. Joe sagte, alle Taucher seien so, bis sie mit ihrer Arbeit begännen.

»Dann blasen sie Trübsal und zerbrechen sich den Kopf wegen der Strömungen und ob sie eine Schottür entfernen sollen. Wenn wir mit dem Tauchen fertig sind, wird er wieder O. K. sein.«

Ich sah mir den Plan des U-Boots an. Giorgio hatte die untersuchten Abteilungen schraffiert, und an der Stelle, wo er unter dem Boden der Zentrale die Kassette gefunden hatte, war ein kleiner roter Punkt.

Die schraffierten Stellen schienen im Vergleich zur Größe des U-Bootes sehr klein. Ich fragte mich, wie lange es dauern würde, bis wir die Devisen oder das Logbuch fänden, oder bis London uns erlaubte aufzuhören, oder bis Mr. Smith erschien.

Als Joe den Plan des U-Bootes in den Schreibtisch schloß, fiel es ihm auf.

Wir sahen nach, setzten uns und überdachten es. Dann fand Joe die Stelle, wo das Holz zerbrochen war, und es gab keinen Zweifel mehr. Die leere Kassette stand genau dort, wo wir sie gelassen hatten, eingeschlossen im Schrank, aber jemand hatte die Fotos gestohlen.

In solchen Situationen hat man keine Wahl. Joe und ich begannen jeden Raum zu untersuchen.

Abgesehen von den persönlichen Eigenheiten, die solche Durchsuchungen immer zutage fördern, gab es noch etwas Besonderes. Unter verschiedenen Artikeln in Charlys Zimmer, von deren Kauf ein junges Mädchen nichts verstehen sollte, befanden sich 25 Schuß Munition für eine 7.65 Parabellum.

Joe hatte London angerufen, und sie schickten mir ein leichtes Zivilflugzeug. Die Nacht war klar und schön, als ich auf dem Umweg über da Cunhas Haus zum Flugfeld hinausfuhr.

Die Lichter brannten, und vor dem Eingang standen ein schwarzer Mercedes und ein Seat. Beide trugen Madrider Nummernschilder. Weiter hinten unter den Mandelbäumen stand H. Ks. kleiner 2 CV. Ich wußte so sicher, wie zwei mal zwei vier ist, daß ein zweitaktiges Motorrad ganz in der Nähe sein würde. So war es auch.

Tief im Inneren des Hauses erklang eine Glocke, das Echo schallte zurück wie Gelächter. Ich läutete nochmals. Endlich öffnete da Cunha selbst. Im Laternenlicht glänzte ein Goldzahn, er griff in seine samtene Smokingjacke und reichte mir das Paket. Es war noch in braunes Papier verpackt und mit Bindfaden umwickelt. Joe hatte den Motor laufen lassen, bis ich wiederkam.

Die kleinen Dörfer waren mit Ausnahme der Torwege dunkel. Schwache Lampen leuchteten gelb zwischen dunklen Möbeln und grob getünchten Wänden. Da und dort glänzte eine Flasche.

Schwerbeladene Esel, Fahrräder und unbeleuchtete Karren zuckelten die Straßen entlang. Ich blieb an einem auf meiner Karte eingezeichneten Platz stehen. Die Ölbäume hingen voll Oliven, und die warme Nachtluft atmete ihren Duft aus. Das Brummen eines leichten Flugzeugmotors war zu hören, ich nahm die grüne Kassette aus dem Kofferraum und kletterte an Bord.

Erst als wir in der Luftkontrollzone von Bilbao waren, entdeckte ich die Nachricht, die da Cunha in das Paket gesteckt hatte. Ich zeigte sie Joe.

›Lieber Smith,
im April 1945 wurde die Leiche eines deutschen Seemanns ein paar Kilometer westlich von hier an Land gespült. Ich sorgte für ein ordentliches Begräbnis, und das beiliegende Paket, das einzige, was man bei der Leiche fand, wurde mit ihr begraben. Da die Fischer, die den Körper als erste entdeckten, nun darauf drin-

gen, daß Ihnen das Paket übergeben werde, und da die britische Regierung meiner Ansicht nach ein Recht darauf besitzt, habe ich das Vergnügen, es Ihnen zu senden.

Ihr ergebener Diener
DA CUNHA‹

Widerwillig gab uns der Flugplatz Gatwick um drei Uhr früh die Landeerlaubnis. Ich machte mir Sorgen, ob in Brown's Hotel für Joe ein Zimmer frei sein würde.

19

Dawlish hob es auf und hielt es unter die schräggestellte Lampe. Das polierte Metall glänzte in dem harten künstlichen Licht.

»Er hat's Ihnen einfach gegeben?« fragte er. Er warf mir ein neues Paket Gauloises zu. »Sehr gut. Ausgesprochenes Glück.«

Das Telefon läutete. Alice sagte, der Kaffee sei ihr ausgegangen, ob wir mit Nescafé zufrieden wären. Es war 6.35 Uhr morgens, und Dawlish schlug ihr vor, heimzugehen und ein wenig zu schlafen, aber sie brachte den Kaffee.

»Neue Tassen, was, Alice?« fragte ich. Ihr Lächeln war wie ein Sonnenstrahl am Weihnachtsnachmittag. Dawlish reichte ihr das Metallstück. Es war 15 cm breit, 18 cm lang und etwa 6 cm dick. Als sie es in ihren knochigen Händen drehte, schimmerten darin die Spuren der Fräsmaschine.

Durch den Stahlblock war ein großes Loch gebohrt, in

das genau drei Scheiben paßten. Zwei davon waren mehr als ein Zoll dick. Alice ließ sie in ihre hohle Hand fallen. Die Scheiben trugen eine fein eingravierte Zeichnung: die eine einen Mann auf einem tänzelnden Pferd, die andere ein Porträt der Königin Victoria. Zwischen beiden lag ein glänzender Sovereign.

Alice betrachtete jedes Stück sorgfältig, sah erst mich und dann Dawlish an. »Ist es nicht genau so, wie ich gesagt habe, Mr. Dawlish?«

»Ja, Sie hatten recht, Alice«, bestätigte er. »Ausgezeichnete Prägestempel zum Fälschen von Sovereigns.«

»Und habe ich nicht gesagt, es würde die Königin Victoria darauf sein?«

»Allerdings, Alice«, sagte ich, »ich hatte unrecht, aber wir sind mit dem Tauchen noch nicht zu Ende.«

Alice trabte um viertel vor sieben heim, Dawlish und ich setzten uns zu unserem Kaffee und sprachen über Personaländerungen, Finanzen in Übersee, und wie viele Tage es noch bis Weihnachten wäre, keine große Sache für uns, aber Dawlishs Kinder freuten sich darauf, und wieviel das alles koste. Endlich meinte Dawlish: »Sie sind ganz und gar nicht entspannt; die Sache geht Ihnen auf die Nerven, wie?«

»Ich kann mir's nicht richtig zusammenreimen, und manches paßt wieder zu gut zueinander.«

»Das ist nur so ein vager Eindruck, den Sie haben. Erst wenn Sie die Symptome, die Sie feststellen, verstehen, erkennen Sie die Krankheit. Sie treffen einen Mann mit Schmerzen im Fuß und im Finger, und Sie wundern sich, wie er zu diesen zwei verschiedenen Symptomen kommt. Dann stellt sich heraus, er hat einen Nagel gehalten, sich mit dem Hammer auf den Finger geschlagen und ihn daraufhin auf seine Zehe fallen lassen.«

»O. K.«, sagte ich, »genug von der Rettungsstelle. Jetzt hören Sie sich meine Probleme an. Zuerst unterschreibe ich einen Vertrag mit diesen portugiesischen Rebellen, und da ihnen das Außenministerium ein wenig unter die Arme greifen will, muß ich in ein altes U-Boot tauchen, um dort Falschgeld herauszuholen. So weit, so gut. Aber während ich diesen verdammten Schwimmtaucher-Lehrgang mache, verfolgen mich auf der A 3 zwei Autos. Wessen Autos? Die eines schwer faßbaren Mr. Smith, Kabinettsminister Ihrer Majestät. Ich verlange eine Akte über ihn, aber sie kommt nicht . . .«

»Wird schon kommen, ist nur verspätet.«

Ich verzog ungläubig den Mund. »Schön, dann ist da noch dieser Butcher, der uns die Eisschmelzakte angedreht hat.«

»War auch nichts als Blödsinn.«

»Damals war niemand dieser Meinung, und die Abteilung zahlte über 6000 Pfund dafür.«

»5700«, korrigierte Dawlish.

»Sie haben also nachgesehen«, bemerkte ich herausfordernd, »und Sie halten es ebenfalls für einen Trick.«

»Das würde ich nicht sagen.«

»Nein, aber denken.«

Dawlish nahm ein Taschentuch und stülpte seine Nase hinein, als stürze er sich aus dem siebenten Stock in ein von acht Feuerwehrleuten gehaltenes Tuch. Er schneuzte sich vernehmlich.

»Als ich nach Gibraltar komme, öffnet man meine Post . . .«

»Oh, ich würde nicht . . .«

»Also, ich würde«, erklärte ich laut. »Und hinter allem steht dieser väterliche Mr. Smith. Als wir endlich etwas aus dem Boot rauskriegen, ist die Kassette leer, mit Ausnahme eines Geldscheins. Und aus dem Hemd dieses amerikanischen Komikers taucht ein Schein mit ganz ähnlicher Seriennummer auf.«

»Ja, das paßt wirklich«, gab Dawlish zu.

»Es stinkt.«

»Eine« – Dawlish zögerte – »eine abgekartete Sache.«

»Schließlich hält mir da Cunha eine lange Vorlesung über alte portugiesische Bräuche, als wäre er der lebende Werbeprospekt für ›Urlaub im Süden‹, und gibt mir diesen Prägestempel mit der Bemerkung, er sei für einen Mr. Smith.«

»Und was folgern Sie daraus?«

»Nichts. Aber wenn ich einen Mann mit einem Union Jack im Knopfloch und einem Jagdhut sehe, beginne ich mich zu fragen, ob er mich von seiner Nationalität überzeugen will, und warum.«

»Was ist mit der Kassette und dem Grab?«

»Ich hoffe, die Kassette ist nicht so leer, wie sie aussieht.«

»Und das Grab?«

»War nie belegt. Nur ein Loch im Erdboden.«

»Ich verlasse mich darauf, daß Sie ein Grab von einem Loch im Erdboden unterscheiden können«, sagte Dawlish voll Ironie. Er starrte aus dem Fenster. »Es sind neue Instruktionen bezüglich Ihrer Taucherei ergangen«, fuhr er fort, ohne sich umzudrehen. Ich erwiderte nichts. »Das Außenministerium ist an den Devisen nicht mehr interessiert.« Draußen auf dem Fensterbrett füllte sich ein Sperling die Lungen mit Dieselqualm.

»O'Brien interessiert sich nicht für das Geld«, wiederholte er.

»Er jongliert mit Worten.«

Dawlish versuchte mit der Zunge die Spitze seiner Nase zu berühren. »Falls Behälter existieren, die wissenschaftliche Papiere enthalten könnten, so haben Sie diese ungeöffnet an die Gesandtschaft zu schicken.«

»Und wie stelle ich fest, was drinnen ist, wenn ich sie nicht öffne? Hat er Ihnen das erklärt?«

»Ungeöffnet«, beharrte Dawlish.

»Also doch noch die Eisschmelzgeschichte!«

»Wer spricht davon? Die einzige Eisschmelzvorrichtung, an der sie interessiert sind, ist ein Glas Johnny Walker.«

»Schön, und jetzt schauen Sie sich das einmal von meinem Standpunkt aus an. Die Botschaft in Lissabon beauftragt uns und behauptet zugleich, alles müsse der portugiesischen Regierung gegenüber absolut geheimgehalten werden. Das heißt, daß ich über die Herren da Cunha, Harry Kondit und diese Taschenausgabe einer Grauen Eminenz, Fernandez Tomas, keine ausreichenden Erkundigungen einziehen kann, weil ich sonst ein Durchsickern riskiere. Sie wissen doch, was passiert, wenn ich eine Information von der Interpol verlange: alle Telefone in Lissabon läuten Sturm.«

»Nun ja, sie wollen es sich eben mit niemandem verderben.«

»Genau. Aber finden Sie es nicht merkwürdig, daß die Leute von der Botschaft uns nicht nur in diese Sache hineinhetzen, daß sie uns sagen, wir sollen vor den Portugiesen verbergen, was wir tun, aber gleichzeitig kalt lächelnd alles an die große Glocke hängen? Und uns eine Type wie Singleton schicken und dieses Mädchen?«

»Also, fangen Sie nicht wieder damit an. Ich weiß, Sie glauben es nicht, aber ich selbst habe alle Auskünfte überprüft. Hier liegt gar nichts vor. Singleton mag, wie Sie sagen, ein Armleuchter sein, aber er ist nur ein Assistent des Marineattachés und absolut in Ordnung. Vorbereitungsschule, Dartmouth mit guten Noten. Seedienst bei der Mittelmeerflotte. Was soll ich noch tun?«

»Nur eines«, bat ich. »Diesen Sovereign-Prägestempel gut verpackt lassen. Sagen Sie niemandem davon ohne mein Einverständnis. Bewahren Sie es als nettes kleines Geheimnis, das nur die Leute in diesem Büro kennen.«

»Und Senhor da Cunha«, sagte Dawlish.

Ich wußte also, daß er einverstanden war. Er fuhr fort, als hätte ich den Prägestempel nicht erwähnt. »Das Mädchen ist Admiralstochter, beste Schulen, lebt in Lissabon, außer wenn sie mit ihrem Vater nach Neapel geht. Urlaub im Mittelmeer. Sie sollten sich glücklich schätzen, daß Lissabon daran gedacht hat. Sie könnten wegen der Geheimhaltung keine einheimischen Arbeitskräfte anstellen. Ihr müßtet alle den ganzen Tag Geschirr waschen.«

Ich muß wohl höhnisch gelacht haben.

20

In meiner Wohnung in Southwark war es kalt, als ich nach der nächtlichen Unterhaltung mit Dawlish um 8 Uhr früh heimkam. Ich konnte kaum die Eingangstür öffnen, soviel Post lag auf der Matte. Das Übliche. Rotgeschriebenes vom Finanzamt und ein sehr geduldiger Brief von Electrolux; 13 Pfund noch offen; ich konnte den Seufzer beinahe hören. Eine Ansichtskarte aus München mit dem Wunsch, ich wäre auch dort, eine Quittung vom Hausverwalter und die Mitteilung, daß mein Wasserspeicher undicht sei.

Ich schaltete die Heizung an, stellte einen Kessel Wasser auf und mahlte Kaffee. Während ich wartete, daß der Kaffee durchtropfte, rief ich im Büro an, gab das Codewort durch und sagte der Telefonistin: »Wenn MacIntosh anruft, sagen Sie ihm, er soll einen Wagen nehmen und gegen 5 Uhr nachmittags herkommen. Wir müssen meinen Wagen vom Flugplatz holen. Wenn er bis Mittag nicht angerufen hat, übermitteln Sie ihm die Botschaft in Brown's Hotel.«

Ich goß eine reichliche Portion Whisky in den süßen schwarzen Kaffee und trank ihn langsam. Die schlaflose Nacht begann mir sanft im Schädel zu klopfen. Es war viertel vor neun. Ich legte mich zu Bett, als nebenan gerade das Radio aufs Hausfrauenprogramm geschaltet wurde. Über mir begann ein Staubsauger sein teuflisches Geheul. Ich schlummerte ein.

Ich blickte in der Dunkelheit auf die Uhr. Die Türglocke schellte. Ich hatte sieben Stunden geschlafen, und jetzt war MacIntosh an der Tür, begierig, das Nachtleben der Metropole zu genießen. Er fuhr eines der Taxis von der Zentralgarage. Sie waren auf über hundertfünfzig eingestellt, und er wollte gern herausfinden, wieviel darüber.

Ich nahm eine laue Dusche – meine Spezialmethode, um in die Welt des Bewußtseins zurückzufinden. Dann zog ich mich so an, wie es für eine Tournee durch die Tiefen Sohos angebracht ist: dunkler Kammgarnanzug, schwarzes Wollhemd und einen Trenchcoat, der ohne Wimpernzucken jeden hausgebrauten Alkohol aushält.

Es war ein Vergnügen zuzusehen, wie Joe diesen frisierten Wagen lenkte. Mit seinen großen behutsamen Händen streichelte er die Steuerung, und wir glitten mit einem Schwung durch den Verkehr, wie er ihn sonst nie zeigte. »Nirgends«, sagte Joe ruhig, während wir die Straßenüberführung in Chiswick hinauffuhren, »zeigen die Engländer mehr Kompromißgeist als beim Ausweichen auf der Straße.« Er hupte sanft, lenkte den Wagen auf die schnellste Bahn und beschleunigte auf 120, daß es mich fast aus dem Sitz warf. Er bediente mit fantastischer Geschicklichkeit die Kulissenschaltung, die alle diese Wagen noch hatten.

Als wir zum Flughafen kamen, parkte er hinter einer Reihe Taxis. Mein VW stand ganz eingekeilt auf dem für das Luftfahrtministerium reservierten Parkgelände. Joe schlug mir vor, ihn für mich herauszuholen.

Es war erst halb sieben, aber schon dunkel, und ich spürte den Regen auf den Schultern. Ich gab ihm die Schlüssel und ging zum Zeitungskiosk. Ich kaufte einen *Esquire* und trat wieder ins Nieselwetter hinaus. Die Lampen rings um das Parkgelände brannten, und ich sah, daß Joe genügend Wagen entfernt hatte, um meinen herauszubekommen.

Eine Viscount kam im G.C.A.-Schlechtwetter-Landeverfahren herunter. Das riesige dunkle Gebilde flog mit polyphonem Kreischen über mich hinweg. Ich hörte die Räder auf der Landebahn aufsetzen. Joe war am anderen Ende des Areals; er öffnete die Tür meines VW, stieg ein und drehte die Scheinwerfer an. Der Regen zerhackte die langen Strahlen.

Aus dem Inneren des Wagens zuckte heller Lichtschein. Jedes Fenster war ein gleißendes Rechteck, und die Tür sprang plötzlich auf. Dann schleuderte mich die Explosion wie eine Marke beim Flohhüpfen über das feuchte Pflaster.

»Nicht laufen, gehen!« dachte ich. Ich setzte meine Brille wieder fest auf die Nase und krabbelte hoch. Ein kalter Luftstrom verriet mir, daß meine Hose einen Riß hatte. Menschen rannten an mir vorbei zum Parkplatz. Die Explosion hatte die brennbaren Teile eines danebenstehenden Wagens entzündet. Die Flammen erleuchteten die Gegend, und in der Nähe begann eine Glocke zu läuten. Ich hörte den Parkwächter schreien: »Zwei Kerle sind dort hinübergelaufen, zwei Kerle.« Als ich bei der Taxireihe anlangte, hatte ich die Schlüssel in der Hand. Mit dem ersten öffnete ich das Patentschloß am Schalthebel. Den zweiten steckte ich in die Zündung, startete und fuhr aus der Reihe. Ich hörte vom Parkplatz einen weiteren Knall und sah den Lichtstrahl. Ein Benzintank explodierte. Ich fuhr im Kreisverkehr. Meine aufgeschundenen Handflächen zitterten, und das Steuer war naß von Blut und Schweiß. Ich schaltete das Funksprechgerät an, um die Röhren zu erwärmen.

Der Sicherheit halber bog ich nach links ein, dann erst sprach ich in das Mikrophon.

Man antwortete sofort. »Oboe Sieben. Bitte kommen!«

»Oboe Sieben an Notzentrale. Meldung. Schwarz London Flughafen Parkplatz Luftfahrtministerium. Ein Student: MacIntosh. Flach. Schere. Bitte kommen.« In der Codeübersetzung ist schwarz das dritte der Signale für äußerste Dringlichkeit; Student bedeutet Agent oder Angestellter; flach: tot oder vermutlich tot; Schere: Gewalttat.

»Notzentrale an Oboe Sieben. Wie fahren Sie weiter? Kommen.«

»Oboe Sieben. A 4, nähere mich Slough. Kommen.«

»Danke, Oboe Sieben. In Ordnung. Ende. Notzentrale bleibt auf Empfang.«

Als Dawlish über das Funktelefon hereinkam, war er rührend besorgt um meine Sicherheit, vergaß jedoch nicht, zuerst nach dem Namen meiner Versicherungsgesellschaft zu fragen. Er meinte: »Wir können es uns nicht leisten, daß jemand neugierig auf den Hergang wird, ehe wir an die Zeitungen einen Zensurauftrag durchgegeben haben.«

Ich hatte bald den Trick des zweimaligen Auskuppelns der Kulissenschaltung heraus.

21

Ein sonniger Freitag in London, die Polizisten standen herum wie Touristen. Jean erwartete mich im Restaurant Wilton. Sie trug ein dunkelbraunes Chanelkostüm. Wie konnte sie sich das von ihrem Gehalt leisten? Ein blasser Sherry erwartete mich zusammen mit den Neuigkeiten über den Struttonausschuß.

»O'Brien bildet einen seiner berühmten kleinen Unterausschüsse.«

»Ogottogott«, stöhnte ich, »ich weiß, was das bedeutet.«

»Du bist ja weit vom Schuß«, meinte Jean. »Im Augenblick nimmt Dawlish daran teil. Sie werden über die einzelnen Einflußbereiche diskutieren.«

Die Kellnerin brachte die berühmte Wilton-Speisekarte, auf der keine Preise stehen. Ich wäre nie so tollkühn gewesen, etwas anderes zu bestellen, als was der Chefkoch empfahl, und heute war nicht der Tag, eine Kraftprobe zu riskieren.

Die Melone hatten wir hinter uns und den frischen Lachs ebenfalls, als Jean auf das Paket zu sprechen kam.

»Alice hat sogar vorausgesagt, es würde ein Königin-

Victoria-Sovereign sein – brillant, nicht wahr? Wie hat sie das bloß erraten?«

»Keine Ahnung.«

»Doch, du weißt es. Sag es mir.«

»Aus dem einfachen Grund, weil Königin Victoria eine Frau ist.«

»Eine Frau *war*«, verbesserte Jean.

»*Ist*, soweit es gefälschte Sovereigns betrifft.«

»Also?«

»Arabische Länder, oder sagen wir besser, mohammedanische Länder sind ein ausgezeichneter Markt für Sovereigns, stimmt's?«

»Stimmt.«

»Mohammedaner lehnen das Gesicht einer unverschleierten Frau ab, daher ist auf den meisten gefälschten Sovereigns ein König abgebildet. Da es nun unwahrscheinlich ist, daß man einen Königin-Victoria-Sovereign fälscht, hat man sich eben darauf verlegt.«

»Und das klappt?«

»Als sie sich's ausdachten, war es fantastisch. Inzwischen hat man es längst spitzgekriegt, aber wer kümmert sich darum, da man für echte und falsche Sovereigns den gleichen Preis zahlt?«

»Und Alice hat erraten, daß es eine Fälschung war?«

»Ich sandte Dawlish einen Funkspruch und erhielt diplomatische Freigabe für ein Paket dieser Größe und dieses Gewichts. Alice hat versucht logisch zu folgern und recht behalten.«

»Versucht?« Jean goß mir Kaffee nach.

»Es scheint so. Aber ziehen wir keine voreiligen Schlüsse. Auf der Matrize sind keine Merkzeichen, nichts, was man mit dem U-Boot oder irgend etwas sonst in Beziehung bringen könnte.«

»Ach, du meinst, diese Leute in Albufeira haben sie dir bloß gegeben, um dich loszuwerden. Als eine Art Bestechung. Sie erwarteten gar nicht, daß du glaubst, sie kämen direkt aus dem Meer . . .«

Jean unterbrach sich. »Oder wenn sie annahmen, du kämest von diesem Smith, konnte es als Bestechung für Smith gedacht sein.« Sie machte wieder eine Pause. »Er würde daraufhin etwas tun.«

»Oder etwas nicht tun«, entgegnete ich.

Sie hob den Kopf. »Ja«, sagte sie, jedes Wort betonend, »aufhören weiter zu forschen.«

»Bravo«, sagte ich, »du hast es rascher erfaßt als Dawlish.«

Jean meinte: »Wenn es eine Bestechung war, mußte es eine ziemlich gute sein, nicht? Ich meine, es muß eine Menge Geld wert sein.«

»Ja, aus einem guten Prägestempel bekommt man ungefähr 50 000 Münzen, und dieser ist gut. Für jemanden, der sich zum Beispiel mit verbotenem Goldschmuggel befaßt, könnte er sehr viel wert sein.«

»Als du nach London zurückkamst, tauchten unsere Leute weiter in dem U-Boot-Wrack. Man erkannte, daß die Bestechung nicht gewirkt hatte, also legte man dir Dynamit in den Wagen.«

»Nein, diese Explosion war ein sorgfältig vorbereitetes Unternehmen. Man findet heraus, daß ich meinen Wagen immer am Londoner Flughafen abstelle. Man läßt durch einen Fachmann eine recht komplizierte Schaltarbeit durchführen und besorgt das Dynamit. Ich glaube nicht, daß zwischen meiner Übernahme des Pakets von da Cunha und der Bombe, die Joe tötete, ein unmittelbarer Zusammenhang besteht. Möglicherweise sind die beiden Dinge völlig unabhängig voneinander.«

»Wer ist dieser da Cunha?«

»Rechne es dir selbst aus. Er spricht perfekt Portugiesisch – Satzbau und Aussprache sind makellos! Er kleidet sich genau, wie es sich für einen portugiesischen Adeligen gehört. Ich habe an seinem Tisch gesessen und kann dir sagen, das Essen ist original portugiesisch. Was portugiesische Geschichte und Folklore betrifft, so ist er darin einer der bedeutendsten Fachleute in Westeuropa.«

»Du willst beweisen, daß er kein Portugiese ist, weil er behauptet, es zu sein?«

»Ich habe so eine Ahnung.«

»Du bist wirklich nicht ganz bei Trost«, sagte Jean unverschämt, »aber verrate mir, was ich zu tun habe.«

»Ich möchte, daß einer von unseren Filmleuten nach Südportugal auf Urlaub geht.« Ich erklärte ihr die Einzelheiten.

»Victor sollte hinfahren«, meinte Jean, »er hat einen echten Schweizer Paß und versteht es, sich aus allen Schwierigkeiten herauszuhalten.«

»Ausgezeichnet, wir haben bis jetzt schon mehr Schwierigkeiten gehabt, als wir brauchen können.«

Jean schwieg eine Weile, dann sagte sie leise: »Ich wollte, ich könnte den umlegen, der Joe ermordet hat.«

»Ich will das nicht gehört haben.« Ich blickte sie kurz an, dann sagte ich: »Wenn du weiter in der Abteilung arbeiten willst, darfst du so etwas nie auch nur denken, geschweige denn sagen. In einer gut funktionierenden Abteilung ist kein Platz für Heldentum, Rachegelüste und ähnliche Melodramen. Man gibt dir einen Auftrag, es wird auf dich geschossen, du machst ruhig weiter. Nimm an, ich wäre, erfüllt von heroischer Gesinnung, gestern abend zu Joe hingerannt. Ich wäre erstickt vor Rauch, Reportern und Polizisten. Benimm dich wie eine Erwachsene, oder ich lasse deine Sicherheitseinschätzung heruntersetzen.«

»Entschuldige«, murmelte sie.

»O. K., aber schlag dir dein Verlangen nach Ordnung und Sauberkeit aus dem Kopf. Stell dir nur ja nie vor, daß der Wirrwarr von Untersuchungen, an denen wir arbeiten, sich plötzlich lichten wird wie im letzten Kapitel eines Kriminalromans, in der gewissen Szene ›Ich habe euch hier alle beisammen, in dem Zimmer, in dem der Mord begangen wurde‹. Wenn wir alle gestorben und verdorben sind, wird es immer noch ein Büro voll von diesen Papierstaubfängern mit rosa Bändchen geben! Also strick schön ruhig vor dich hin, und bescheide dich mit einem gelegentlichen Socken oder einem schiefen Pullover mit nur einem Ärmel. Dürste nicht nach Rache. Und bilde dir nicht ein, daß irgend jemand den Täter sucht, wenn du morgen ermordet wirst. Niemand wird das tun. Wir werden ausschließlich damit befaßt sein, uns aus den Weltnachrichten und dem Polizeibericht herauszuhalten.«

Jean war entschlossen zu beweisen, wie gut sie ihre Gefühle beherrschen konnte. »Der Verbindungsoffizier von Scotland Yard hat Fotos von deinem Wagen herübergeschickt; hast du sie gesehen?«

»Ja, gestern abend haben sie mir die nassen Kopien geschickt. Übrigens, bedanke dich bei Keightley für seine erstklassige Arbeit: In keiner Tageszeitung wurde etwas erwähnt.«

»Ja«, erklärte Jean, »dabei wurden vier Wagen zerstört. Wenn die Leute vom Yard mit ihrer Rekonstruktion der Sprengstoffanordnung recht haben, sieht es fast aus, als habe man gewollt, daß sich das Feuer ausbreitet.«

»Wo lag der Sprengstoff?«

»Unter der Motorhaube, in der Mitte des Sonnendachs, hinter den Rücksitzen, zwischen den Vordersitzen.« Das schwarze Make-up um ihre Augen war ein wenig verschmiert. Sie schob ihr Haar zurück und lächelte mir zu. »Er hat mir eine grüne Sämischjacke mitgebracht.«

Ich zahlte, und wir gingen miteinander zum Piccadilly. »Heute abend fliege ich zurück nach Lissabon. Ich möchte, daß du die leere Kassette an das Gerichtswissenschaftliche Laboratorium in Cardiff schickst. Du hast mich auf eine Idee gebracht, Jeannie. Ich glaube, ich weiß jetzt, warum mein Wagen in die Luft gesprengt wurde.«

Ich bot Jean an, ihr ein Taxi zu rufen, aber sie wollte nicht. Vor dem Eingang zu Fortnum drückte ich ihren Arm. »Es muß ganz blitzschnell passiert sein«, sagte ich.

Jean schneuzte sich und betrachtete ihre Schuhe.

22

›Taataatаа.‹ Der hohe Ton einer Hupe zerriß die Morgenluft. Harry Kondits 2 CV stand vor dem Bahnhof in Albufeira.

»Hallo, Meister, klettern Sie in den Schlitten. Ich habe Ihren Jungs gesagt, ich hole Sie ab – sie tauchen, und Charly macht Einkäufe.«

Ich hätte gern gewußt, welche Schlußfolgerung H. K. so schnell darauf gebracht hatte, daß wir tauchten. Wir sausten die sonnige Straße entlang. Die Feigenbäume hatten fast alle Blätter verloren und standen nackt und silbern in den roten Feldern.

»Was Neues, Harry?« Vielleicht sollte ich verlangen, daß man in London ein neues Alibi für uns vorbereitete, für den Fall, daß die Sache aufflog. Wir fuhren über die Hauptstraße, vorbei an den Konservenfabriken.

»Ich habe neue Jazzplatten aus den Staaten bekommen – eine Wucht. Kommen Sie doch abends auf einen Drink und lassen Sie sich die Ohren volldudeln. Ha, ha, ha.« Wir waren vor Nr. 12 angelangt. Ich sagte: »Besten Dank«, und H. K. hoppelte über das Kopfsteinpflaster heim. Ich trat in das Haus.

Zum Unglück für Charly war sie die erste, die mir in die Quere kam. Sie war in der Küche, angetan mit einem mikroskopisch kleinen weißen Bikini.

»Hallo, Liebster«, rief sie mit übertriebener Betonung.

»Laß den Blödsinn.«

Sie zog die Nase kraus. »Was hat denn unseren Chef verärgert?«

»Erstens, warum finden es alle zu beschwerlich, mich abzuholen? Zweitens, es gefällt mir gar nicht, daß H. K. mich herbringt und mir erzählt, wie es mit dem Tauchen vorwärtsgeht.«

»Das hat er dir doch nicht wirklich gesagt, oder?«

»Nein, aber er hat mir immerhin erzählt, daß die Jungs tauchen. Was für eine Geheimhaltung haben wir hier? Wie viele Informationen hat er noch aus euch herausgepumpt?«

»Er hat bei uns nur das gleiche getan wie bei dir; das Wort ›Tauchen‹ erwähnt, um die Reaktion zu sehen. Was hätten wir daraufhin tun sollen? Anfangen, mit ihm ›Was bin ich?‹ zu spielen?«

»Mir gefällt es nicht.«

»Ja, weißt du, du kannst von uns kleinen Pinschern nicht erwarten, daß wir ohne unseren Herrn Chef zurechtkommen. Du solltest uns nicht allein lassen, Liebster.«

»Schluß jetzt, Charlotte, und zieh dir was an. Soviel Fleisch in der Küche ist abstoßend.«

»Sonst hat sich niemand darüber beschwert«, sagte Charly. Sie ging an mir vorbei durch die Tür, blieb stehen, ihr strahlender Körper streifte mich. ». . . bis jetzt.« Sie beugte sich vor und berührte mit ihrer Zungenspitze meine Nase. »Du atmest aber schwer, Chef«, flüsterte sie heiser, ihr Mund war von meinem kaum zwei Zentimeter entfernt. »Hau ab, Charly«, sagte ich, »ich hab' ohnehin schon genug Schwierigkeiten.« Aber ich atmete tatsächlich schwer.

»Ich höre, du hast in London eine kleine Sekretärin, die schrecklich sexy ist, Liebling.«

»Nicht ausgesprochen sexy; sie hat zwei Kinder, ein Dreifachkinn und 5 Prozent vom Umsatz. Sie trinkt wie ein Loch und kocht nach Fernsehrezepten.«

Charly stieß ein Diskantlachen aus. »Du widerlicher alter Lügner, vorige Woche hast du ein Foto von ihr in deinem Hemd gelassen.«

»Also, du wäschst *unsere* Hemden auch?«

»Selbstverständlich. Was glaubst du denn, wer eure Wäsche besorgt? Aber wechsle nicht das Thema. Ich habe das Bild deiner Sexbombe von Sekretärin, und außerdem kann ich auf fünfzig Schritt ihren Heiratsblick erkennen.«

»Fünfzig Schritt von dir ist nah genug«, sagte ich.

»Dann schau mir nicht immer in den Schwimmanzug.«

»Wo ist da ein Schwimmanzug?«

Es klopfte. Ich trat einen Schritt zurück. Es war der Bengel aus dem Dorf, der manchmal für Charly auf den

Fischmarkt ging. Ob ich wolle, daß er den Wagen wasche? Ja, ich wollte. Ich ging mit ihm zum Victor. Wir mußten bei der Verleihfirma schon ganz hübsch in der Kreide stehen. Er nahm von irgendwoher einen Kübel und einen Lappen und begann Wasser über die Vorderscheibe zu schütten. Ich setzte mich in den Wagen und unterhielt mich mit dem Vierzehnjährigen. Ob er da Cunha kenne, H. K., Fernie Tomas? Ja, er kannte sie alle. War der Thunfisch um diese Jahreszeit gut? Ja, ganz gut, aber nicht so wie im Juli. Ob er je Botengänge für diese Leute erledigte? Nein, das seien zu große Herren. Ob er mir einen kleinen Gefallen tun könnte? Ja, natürlich. Und es für sich behalten? Er werde schweigen wie ein Grab. Schön, sagte ich. Ob er wisse, zu welchem Friseur Senhor Tomas ginge? Augusto wußte es – die Vorgänge in der Stadt waren sein Zeitvertreib und seine Beschäftigungsgrundlage. Er solle mir eine kleine Locke von Senhor Tomas' Haar besorgen. Ganz wenig, und niemand dürfe es sehen. Nur wir beide würden das Geheimnis kennen, und außerdem würde ich ihm dafür 5 Escudos geben.

Ob ich sie *»o pais das fadas«* schicken wolle, fragte er. Ich dachte an die Charlotte Street und sagte, ja, ich würde sie ins Land der Feen schicken. Ich fragte mich, wie ich den anderen die Sache mit Joe beibringen sollte.

23

Giorgio und Singleton kamen um 3.30 Uhr zurück, zu einem späten Lunch mit gegrilltem Knurrhahn und Buttersauce auf portugiesische Art. Ich wollte nicht den tyrannischen Vater spielen, aber ich gab meiner Ansicht Ausdruck, daß H. K. dem Familienkreis ein wenig zu nahe rückte.

»Sie verdächtigen ihn doch nicht, ein Spion der Salazarpolizei zu sein, Sir, oder doch?« fragte Singleton.

»Ich verdächtige auch Sie, Mr. Singleton«, sagte ich. Kein Lächeln rund um den Knurrhahn. Sie wußten, ich spaßte nicht.

Schweigend aßen wir weiter. Als Charly die Teller abräumte, verkündete sie: »H. K. hat sich ein 12-Meter-Kabinenboot gekauft oder gemietet.«

»Tatsächlich«, erwiderte ich. Charly hatte die Teller in die Küche getragen. Sie rief uns zu: »Es kommt gerade in die Bucht.« Wir gingen alle auf den Balkon und sahen zu. Die große rotweiße Barkasse hinterließ eine schimmernde Spur im Wasser und warf in der Nachmittagssonne einen langen Schatten. Aus dem Steuerhaus lugte eine blaue, weiche Marinekappe. H. Ks. Bronzegesicht lächelte breit, und seine Lippen bewegten sich. Charly legte ihre flache Hand hinters Ohr, und H. K. schrie nochmals, aber der Seewind schnappte ihm die Worte aus dem Mund und trug sie über seine Schulter fort. Er verschwand im Inneren seiner Barkasse, deren Motor gerade genug Drehzahl hatte, um sie in Position zu halten, und erschien wieder mit einem Megaphon.

»Hallo, ihr Landratten«, dröhnte die Stimme übers Wasser, »hebt eure Hintern hoch und kommt raus!«

»Er ist wirklich äußerst gewöhnlich«, bemerkte Charly abfällig.

»Unerträglich«, fand Singleton.

»Ich sagte nur, er sei gewöhnlich«, meinte Charly. »Ich habe nicht erklärt, daß er mir mißfällt.«

Giorgio blies auf das brennende Ende seiner Zigarre. Wir gingen alle hinunter zum Boot; der Starter spuckte, dann heulte der Außenbordmotor. Wir fuhren zu dem Kabinenboot hinaus.

»Sind wir bei Ihnen wirklich nicht in Gefahr, Mr. Kondit?« fragte Charly.

»Heiliger Strohsack, wie oft . . .«

»Harry!«

»Also, ich werd' Ihnen was sagen, Charly. Diese Jungs sind nicht in Gefahr. Bei Ihnen ist es was anderes . . .« Er schob seine Jachtkappe nach hinten und lachte brüllend.

In der Hauptkabine Mahagonifurnier, helle Vorhänge und sanfte Musik. Die Marineregeln hatte man über Bord geworfen. An der Wand war ein Abwaschbecken aus rostfreiem Stahl, daneben ein Kühlschrank. In der Ecke ein 43-cm-Fernsehapparat. Wir ließen uns in die großen Fauteuils fallen, während H. K. mit ritueller Hingabe Wodka und Wermut mischte.

»Was ist denn das, Harry?« Charly betrachtete die Signalflaggen an der Wand.

»Das ist eine Art Gespräch mit Flaggen, verstehen Sie; man schwenkt sie . . .«

»Ja, Harry, ich kenne die Verwendung von Signalflaggen; ich meine, was bedeuten die?«

»Die da? Das sind internationale Codeflaggen K.U.Z.I.G. und Y., das heißt seemännisch« – H. K. beugte sich dicht zu Charly hinüber – »›Erlaubnis, sich längsseits zu legen‹.«

Charly kicherte. »Ach, das ist sehr seemännisch, Harry, das muß ich mir merken.«

Ich sah, wie Singleton die Lippen kräuselte, ob über H. Ks. Zweideutigkeit oder über seine seemännischen Qualitäten, konnte ich nicht sagen.

»Kommt auf die Brücke«, rief H. K. Die Platte war zu Ende. Der Stereospieler schaltete lärmend auf die nächste um. Das Wasser kicherte und gurgelte blödsinnig. Ich hörte Charly vom Vorderdeck schreien: »Ich falle, ich falle!« – es klang nicht sehr überzeugend – und dann das Geräusch, wie Giorgio sie in einer Umarmung festhielt, die beiden recht war. Hinter mir auf der Brücke bewunderte Singleton das Funkpeilgerät und das elektronische Echolot.

»Ja«, sagte H. K., »der Anker hat Motorantrieb; hier!« Er drückte auf einen der farbigen Knöpfe. Ein leises Summen, und das große Boot schwamm frei in der zurückgehenden Flut. »Automatischer Starter, leicht gedrosselt.« Der starke Motor dröhnte plötzlich durch die stille Bucht. H. K. legte den Schalthebel um, und die Schraube begann zu arbeiten. Wir glitten vorwärts.

H. K. hielt das Steuerrad mit dem festen Griff des Besitzers, biß auf seine dicke Zigarre und strahlte uns von seinem hohen Stuhl aus an. »Ihr Briten habt lange genug das Monopol gehabt, mit Schiffen herumzumurksen; hier, jemand anders soll das Steuer nehmen«, sagte er. Dann schenkte er uns allen eine neue Runde Cocktails ein; auf dem großen Krug tanzten Piraten einen Hornpipe, und darunter stand: ›Eine Extraration Rum für alle.‹ Wir formierten ein lebendes Bild, so häuslich wie eine Bierreklame.

24

Nach dem Abendessen zeigte mir Giorgio auf dem Plan, wieviel vom Rumpf des U-Bootes durchsucht worden war. Charly machte Kaffee, und wir tranken den billigen einheimischen Kognak.

Ein Langstrecken-U-Boot ist fast hundert Meter lang und verdrängt weit über tausend Tonnen; es war nicht schwer zu verstehen, warum der schraffierte, bereits untersuchte Teil so klein war. Giorgio hatte nur wenig an die Oberfläche gebracht. Eine Brille mit roten Gläsern; solche Gläser trugen die Ausguckposten, ehe sie auf Wache gingen, um ihre Augen an die nächtliche Sicht zu gewöhnen. Dann eine Dose mit der Aufschrift ›Pervitin‹ und drei deutsche Admiralitätskarten von der spanischen Küste. Diese interessierten mich am meisten. Denn obgleich es sich um Standardkarten handelte, waren in einer Ecke mit Kugelschreiber Zahlen eingetragen. Die Zahl 127 342 war mit 9748 multipliziert worden, und das richtige Resultat stand darunter.

Meiner Ansicht nach durfte auf Karten, die verblaßt, zerfetzt und gewellt sind, die das Datum 1940 tragen und seit 1945 das Tageslicht nicht gesehen haben, nichts mit Kugelschreiber vermerkt sein.

Die Untersuchung war backbord von der Zentrale beendet und längs der Backbordseite der Offiziersunterkünfte fortgesetzt worden. Die nächste Abteilung waren die Mannschaftsunterkünfte. Aber zuerst wollten wir die Steuerbordseite der Zentrale durchsuchen und uns nach vorn arbeiten. Giorgio sagte, die Steuerbordseite werde schwieriger sein. Das Schott zwischen Zentrale und Offiziersunterkünften hatte sich verschoben, wodurch der Boden beiderseits dieses Schotts eingestürzt war. Unter dem Boden lag ein Gewirr von zerbrochenen Akkumulatorkästen und zerfetzten Preßluftflaschen, bedeckt von einer dicken Ölschicht, die aus den geborstenen Öltanks gedrungen war. Bei einer genauen Suche würde man mit bloßen, vom langen Aufenthalt im Wasser geschwollenen und aufgeweichten Händen in diesem Gewirr von verschmutzten Trümmern herumgraben, -tasten und -stöbern müssen. Kein Wunder, daß Giorgio damit bis zuletzt gewartet hatte, in der Hoffnung, man würde alles Gewünschte vorher finden.

Diese Tage der Zusammenarbeit hatten die drei einander nähergebracht. Ich fühlte mich fast als Außenseiter, wenn sie Anekdoten austauschten und Charly neckten, die sie geschickt in Schach hielt.

»... der Mann ist Millionär«, erzählte Giorgio, »ich bringe ihm bei, unter Wasser zu schwimmen. ›Sie brauchen das alles nicht‹, sage ich ihm. Zwecklos. Er kauft die tollste amerikanische Ausrüstung, Tauchanzug, Flossen, Tiefenmesser, Taucheruhr, Armbandkompaß. Ein Harpunengewehr mit Pfeil zur Unterwasserjagd, es macht mir große Angst, als ich es sehe. Das nimmt er alles mit, samt seinem Tauchgerät und einer hübschen kleinen Tafel mit einem Stift, der unter Wasser schreibt. Er geht hinunter, und als er am Grund ist, trifft er dort einen anderen Mann. Der andere hat nichts an als eine Badehose, so klein.« Giorgio zeigte mit den Händen, wie klein, und warf Charly einen verschlagenen Blick zu. »Sonst nichts, keine Preßluftflaschen, keine Harpune, keinen Tauchanzug, keinen Tiefenmesser, keine Taucheruhr. Mein Freund, der Millionär, schwimmt auf ihn zu und schreibt auf die kleine Tafel: ›Was tun Sie hier? Ich habe Spezialausrüstung für 600 Dollar, und Sie kommen hier herunter mit nichts. Wie können Sie das wagen?‹ «

Die Zuhörer waren gespannt. Endlich brach Charly das Schweigen. »Was hat er gesagt?«

»Nichts, unter Wasser redet man nicht. Er nimmt die kleine Tafel mit dem Spezialstift. Er liest die Frage von meinem Freund, dem Millionär, und er schreibt: ›Mamma mia, ich ertrinke.‹ «

»Du kriegst keinen Kaffee mehr«, erklärte Charly, aber ich bemerkte, daß Giorgio kein großes Interesse mehr an Kaffee hatte. Er hielt sich an den Kognak. Für einen Taucher ist es nicht gut, wenn er trinkt. Ein Becher heißer Wein nach einem längeren Tauchen mag noch angehen; sich aber in den Schlaf trinken war etwas ganz anderes.

Wir plauderten weiter. Giorgio erzählte uns von seinem Onkel. »Im Wasser fühlt er sich nicht wohl. Er nimmt niemals ein Bad, er sagt, er gleitet möglicherweise aus und ertrinkt; dann, eines Tages, nimmt mein Onkel doch ein Bad. Er holt einen dieser großen Keramiktöpfe für Zitronenbäume, verstopft das Loch im Boden, gibt Wasser hinein; dann steigt er in den Topf und nimmt ein Bad, aber die ganze Zeit hält er einen Hammer in der Hand. Er sagt, wenn er ausrutscht, dann zerschlägt er den Topf mit dem Hammer, um nicht zu ertrinken.«

Dann erzählte Giorgio von dem Taucherschiff *Artiglio.* Man versuchte, das Gold aus der *Egypt* herauszuholen. Sie seien alle zweimal am Tag aufmarschiert und hätten die Faschistenhymne ›Giovinezza‹ gesungen – aber irgendwie überging Giorgio rasch die Kriegsjahre. Dann gab's noch mehr Kaffee, und Giorgio war bereits bei seiner zweiten Flasche Kognak, und er und Singleton erörterten die Tauchmethoden. Da klopfte es an der Tür.

Charly sagte: »Ich gehe schon«, aber ich saß näher. Ich dachte, es könnte der Junge mit einem Päckchen sein. Er war es. Er hatte einen kleinen Knäuel Zeitungspapier in der Hand, darin befand sich eine Locke von Fernies Haar. Ich dankte ihm und schickte ihn nach einem Paket Zigaretten. Charly rief: »Wer ist es denn?«

»Ein Junge«, sagte ich. »Ich habe ihm vormittags aufgetragen, Zigaretten zu besorgen. Jetzt kommt er endlich und bringt mir Filter.«

»Nehmen Sie eine Zigarre«, sagte Giorgio.

»Nein, ich habe ja Zigaretten; er hat mich nur gequält, ich solle ihm was zu tun geben.«

»Ich hab' dich mit dem Bengel, der mit dem ekelhaften Fernie rumläuft, wie mit 'nem Bruder reden sehen«, sagte Charly.

»Mit Fernie rumläuft«, wiederholte ich entsetzt. Von sämtlichen Bengeln in der Stadt hatte ich mir ausgerechnet diesen erwählt!

Giorgio begann wieder vom Tauchen zu sprechen, und man war der Meinung, daß man eine knifflige Arbeit unmöglich mit Schlauchverbindung zur Oberfläche durchführen kann.

»Eine Nabelschnur«, erklärte Giorgio. »Mein Onkel sagte immer, daß Atropos ständig ihre Schere gegen den Luftschlauch gezückt hält.«

»Atropos – wer war denn das?« fragte Charly.

»Eine der drei Schicksalsgöttinnen der griechischen Mythologie. Sie trägt eine Schere und schneidet den Lebensfaden der Menschen ab.« Giorgio warf ein: »Ja, jeder scharfe Metallrand an einem Wrack ist wie die Schere der Atropos, und der schwache Schlauch, durch den die Luft für den Taucher herunterkommt, ist der Lebensfaden.«

Als wir zu Bett gingen, war der Wind draußen zum Sturm geworden, und unten am Strand wirbelten Luft, Wasser und Sand durcheinander. Manchmal konnte man jede einzelne Welle unterscheiden: das Brausen, Sichüberschlagen und Zurückfluten. Das Getöse ließ die Scheiben erzittern, den Metalleimer vibrieren, den Stoff des Liegestuhls flattern, es klopfte gegen das Trommelfell und machte einen ganz nervös.

Mein Zimmer führte auf einen Balkon hinaus. Vier

oder fünf Kilometer weit draußen auf dem dunklen Ozean blinkten die Lichter der Tintenfischboote am Horizont. Ich stellte mir das Elend dieser Leute vor, die für ein Prozent des Fangs die Nacht auf dem offenen Atlantik zubrachten. Lange Zeit sah ich den schwarzen Wolken zu, die am Mond vorbeizogen, ehe ich zu Bett ging. Ich versuchte zu schlafen, aber der Sturm und die Wirkung des Kaffees hielten mich wach. Um 3.30 Uhr hörte ich die Küchentür klappen. Noch jemand anders konnte nicht schlafen; vielleicht wäre eine Tasse Tee kein schlechter Gedanke. Füße tappten über die Küchenfliesen. Die Hintertür wurde geöffnet, und ich hörte die Schritte draußen auf dem Balkon. Während ich in meine Kleider fuhr, hörte ich das rostige Tor – auf halber Höhe der Außentreppe – in seinen Angeln knarren.

Ich blickte über den Balkon hinaus, der Mond schien hell, und ich bemerkte, daß jemand die Stufen hinunterging. Die Gestalt bog um die Ecke und wanderte den Strand entlang nach Westen. Ich sprang, so rasch ich konnte, die Treppe hinunter. Der Wind war schneidend kalt, und der Sprühregen stach wie mit Nadeln durch meine Hose und den Pullover. Ich fühlte das kalte Metall meiner Pistole an der Hüfte. Der nächtliche Spaziergänger, zwanzig Meter vor mir, machte keinen Versuch, sich zu verbergen. Es war Giorgio. Er wich den Felsbrocken aus und gelangte an den Fuß der breiten Treppe, die sich wie ein verlorenes Band zwischen dem Strand und der oberen Promenade aufwärtswand.

Es wäre Wahnsinn gewesen hinaufzusteigen, ehe er oben war. Er brauchte nur herunterzublicken, um mich zu entdecken.

Ich ließ ihm reichlich Zeit; dann stieg ich auf der Innenseite der Treppe empor. Ich achtete sorgsam auf lose

Steine, obwohl die Brandung jedes Geräusch, das geringer war als das einer Lawine, verschluckt hätte. Als ich mich den obersten Stufen näherte, hielt ich an, nahm die Smith & Wesson aus meinem Gürtel und atmete ganz langsam ein und aus. Dann stieg ich zur Promenade hinauf. Wenn er auf mich wartete, konnte eine Lunge voll Luft sehr viel bedeuten.

Niemand erwartete mich. Die enge Kopfsteinstraße rechts war auf einen halben Kilometer hin leer. Nur von links hörte man ein Zweitaktmotorrad und den Höllenlärm der See. Giorgio schien von jemandem auf dem Soziussitz mitgenommen worden zu sein. Wer von unseren Bekannten besaß ein Zweitaktmotorrad? Ich verlor meine Freunde schneller, als ich sie ersetzen konnte.

25

Große Regentropfen schlugen gegen die grauen Fenster. Das Tief war von Lissabon nach Süden gezogen, wie es die Wettervorhersage angekündigt hatte. Bis zur Teezeit machten Wind und Wetter keine Miene nachzulassen, und wir saßen alle im Hause herum und bliesen Trübsal. Albufeira ist eine Stadt, in der die Sonne scheinen muß. Im Regen sieht sie öde und verraten aus. Auf dem Marktplatz tropfte das Wasser von den Bäumen auf naß glänzendes Gemüse und Obst, und im Café spielte der Besitzer mit seinem Sohn Dame und trank seinen Kaffee selbst.

In Nr. 12 nahmen wir ein spätes Frühstück ein. Die Aufmerksamkeit verteilte sich gleichmäßig auf Kaffee und Pfannkuchen und den geschäftigen Giorgio, der zum sechstenmal seinen Tauchanzug mit Talk einpuderte. Schließlich brachte er ihn in dem Plastiksack unter und schüttelte den restlichen Talk von seinem Kaschmirsweater. Giorgio kontrollierte jeden Tag seinen Anzug, ob er tauchte oder nicht, und dehnte sorgfältig die Klebränder an Armen und Beinen, wo sie am stärksten abgewetzt werden. Und jeden Tag zitterten seine Hände ein wenig mehr als am Vortag.

Giorgio war gar nicht begeistert von der Idee, daß ich mit hinuntergehen wollte; ich hatte es beschlossen, als das Wetter etwas besser wurde. »Es wird zu dunkel sein, man wird nichts sehen«, erklärte er. Singleton widersprach. Da sie starke Taucherlampen verwendeten, die von Batterien im Boot gespeist wurden, bestünde kein Grund, warum wir nicht nachts tauchen sollten statt am Tag. Wir könnten fertig angezogen über den Strand laufen. Selbst wenn uns jemand sähe, würde er nicht merken, wie wir gekleidet seien.

Er wartete, ob Giorgio vom technischen Standpunkt aus einen Einwand hätte. Dem kam ich zuvor. »Wir stimmen nicht darüber ab. Wenn das Wetter beim Gezeitenwechsel besser wird, tauchen wir.«

»Sehr schön«, sagte Charly; es klang so ehrlich wie ein Werbesong, bewies aber, daß wenigstens Charly springen würde, falls ich den Befehl dazu erteilte.

»Zuerst werde ich mit Giorgio tauchen, dann kommt Singleton, und dann wieder Giorgio und ich.«

Singleton war skeptisch. »Halten Sie das für klug? Es ist recht heikel zu . . .« Ich sah ihn böse an. »Jawohl, Sir«, sagte er.

»Ich war in letzter Zeit sehr still, mein Sohn«, erklärte ich ihm, »aber ich war nur damit beschäftigt zu überlegen. Nicht klein beizugeben.«

26

Man stelle sich den Atlantischen Ozean in einer kalten Novembernacht vor, ein scharfer eisiger Wind weht vom Norden. Irgendwo zwischen den hochgehenden Wellen tanzt ein vier Meter langes Boot, ausgerüstet mit einem beschädigten Echographen, Unterwasserleuchtanlage, Reservepreßluftflaschen und fünf Thermosflaschen heißem Wein. Ein portugiesischer Fischer, dessen Hände wund sind von der Bemühung, das treibende Boot über einem versunkenen Wrack fest verankert zu halten. Drei Männer in schwarzen Tauchanzügen stehen bereit: Singleton – Berufsoffizier der Marine, bestrebt zu beweisen, wie stümperhaft ein Geheimdienst von Zivilisten arbeitet; ein freiberuflicher Bergungstaucher, bestrebt, eine Bestechungssumme für Verrat an seinem Auftraggeber zu kassieren, ohne ihn zu verraten; und ein dritter, der über das Gekritzel auf einer U-Boot-Karte nachdenkt und einfach nicht vergessen kann, daß Kugelschreiber erst nach dem Krieg in den Handel kamen.

27

Die Dünung genügte, um uns in den Wellentälern in bedenklichem Winkel schlingern zu lassen.

Waren wir auf einem Wellenberg, dann sah ich im Norden die Küstenlinie. Im Mondlicht sah alles blau aus, und phosphoreszierende Streifen liefen wie statische Elektrizität über die See. Der Echograph gab ein Zittergeräusch von sich, und die Nadel begann regelmäßig wie ein Metronom auf der Papierrolle zu kratzen. Am Bug leuchtete es rot auf, als Giorgio die Taucherlampen überprüfte.

Ich spürte bereits jetzt, wie mich der strammsitzende Tauchanzug beengte, und fragte mich, ob Singleton den seinen tatsächlich noch eine weitere Stunde anbehalten sollte, bis er an die Reihe kam. Giorgio gab mir letzte Ratschläge. ». . . langsam, weite Flossenschläge«, sagte er, »Knie locker, das ist das Geheimnis.« Ich sagte, ich würde daran denken. Er klopfte mir auf den Arm. Nachdem die wasserdichten Lampen an ihren Kabeln hinabgelassen worden waren, kletterte Giorgio über Bord, und ich folgte ihm. Die Kälte des Wassers biß mir bis in die Knochen, als ich eintauchte. Ich nahm das schlechtschmekkende Mundstück zwischen die Zähne und rückte die Tauchmaske zurecht. Ein Bächlein Salzwasser floß von meinem Daumen in meinen Mundwinkel. Ich sollte diesen salzigen Geschmack sehr lange Zeit nicht loswerden. Ich stieß mit den Handflächen gegen die abblätternde Bordwand. Eine Welle rollte über meine Schulterblätter, und das Boot lag auf meinen Händen über mir wie die Welt auf dem Titanen Atlas.

Ich tauchte ab ins unsichtige Wasser. Unter der wogenden Oberfläche war die See grün und dimensionslos. Eine weiße Wolke kleiner Luftblasen quirlte an meinen Füßen vorbei, während ich zu den Lampen hinunterglitt, die immer röter glühten, je mehr ich mich ihnen näherte. Alles war still und ruhig. Das Wasser bewegte sich kaum. Rechts, ein wenig über meinem Kopf, zog Giorgio eine phosphoreszierende Spur. Er glich seine Abtauchgeschwindigkeit meinem schwerfälligen Beinschlag an. Ich sah ihn einen Überschlag machen, wobei seine Füße den Grund berührten, ohne den Schlamm aufzuwühlen. Ich versuchte das gleiche zu tun, aber rund um meine

Flossen bildete sich ein Wirbel schmutzigen Wassers. Giorgio gab mir eine der Lampen, und als sich meine Augen an den purpurnen Schimmer gewöhnt hatten, erschien mir ein Teil des Wassers besonders dunkel. Der riesige Rumpf des gesunkenen U-Boots erhob sich fünfzehn Meter über uns. Giorgio winkte mit der freien Hand und kletterte über eine unsichtbare Leiter aufs Vorderdeck. Ich folgte ihm, vorbei an der glatten Ausbuchtung der Tauchtanks. Stellenweise war der Anstrich noch in gutem Zustand. Trotz der leichten Schlagseite konnte man sich ohne Schwierigkeit vorstellen, dies sei ein vollbemanntes U-Boot, das augenblicklich auf Grund ruhte und später seine Patrouillenfahrt wieder aufnehmen würde. Ich entdeckte eine große, auf den Kommandoturm gemalte Nummer und sah Giorgios Silhouette im roten Licht seiner Lampe, als er den Lukendeckel öffnete. Der verschwommene Schein wurde plötzlich zu einer Scheibe mit scharfen Konturen.

Ich folgte ihm. Die Bemalung löste sich unter meiner Hand, die Flocken stiegen kreiselnd hoch. Ich glitt auf die Plattform des Kommandoturms und stieß mit dem Fußknöchel gegen den Lukendeckel.

Ich hielt mich mit einer Hand an der Kommandoturmleiter fest und machte mich bereit, in den darunterliegenden kleinen, ovalen Raum zu gleiten. Ich leuchtete das Innere mit der Lampe ab. An den Wänden wurden rote Kreise sichtbar; die verschiedenen verglasten Instrumente warfen das Licht zurück. Meine Lampe erhellte die Luke über meinem Kopf. Zwischen der Rohrleitung und dem Sehrohrschacht schwamm ein weiches Bündel im Heizeranzug mit Draeger-Tauchretter. Ich zog das Lampenkabel nach und wich sorgfältig der Leiche des Steuermanns aus, dessen Kopf, meinen Bewegungen im

Wasser folgend, sanft gegen das große Rad der Tiefenrudersteuerung stieß. Der Rudergänger neben ihm würde in alle Ewigkeit den Kreiseltochterkompaß anstarren und auf einen Befehl warten, der nie kommen würde.

Ich hielt mich backbords des vollgestopften Raumes. Das war die Seite, die Giorgio freigemacht und durchsucht hatte. Die Steuerbordseite war voll mit Kojen, Bettzeug und Kleidern, zwischen denen die Leichen kaum zu erkennen waren.

Über mir hingen zerstörte Rohrleitungen wie seltsame Stalaktiten. Stühle und Hocker tanzten an der Decke. Ich stellte mir die letzten Augenblicke vor so vielen Jahren in diesem engen Raum vor, der überfüllt war wie ein Zug der Untergrundbahn zur Stoßzeit. Halb ging, halb schwamm ich vorbei an den geborstenen Vorratskisten und zerbrochenen Flaschen. Der Lichtschein fiel auf zwei ausgebleichte Frauenfotos, die noch fest im Luftzufuhrschlitz steckten. Mein Atem ging schwer. Die eine Flasche meines Tauchgeräts war leer. Ich drehte den Hahn der anderen, um daraus Preßluft bis zum Ausgleich überströmen zu lassen. Die Atmung wurde wieder normal.

Durch die nächste Schottür schimmerte Giorgios Lampe. Ich schwamm weiter, bemerkte den Druckkörper – gut ein Zoll dick –, er konnte den Wasserdruck in mehr als 150 Meter Tiefe aushalten. Ich klopfte darauf, und das Metall vibrierte mit sonorem Klang. Auf der anderen Seite des Schotts lag der Torpedoraum. Es war so, als blicke man von der Galerie auf eine große Schloßhalle nieder. Der Boden lag etwa drei Meter unter mir am Fuß einer Leiter. Auf beiden Seiten standen Gestelle mit Torpedos, die ölig und silbern glänzten wie Sardinen in der Büchse. Im Laufe der Jahre und Gezeiten war Schlamm in den Torpedoraum gespült worden. Einige der am tiefsten gelagerten Torpedos und mehrere Leichen waren von Schlick bedeckt. Ich begann die Sprengköpfe einzeln zu kontrollieren. Giorgio stand hinter mir und hielt die Lampen. Wir wußten beide, daß es nicht gerade gefahrlos war. Zu Ende des Krieges experimentierten die Deutschen mit vielen verschiedenen Typen von Zündeinrichtungen oder ›Gefechtspistolen‹. Es gab akustische, magnetische, das elektrische Auge, den Echoreflex. Es war gar nicht ungewöhnlich, daß ein U-Boot eine Auswahl verschiedener Zünder mit sich führte, und dies hier war eines der damals modernst ausgerüsteten.

»Vierzehn«, sagte ich zu mir selbst, während ich auf das weiche Mundstück biß. »Das sind alle.« Ich strich mit dem Zeigefinger über meine Kehle und zeigte nach oben. Giorgio nickte. Vierzehn Torpedos untersucht. Keiner der Gefechtsköpfe enthielt etwas wie ein Paket. Sie waren weder hohl noch mit Falschgeld gefüllt; sie waren massiv und tödlich. Ich war enttäuscht. Wieder eine falsche Theorie.

Giorgio gab mir seine Lampe, wir waren wieder bei dem verformten Schott. Er glitt durch die Einstiegluke aufs Vorderdeck. Giorgios letzte Aufgabe war es, den Rumpf zu umschwimmen und die Bugrohre zu untersuchen. Ich mußte wegen der Lichtkabel zurückkehren, wie wir gekommen waren. Ich sah auf meine Taucheruhr.

Ich kletterte durch die Kommandoturmluke und über die Bettung der 37-Millimeter-Geschütze; nach der Enge des U-Boots fühlte ich die Unendlichkeit des Ozeans. Langsam schwamm ich mit den beiden Lampen unterm Arm zum Meeresboden hinunter. Ich blickte zurück zu dem gewaltigen Schiffsrumpf, und plötzlich empfand ich Ekel vor diesem Riesensarg. Giorgio war noch nicht nachgekommen. Ich schwamm leicht durch das dunkle Wasser, mit langsamen Flossenschlägen, Knie locker. Das Alleinsein nachts auf dem Grund des Meeres war ein Erlebnis. Über mir ragte das Wrack, und ich bildete mir ein, es bewege sich mit der Strömung. Mein Atem ging wieder schwerer. Ich drehte den Hahn, um den Druck in den Flaschen abermals auszugleichen, aber diesmal würde nur noch die halbe Luftmenge nachströmen. Die Zeit wurde knapp. Wo war Giorgio?

Das elektrische Licht beleuchtete das graue Metall, Fische und kleine Kriechtiere flohen aus dem bewegten Strahl. Ich machte ein paar Beinschläge und schwebte an den drei Steuerbordrohrkappen vorbei. Die drei Rohre auf Backbord waren verschlossen. Ich glitt aufs Deck. Über meinem Kopf wuchsen üppig wuchernde Tange von der Brücke empor. Ich legte die großen wasserdichten Lampen in den Schlamm, um auf meine Uhr und den Tiefenmesser zu sehen.

Da, wenige Zentimeter von meinen Füßen entfernt, lag ein flacher rechteckiger Gegenstand. Der Schlick wirbelte umher, als ich das Ding aufhob. Es war ein großes, in Leder gebundenes Logbuch. Danach suchten wir, laut London, mehr als nach allem anderen. Ich schob das Logbuch unter meine Gerätegurte und bückte mich, um die Lampen aufzunehmen.

Giorgios Gummiflossen waren keine zwei Meter entfernt. Seine Gesichtsmaske und das Mundstück hingen auf seine Brust nieder. Ein Ärmel seines Gummianzugs war in Fetzen gerissen, und eine dünne Blutwolke stieg über ihm hoch.

28

Nochmals glich ich den Flaschendruck aus, zum letztenmal, ehe die Atmung wieder schwer wurde, und ließ den Hahn offen. Es würde nun keine Warnung mehr geben, ehe meine Luftreserve ganz zu Ende war, aber ich brauchte jetzt beide Hände. In diesem Augenblick gingen die Lampen aus, und eine Sekunde später sanken die Kabel lose herab. Das hieß, daß es nichts mehr zu entscheiden gab. Ich hob Giorgios Gesicht hoch und steckte ihm das Mundstück wieder zwischen die Zähne; er war bewußtlos, es fiel wieder auf seine Brust. Ich öffnete den Sicherheitsverschluß seines Bleigürtels, um ihn abzuwerfen, und tat das gleiche mit meinem. Dann packte ich Giorgio unterm Arm und stieß mich mit den Füßen vom Grund ab. Nach einem endlos scheinenden Aufstieg durchstießen unsere Köpfe den Wasserspiegel, der Wind biß mir ins Gesicht wie eine stumpfe Rasierklinge. Die Stille wurde vom Brausen der Wellen abgelöst, und die stechende Kälte an Gesicht und Nacken brachte mir plötzlich zu Bewußtsein, wie durchfroren ich trotz des dicken Tauchanzugs war. Ich griff nach dem Buch und schob es fester unter die Gurte. Das Boot war nicht zu sehen. Aus welchem Grund auch immer sie sich der Lampen entledigt hatten, es mußte eine ernste Gefahr gewesen sein; aber ich hatte das Logbuch. Das wog alles auf.

Sturzbäche von schmutzigweißem Schaum rauschten von den Wellen herab, deren schwarze Massen sich drohend über uns türmten, ehe sie uns hoch auf ihren Kamm hoben. Ich drehte Giorgio auf den Rücken und schwamm der fast unsichtbaren Küste entgegen. Der Himmel war klar und voller Sterne. Der Große Bär ermöglichte mir eine verläßlichere Orientierung als ein Blick auf die Küste von einem gelegentlichen Wellenberg. »Atropos«, schrie Giorgio plötzlich und versetzte mir einen Handkantenschlag gegen den Hals. Eine stärkere Welle als die vorhergehenden brach sich über uns, und Giorgio kämpfte sich frei. Er machte fünf oder sechs kräftige Züge nach Süden, dann wurde er schwach, und als ich nach ihm griff, sank er weg. Ich erwischte ihn etwa zwei Meter unter der Oberfläche, und als wir hochkamen, konnte man schwer sagen, wer von uns beiden dem Ertrinken näher war. Wir husteten und spuckten, und schließlich hatte ich ihn wieder im Schlepptau. Noch zweimal schlug er mir auf den Kopf, schrie »Atropos« und stammelte etwas auf italienisch, das ich nicht im mindesten übersetzen konnte. Die Angriffe auf mich hatten seine Atmung beträchtlich gestärkt. Wenn er nicht so viel Wasser geschluckt hätte, wäre sie wahrscheinlich wieder normal geworden, aber der Blutverlust schwächte ihn mit jedem Meter, den wir hinter uns brachten.

Wir waren seit etwa anderthalb Stunden im Atlantik. Mir tat alles weh. Zum erstenmal begann ich zu zweifeln, ob wir die Küste erreichen würden. Ich ließ mich treiben, hielt Giorgio fest und spähte nach dem Boot aus. Die Wellen warfen uns auf und nieder wie ein Trampolin. Ich schrie Giorgio an. Er wandte mir sein braunes Gesicht zu. Seine Augen waren weit geöffnet, und sein Mund bewegte sich. »Atropos«, flüsterte er schwach, »sie löscht die Sterne aus.«

29

Giorgios Kopf lag auf meiner Brust. »Gegrüßet seist du, Maria«, sagte er leise, »gegrüßet seist du, Maria, voller . . .« – die See schlug über ihm zusammen, er tanzte wie eine Bierflasche – ». . . Gnaden, der Herr ist mit . . .« – er spuckte, hustete und schluckte Salzwasser – ». . . mit dir, du bist gebenedeit unter den Frauen . . .« – Giorgio sank tiefer ins Wasser – ». . . und gebenedeit ist die Frucht deines Leibes . . .« – so daß ich seinen Kopf kaum oben halten konnte – ». . . Jesus. Heilige Maria, Mutter Gottes, bitte für uns . . .« – der Strand lag vor uns –». . . Sünder, jetzt und in . . .« – die Wellen wurden zu Brechern – ». . . der Stunde unseres Todes.«

Wir wurden beide unter die Oberfläche gewirbelt. Ich spürte Boden unter den Füßen. Verlor ihn. Spürte ihn wieder. Eine Welle schleuderte uns der Länge nach in die Brandung. Ich strampelte, bis ich auf die Beine kam, faßte Giorgio unter den Armen und zog ihn zentimeterweise an den Strand, bis er aus dem Wasser war. Alles an mir war schwer. Giorgio war schwer. Ich wollte schlafen. Ich wußte, daß ich Luft in diese mit Wasser vollgesogenen Lungen pumpen mußte.

Ich rollte ihn auf den Bauch. Es war nutzlos, völlig nutzlos.

Sie waren alle zu Hause. Sie saßen im Speisezimmer, die Köpfe zwischen den Knien, starrten zu Boden, und ihre ganze Aufmerksamkeit war darauf gerichtet, langsam und tief zu atmen. Niemand hob den Kopf, als ich eintrat. Charly hatte Kaffee gemacht und die Männer in Decken gehüllt; sie hatte genug Verstand, nichts zu fragen.

»Giorgio liegt am Strand«, sagte ich und holte vor jeder Silbe Luft.

Der alte Fischer stand langsam auf. »Ich werde Ihnen helfen«, sagte er auf portugiesisch.

»Trinkt zuerst euren Kaffee«, sagte ich, »Giorgio hat keine Eile, er starb, als wir an Land kamen.«

»Wer hat das Boot umgekippt?« fragte Singleton nach einigen Minuten.

»Erzählen Sie«, forderte ich ihn auf.

»Also, einer von Ihnen beiden, Sie oder Giorgio, hat uns zum Kentern gebracht.«

Es fiel mir schwer, nicht wütend zu werden.

Dann fügte er hinzu: »Es war jemand im Tauchanzug.«

»Weder Giorgio noch ich kamen an die Oberfläche, bevor ihr gekentert seid.« Niemand sagte etwas. Ich zog das Lederbuch unter meinen Gurten hervor. Ein Bach floß zu Boden. ›Besuchsliste‹ stand darauf. Es war nicht das Logbuch; für unsere Zwecke war es wertlos. Ich warf es durchs Zimmer, daß es polterte.

Nach zehn Minuten war ich trocken und umgezogen. Ich mischte zu gleichen Teilen Kaffee und Kognak und goß es mir in die Kehle. Ich sagte Singleton und dem Alten, sie sollten Giorgios Leiche vom Strand holen, entkleiden und auf den Balkon legen. Dann kletterte ich in den Wagen.

Ich schellte bei da Cunha, bis er selbst öffnen kam. Er war völlig angekleidet.

»Ich möchte eintreten«, sagte ich. Er wehrte mir nicht. »Einer meiner Freunde ist tot«, erklärte ich.

»Tatsächlich?« fragte da Cunha ruhig, aber die Petroleumlampe, die er in der Hand hielt, zitterte.

»Er starb unter Wasser.«

»Also ertrunken?«

»Das glaube ich nicht, aber wenn wir ihn in aller Stille begraben könnten, wäre ich mit dieser Version auf dem Totenschein einverstanden.« Da Cunha nickte, rührte sich aber nicht.

»Sind Sie gekommen, mich um Hilfe zu bitten?« Er fragte es zweifelnd.

»Ich bin gekommen, Sie dazu aufzufordern, auf meine Weise.«

»Dieser Ton wird Sie nicht sehr weit bringen.« Er redete ganz wie Dawlish.

»Ich habe ein Stück Papier in der Tasche«, sagte ich. »Darin ist eine Locke von Senhor Fernandez Tomas' Haar.«

Da Cunha blieb völlig unbewegt.

»Wenn man sie in London mikroskopiert, wird sich herausstellen, daß Fernies Haar rotblond ist und gefärbt wurde. Denn rotblondes Haar und blaue Augen sind so englisch wie nur möglich und viel zu auffallend für einen Portugiesen. Meine weiteren Befehle dürften wohl Sie betreffen. Unterdessen könnte Ihnen die Leiche eines Ermordeten so unangenehm sein wie mir, und ich glaube nicht, daß Ihnen Mr. Smith helfen kann.«

»Sie haben recht. Ich werde sofort alles Nötige für einen Totenschein veranlassen. Wollen Sie die . . . äh, herbringen?«

»Warum nicht?« antwortete ich. »Sie haben hier ein unbenutztes leeres Grab.« Da Cunha bewegte die Lippen. Endlich sagte er: »Wie Sie wollen.«

31

Ich war auf der Hut, als ich nach London zurückkehrte. Giorgio war unter Wasser ermordet, Joe in die Luft gesprengt worden. Beide Male war ich nur wenige Meter entfernt gewesen. Nicht, daß ich es etwa für mißglückte Anschläge auf meine Person gehalten hätte, aber ein Agent erreicht eher durch Vorsicht als durch Mut das Pensionsalter. Ich beschloß, auf eigene Faust ein paar Erkundigungen einzuziehen, auch wenn ich dabei sämtliche Verhaltensregeln der Abteilung ignorieren mußte.

Der eisige Wind durchschnitt die Cromwell Road schneller als die Jaguare der Börsenmakler, und ein Weltraumfahrer auf einem 600-Kubikzentimeter-Motorrad heulte vorüber, auf der Suche nach einem Selbstmordpartner. Ich nahm mir ein Zimmer in einem der Hotels nahe des Flughafens West London. Nichts als Chintz und staubige Blumen. Ins Gästebuch schrieb ich den Namen Howard Craske. Der Mann hinterm Pult verlangte meinen Paß.

»Habe ich die Grenze überschritten?« fragte ich.

Er führte mich in ein Zimmer im dritten Stock, hinten hinaus. Der antike Gasheizungsautomat sah hungrig aus. Ich gab ihm ein paar Einfrancstücke zu fressen. Sie schmeckten ihm. Das Gasfeuer zischte freundlich. Ich zog trockene Socken an, erwärmte mich hinreichend, um wieder unter die Lebenden zurückzukehren, und ging dann in die Telefonzelle um die Ecke. Ich wollte ein paar Stunden verstreichen lassen, ehe ich mit Dawlish in Verbindung trat. Ich wählte eine Nummer in Bayswater. Das Telefon gab die Geräusche von sich, die zu einer Telefonverbindung in England gehören. Es surrte, klickte und summte; es verfügt über mehr Töne als die chromatische Skala. Nach zwei oder drei Versuchen läutete es sogar.

»Kann ich Mr. Davenport sprechen?« fragte ich. Er war mein erster Kontakt zur Unterwelt.

»Dieser Apparat ist heiß«, sagte die Stimme am anderen Ende, »und du bist noch heißer. Verschwinde aus der Stadt.« Er hängte ein. Er war kein einsilbiger Mensch, aber ein angezapftes Telefon übt auf manche Leute eine seltsame Wirkung aus. Ich rief einen anderen an, der Verbindung zur Unterwelt hatte. Diesmal war ich vorsichtiger. Ich wartete, bis Austin Butterworth als erster sprach. Dann sagte ich: »Hallo, Austin.«

»Das ist doch die Stimme meines alten Kumpels . . .«, rief er.

»Stimmt«, sagte ich, bevor er weiterreden konnte.

»Bist du in Schwierigkeiten?«

»Ich weiß nicht, Austin; bin ich's?« Ich hörte ihn lachen wie ein Besetztzeichen.

»Reden wir jetzt nicht darüber«, sagte er. Er kannte sich mit Telefonen aus.

»Wie wär's bei Led, in einer halben Stunde?«

»O. K.«, erwiderte er.

Led ist ein dunkelbraunes Café in der Old Compton Street. Um hineinzukommen, muß man sich durch Zeitungen und Filmillustrierte kämpfen. Drinnen erinnert manches an einen Künstlerball in Chelsea. Ich hörte jemanden sagen: ». . . und besten Dank für diese wirklich reizende Party.« Es war Nachmittag.

»Kleinen Schwarzen«, verlangte ich. Austins Schädel glänzte durch das dünne Haar über einer Nummer des *Corriere della Sera*.

»Hallo, Ossie«, sagte ich. Er blickte nicht auf. Das Mädchen hinter der Theke reichte mir den Kaffee, und ich erstand noch Zigaretten und Zündhölzer. Sie gab mir heraus; erst dann murmelte Ossie: »Wirst du beschattet?«

»Natürlich nicht«, behauptete ich. Ich hatte Ossies Manie vergessen. Seine Gefängnisjahre hatten ihm eine hervorragende Technik im Rollen zündholzdünner Zigaretten beschert, des weiteren die fixe Idee, verfolgt zu werden, und eine lebenslange Abneigung gegen Porridge.

»Gehen wir nach hinten, von dort kann ich sehen, wer hereinkommt.« Wir setzten uns an einen der Tische mit Glasplatte.

»Bist du zweimal um den Block gegangen, um sicher zu sein?«

»Beruhige dich doch, Ossie.«

»Man muß die Regeln beachten«, erklärte er. »Nur die Dummköpfe haben keine, und die werden erwischt.«

Das sagte Ossie, der zweimal im Jahr erwischt wurde. »Ich wußte nicht, daß du ein Vorkämpfer für Regeln bist.«

»Jawohl. Du mußt in jeder Situation wissen, was du zu tun hast, damit du im Fall des Falles nicht erst darüber nachzudenken brauchst.«

»Klingt, als hätte dir das der Oberwärter bei deinem letzten Aufenthalt im Gefängnis gesagt. Aber was für Regeln meinst du?«

»Na, zum Beispiel, immer von der oberen Seite eines sinkenden Schiffes abspringen. 'ne gute Regel, im Fall des Falles.«

»In nächster Zeit werd' ich mich wohl auf keinem sinkenden Schiff aufhalten.«

»Nein?« Ossie beugte sich vor. »Also, da wär' ich nicht allzu sicher, Kumpel.« Sein Zwinkern hätte in jede Gilbert-und-Sullivan-Operette gepaßt.

»Was hast du also gehört, Ossie?« Es fiel mir immer schwer zu glauben, daß Ossie ein Geheimnis für sich behalten konnte. Er sah so naiv aus, der alte Gauner. Aber er kannte Geheimnisse wie nur irgend jemand in London. Ossie war der Archetyp des Berufseinbrechers. Ich bestellte noch einen kleinen Schwarzen für Ossie und für mich.

»Was ich gehört habe? Also, ich höre immer wieder von dir.«

»Zum Beispiel?«

»Nun, üch bün nücht beröchtigt, dü Quelle meiner Ünformation bekanntzugeben, wie man im Yard sagt. Aber ich bin imstande, ohne gar keine Furcht vor Widerspruch zu behaupten, daß du für jemand gewissen 'ne ganz schön heiße Kartoffel bist.«

Er brach ab, und ich drängte ihn nicht, denn das konnte er nicht ausstehen. Ich wartete. »Kleine Vögelchen erzählen, du seist hart hinter einem großen Bündel der gleichen gewissen Ware her, von der du und ich einmal ein kostenloses Muster aus einem hochklassigen Safe in Zürich geholt haben.«

Man muß wissen, wann man gewieft zu sein hat, und wann man die Wahrheit zugeben muß. Ich nickte. Ossie war erfreut, daß er recht hatte. Er fuhr fort: »Wenn du ein Gentleman wärst, der für die Regierung Knallmaschinen herstellt, Maschinen jeder Art und Größe, von den kleinen, mit denen man in Wembley das Startsignal für die hundert Meter gibt, bis zu den großen Dingern, die in der Rekrutierungsliteratur für die Zivilverteidigung zu sehen sind . . .« Er sah mich fragend an.

»Ja«, sagte ich unsicher.

»Und wenn du einen hübschen Knallmaschinenvertrag unterzeichnet hättest, groß genug, um den Stadtrat von Birmingham für die nächsten zwei Jahre vor ein ernstes Smogproblem zu stellen, und dann plötzlich merkst du, daß diese portugiesischen Herren, die den Vertrag gegengezeichnet haben, dich mit Falschgeld bezahlen wollen: da wärst du doch auch richtig gekränkt, nicht wahr?«

»Wenn das Falschgeld aus einem alten Schiff käme, meinst du?«

»Jawohl, Kumpel. Der Kerl, der es für die Portugiesen aus dem Boot holt, wäre plötzlich so überflüssig wie ein zweiter Bräutigam bei einer Hochzeit; du verstehst doch, was ich meine?«

Ich verstand.

Ossie sagte: »Ich möchte nicht als derjenige zitiert werden, der dir mitgeteilt hat, wer dich überflüssig findet, aber ich würde ungern seinen Namen im Telefonbuch suchen müssen, wenn mir seine Vornamen nicht bekannt wären.«

Wenn ich gesagt hätte, die Situation gefalle mir nicht, so wäre dies entschieden eine Untertreibung gewesen. Ich wußte, daß ich mich sehr bald mit Dawlish in Verbindung setzen mußte, sonst würde meine Abteilung mein Foto in der *Prawda* suchen.

Ossie hatte meinen Verdacht bestätigt. In diesem Stadium besaß ich noch immer nichts, womit ich Mr. Smith gegenübertreten konnte, aber ich wußte, wo ich seinen Handlanger zu suchen hatte.

Ich verließ Ossie, ging hinunter bis Piccadilly und trat auf einen Drink in die Ritz-Bar. Ivor Butcher war dort. Er ist immer dort.

»Hallo, Freundchen«, sagte ich.

Wir befaßten uns mit ihm, wenn wir mußten, aber man hatte immer das Gefühl, er könnte einem etwas vom Schreibtisch klauen, wenn man ihn eine Minute aus den Augen ließ. Er kam auf mich zu, noch ehe der Kellner die Bestellung aufnehmen konnte.

»Kommen Sie doch hinunter«, forderte er mich auf. »Drunten ist es ruhiger.« Ich begleitete ihn zur Bar im Souterrain, wo er darauf bestand, mir statt eines Sherry eine dieser süßen Ginmischungen zu verpassen. Er trug einen Regenmantel mit aufgestelltem Kragen wie in einem billig produzierten Film und hielt die Hand in der Tasche, als könne er jeden Augenblick sagen: ›Hände hoch, Kinderchen.‹ Zumeist rief er bei mir Belustigung hervor, aber heute war mir nicht danach zumute.

»Schön, der Urlaub in Portugal?« Er fischte immer nach Informationsbrocken, die er verhökern konnte. Er drückte einen Zitronenschnitz in sein Glas, kaute an dem gelben Fleisch und saugte an der Schale.

Ich fragte: »Worüber freuen Sie sich so – haben Sie das Zentralregister vom Geheimdienst geerbt?«

»Hören Sie, das ist glänzend.« Er lachte kurz und steckte eine Kirsche in sein rosa Mündchen. Er hatte das hübsche Gesicht eines Beatsängers; langes, glänzendes, nach hinten gekämmtes Haar und eine Künstlerlocke in der Stirn. »Sie sehen glänzend aus«, erklärte er. Ivor Butcher war der geborene Lügner – er log auch außerhalb der Arbeitszeit.

»Was machen Sie heute nachmittag? Haben Sie Lust zu einer kleinen Fahrt mit mir nach Berkshire? Habe mir eben ein Häuschen auf dem Lande gekauft, da könnten wir eine Viererpartie machen. Ich kenne da zwei nette Mädchen. Kämen dann gerade rechtzeitig zurück für die letzte Vorstellung im Murray Club.«

»Sie lassen sich's gutgehen«, sagte ich. »Sie sind ja seit 1956 ganz schön vorwärtsgekommen.«

»Ja, hab' mir einen Jaguar Type E gekauft: Cambridgeblau, Speichenräder – eine Wucht.«

Damals hatte Ivor Butcher für das Innenministerium Telefongespräche abgehört. Dabei erwischte er eine Information, die er prompt an drei verschiedene Gesandtschaften verkaufte. Er flog aus seiner Stellung, aber ausgelacht wurde das Innenministerium. In gewissem Sinn war dieser Vorfall für mich der Anlaß zur Entwicklung des Struttonplanes.

Am Nebentisch saßen Werbefachleute mit zuwenig Kinn und zuviel Manschetten. Sie bezahlten Drinks mit der Freigebigkeit, die ein Spesenkonto verleiht. Sie lobten und erörterten ihr Erzeugnis in leisem, respektvollem Ton. Brot: in Scheiben geschnitten, sterilisiert, in Cellophan verpackt. Sie sprachen darüber, als ob es eine Kur gegen Krebs wäre.

Ich trank den Cocktail und gab Ivor Butcher die geranienfarbene Kirsche. »Riesig nett von Ihnen«, sagte er. Kauend sprach er weiter. »Könnte Ihnen 'nen militärischen Tip verkaufen, der Sie interessieren würde.«

»Die Telefonnummer vom Kriegsmuseum?«

»Spaß beiseite, das ist 'ne prima Sache.«

»Soso«, antwortete ich skeptisch.

Er lachte gedämpft und blickte verschlagen um sich. »Kostet Sie 'nen Tausender.«

»Lassen Sie mich Ihr Verkaufsgespräch hören, zum Preis kommen wir nachher.«

»Ich bekomm' 'nen Anruf von einem gewissen Kunden in Maidenhead. Der Junge ist ein ganz erstklassiger Einbrecher. Diese Jungs arbeiten alle mit mir zusammen. Wenn sie irgendwas Ungewöhnliches sehen, krieg' ich's. Kapiert?«

»Kapiert.«

»Der Kerl steigt in die Wohnung eines netten Kabinettsministers ein, ebenfalls in Maidenhead, und als er den Schreibtisch durchsucht, findet er ein hübsches Ledernotizbuch. Er weiß, ich sammle so was, also gibt er's mir für 'nen halben Tausender. Ich verkauf' Ihnen eine Seite davon . . .«

Ich winkte der Bedienung über Ivor Butchers Schulter hinweg, und zu meiner Erheiterung fuhr er herum, als wollten ihn die Detektive der Sonderabteilung im nächsten Augenblick am Kragen packen.

»Einen Tio Pepe und noch ein Glas von dem gleichen Cocktail für diesen Herrn, mit zwei Schnitten Zitrone und mindestens drei Kirschen.«

Ivor Butcher lächelte erleichtert und verlegen zugleich.

»Also, einen Moment lang . . .«

»Ja, ich habe verstanden.«

»Also, was halten Sie davon?« Butcher fuhr sich mit der Zunge zwischen die Zähne, um die Kirsch- und Zitronenreste zu entfernen.

»Wollen Sie meine Ansicht hören?«

»Ich habe Ihnen noch nicht gesagt, was auf der Seite steht.«

»Aber Sie werden es mir vertrauensvoll mitteilen?«

»Nee. Bloß das erste und das letzte Wort.«

»O. K. Eins-zwei-drei-los.«

»Das erste Wort ist ›Venev‹, das letzte ›W.O.O.C.(V)‹.«

Er war über meine Interesselosigkeit enttäuscht. »Also, ich dachte, da würden Sie aufstehen und ›Rule Britannia‹ singen, mein Lieber.« Er zutschte an seinen Zähnen.

»Das ›Venev‹ verstehe ich nicht.«

»V.N.V.«

»Was ist das?«

»Nehmen Sie mich nicht auf den Arm. Der portugiesische Untergrund.«

»Darüber haben wir nicht mal eine Akte.« Ich tat, als dächte ich angestrengt nach. »Im US State Department gibt es einen gewissen Jerry Hoskin. Das ist eher was für die dort, würd' ich sagen.«

»Aber auf derselben Seite wird Ihre Abteilung erwähnt.«

»Schreien Sie mich nicht an, ich hab' es nicht geschrieben.«

»Schön«, meinte Ivor Butcher etwas gedämpft. »Ich versuchte nur, Sie auf etwas hinzuweisen.«

»Sehr nett von Ihnen, aber da wird kein Geschäft draus.«

Die Drinks kamen. In Ivor Butchers zuckerbereiftem Glas schwammen vier leuchtend gefärbte Kirschen. Zwei Scheiben Zitrone saßen am Rand. Er strahlte.

»Ich dachte nicht, daß man es tatsächlich bringen würde«, sagte er atemlos. Um die Wahrheit zu sagen, ich auch nicht.

Ich fragte: »Wie groß ist es?« Er sah mich an und entsann sich nur unter Schwierigkeiten, wovon wir gesprochen hatten. »Wie groß?« fragte ich nochmals.

»Das Notizbuch? – So groß.« Er zeigte mit den Fingern etwa zehn mal fünfzehn Zentimeter.

»Wie dick?«

»Einen Zentimeter.«

»Sieht mir nicht aus, als wäre es für jemanden, den ich kenne, einen Tausender wert.«

»Moment mal, ich verkaufe Ihnen nur eine Seite für diesen Preis.«

»Sie sind übergeschnappt.«

»Was wollen Sie mir dafür geben?«

»Gar nichts. Ich sagte Ihnen doch, wir haben keine Akte darüber, und ich bin nicht befugt, eine zu eröffnen.«

Ivor Butcher spießte die Kirschen mit einem Cocktailstäbchen auf, nachdem er ihnen in dem gelben Drink nachgejagt war.

»Bringen Sie es mir um sieben nach Hause. Der Experte für Portugal, Dixon, wird bei mir sein. Aber ich sage Ihnen, es besteht wenig Aussicht, daß man es haben will.«

Der Werbemann am Nebentisch sagte: »Aber Brot ist doch kein Luxusartikel.«

Mr. Henry Smith, der weltberühmte Kabinettsminister, wohnte in Maidenhead. Entweder betrog Ivor Butcher seinen Chef, oder man stellte mir eine Falle.

Als ich ins Hotel zurückkam, bearbeitete der Mann an der Theke seine Zähne mit einem orangefarbenen Zahnstocher. »Craske«, sagte ich. Er griff ohne hinzusehen nach hinten, nahm den Schlüssel meines Zimmers ab und knallte ihn auf den Tisch.

»Jemand erwartet Sie«, sagte er mit stark mitteleuropäischem Akzent. »In Ihrem Zimmer.«

Ich beugte mich vor, bis mein Gesicht ganz nah an seinem war. »Lassen Sie immer Fremde in die Zimmer Ihrer Gäste?«

Er nahm den Zahnstocher aus seinem Gesicht, ohne sich zu beeilen. »Ja, wenn ich glaube, daß man sich nicht beim Hotelierverband beschweren wird, dann tu' ich es.«

Ich stieg in den dritten Stock. Mein Zimmer war erleuchtet. Ich drehte das Licht im Gang ab und legte mein Ohr an die Tür, hörte aber nichts. Ich steckte den Schlüssel hinein, drehte ihn schnell herum, riß die Tür auf und sprang gebückt in den Raum.

Ein Mann kann sein Leben lang darauf achten, daß hinter ihm kein Licht brennt, wenn er in ein abgedunkeltes Zimmer tritt, er kann regelmäßig die Bodenplatte eines fremden Telefons abschrauben, ehe er es benutzt, stets nach verborgenen Drähten suchen, bevor er ein vertrauliches Gespräch führt: einmal kommt die Gelegenheit, wo sich diese Mühe bezahlt macht. Dies jedenfalls war nicht der Augenblick.

In voller Länge ausgebreitet lag auf der rosengemusterten Terylenebettdecke das Hundertzehnkilogewicht von ›Tinkle Bell‹. Ein breiter, nicht gerade sauberer Filzhut parkte auf seinem Gesicht.

32

»Ich bin's bloß.« Die Worte kamen gedämpft durch den Hut und endeten, wie alle Sätze Tinkle Bells, in einem dröhnenden Husten. Eine Hand schob den Hut von seinem Gesicht, und eine Rauchwolke stieg zur Decke.

Ich richtete mich auf und kam mir etwas lächerlich vor.

»Was hast du mit dem Portier getrieben?«

»Ich hab' ihm einen alten Ausweis aus dem Krieg gezeigt.« Tinkle Bell stand auf und zog eine Whiskyflasche aus der Tasche. Er benutzte die beiden Plastikbecher vom Waschtisch.

»Sollst leben«, sagte er.

»Danke.«

Die affenartige Geschicklichkeit seiner Finger machte es ihm möglich, gleichzeitig zu rauchen und zu trinken.

»Überrascht, daß ich dich gefunden habe? Helles Köpfchen, wie?« hustete er. »Nicht so schlimm, weißt du. Heute früh hat Albufeira eine Botschaft telefonisch durchgegeben, daraufhin sahen wir uns die Passagierliste an. Du hast schon einmal ›Craske‹ verwendet, ungefähr vor einem Jahr. Der Alte möchte dich morgen früh sprechen, um zehn, wenn möglich.«

»Höflich ist er immer, das muß man ihm lassen.«

»Dawlish ist in Ordnung«, sagte Tinkle und goß uns beiden noch einen ein. »Ja, und ich soll dir sagen, Jean erwartet Instruktionen. Ruf sie an, sobald du kannst.«

Er nahm seinen Hut und kippte den Drink elegant hinunter.

»Kann ich etwas für dich tun? Ich gehe zurück ins Büro.«

»Ja, Post überwachen.« Ich gab ihm Ivor Butchers Namen und Adresse.

»Und Telefon?«

»Ja.« Ich lächelte bei dem Gedanken. »Zapfen wir sein Telefon an.«

»Gut, auf später«, sagte er, dann hörte ich ihn die knarrenden Stufen hinunterhusten und auf die Straße treten. Ich begann wieder meinen Koffer zu packen. Bevor ich Dawlish morgen wiedersah, hoffte ich noch einiges zu erledigen.

33

Gegen halb sechs kam ich in meine Wohnung zurück. Ich machte Kaffee und entfachte ein kräftiges Feuer. Draußen verließen Kolonnen von kotbespritzten Autos im Dieselqualm die Stadt. Die Wettervorhersage hatte Schnee prophezeit.

Ich stellte im Schlafzimmer einen Kartentisch auf, staubte die Nikon F ab und befestigte sie im Nahaufnahmegerät, nachdem ich sie mit hochempfindlichem Film geladen hatte. Über der Sockelplatte waren vier nach unten gerichtete Fotolampen angebracht. Ich schaltete ein, und das blendendhelle Licht strahlte auf. Ich verließ das Schlafzimmer und schloß die Tür hinter mir ab.

Ich war bei der zweiten Tasse, als Jean kam. Ihr Mund war kalt. Ich erzählte ihr von Ivor Butcher. Jean meinte, ich sei ein Paranoiker, aber sie war noch nicht lange genug in der Branche, um jenen sechsten Sinn entwickelt zu haben, von dem ich immer behauptete, ich besäße ihn.

Ivor Butcher blieb eine Zeitlang in seinem blauen Jag auf der anderen Straßenseite sitzen, ehe er ans Haustor kam. Alles spielte sich ganz so ab, wie sich's gehört. Ich nahm seinen Mantel und goß ihm einen Drink ein. Wir warteten zwanzig Minuten lang auf meinen erfundenen Mann vom Außenministerium. Ivor Butcher hatte das Notizbuch in einem verschlossenen gelben Papierumschlag mitgebracht. Als die Spannung ein wenig gestiegen war, fragte ich ihn, ob ich es sehen könne. Er reichte mir den Umschlag über den Schreibtisch, ich riß ihn schnell auf und zog ein Ledernotizbuch mit Goldschnitt hervor. Der Einband war abgenutzt, und es wirkte nicht allzu neu. Ivor Butcher wollte eben den Mund zum Protest öffnen, aber ich ließ das Notizbuch geschlossen. Ich steckte es in den Umschlag zurück.

»Sieht O. K. aus.« Ivor Butcher nickte. Ich drehte den Umschlag langsam zwischen Daumen und Fingern. Seine Augen verließen ihn keinen Augenblick. Ich stand auf und trat auf ihn zu. Ich faltete den zerrissenen Umschlag und schob ihn in die Tasche seines Anzugs aus glänzender synthetischer Faser. Er lächelte dümmlich. »Ich werde diesen Mann im Büro anrufen«, erklärte ich und ging ins Schlafzimmer zum Telefon.

Es war einfach gewesen, das Notizbuch aus dem aufgerissenen Umschlag auf meine Knie gleiten zu lassen, und nicht allzuschwer, es durch einen Gegenstand von passender Form und Größe zu ersetzen. Glücklicherweise stimmte Ivor Butchers Beschreibung ziemlich genau, aber ich hatte noch zwei weitere Möglichkeiten vorgesehen, für den Fall, daß es nicht so gewesen wäre.

Ich klammerte das Buch auf der Sockelplatte fest und schaltete die Fotolampen ein. Ich drückte auf den Auslöser. Klick – der Schlitzverschluß rollte sanft ab. Ich blätterte um und fotografierte die nächste Seite. Nun hing alles davon ab, ob Jean imstande war, Butcher hinreichend zu beschäftigen. Falls er den Umschlag aus der Tasche zog und darin sechs Kupons fand, für die er je ein Stück Seife, Marke Fairy, vier Penny billiger kaufen konnte, bestand die Möglichkeit, daß ich beim Fotografieren unterbrochen würde.

Um Viertel vor eins war der letzte Abzug trocken, und Ivor Butcher hatte uns längst verlassen; das Notizbuch steckte wieder in seiner Tasche. Ich ging ins Wohnzimmer. Jean hatte ihre Schuhe abgestreift und war vor dem ausgehenden Feuer eingeschlafen. Ich beugte mich über die Rücklehne des großen Lederfauteuils und küßte sie auf ihr lustiges, umgekehrtes Gesicht. Sie erwachte und fuhr hoch.

»Du hast geschnarcht«, sagte ich.

»Ich schnarche nie.« Sie sah mich im Spiegel an.

»Und du hast mir erzählt, ich sei der einzige Mann in London, der das wissen kann.« Jean fuhr sich mit ihren Fingern ins Haar und zog es hoch über ihren Kopf.

»Findest du, ich sollte mein Haar so tragen?«

»Du sollst überhaupt nichts tragen«, sagte ich.

Wir betrachteten einander im Spiegel. Sie meinte: »Du wirst fürchterlich dick. Was gedenkst du dagegen zu tun?«

»Gar nichts. Wir ...«

In diesem Augenblick läutete das Telefon. Jean lachte, und ich ließ es einige Zeit läuten; schließlich ging ich doch hin.

»Wahrscheinlich dein Mr. Butcher, der sich entschlossen hat, auf neunhundert herunterzugehen. Armer Mr. Butcher.«

Ich nahm den Hörer ab. Es war Alice; sie vergeudete kein Wort.

»Mr. Dawlish läßt Sie bitten, sofort herzukommen. Etwas Dringendes.«

»O. K., Alice.«

34

Als wir in die Charlotte Street einbogen, fiel Schneeregen. Wir stiegen in Dawlishs Büro hinauf, ins oberste Stockwerk. Die Sache sah nach Aufregung aus.

»Nehmen Sie das Teetablett vom Stuhl und setzen Sie

sich«, sagte er, und Alice steckte den Kopf zur Tür herein, da sie nicht mehr wußte, wieviel Stück Zucker ich wollte.

»Scheußliche Nacht«, schimpfte Dawlish. »Entschuldigen Sie, daß ich Sie jetzt noch behellige. Das erstemal in zwei Jahren, daß ich mein Dienstagbridge versäume.«

»Wir alle müssen Opfer bringen«, sagte ich.

»Ja, wenn unsere Chefs sagen: ›Spring!‹ «

»Verstehe. Allerdings hatte ich heute kein Spiel auf dem Programm.« Jean warf mir einen Blick zu.

»Den Struttonplan, den haben Sie allein uns eingebrockt«, erklärte Dawlish mit gespieltem Vorwurf. »Jetzt wurde uns gestattet, einen Beratungsausschuß zu bilden« – er musterte die Papiere auf seinem Schreibtisch und las die Worte ab – »Struttonplan-Beratungsausschuß.« Er hob den Kopf und strahlte. Hinter dem Strahlen war sein Gesicht sorgenvoll.

»Geschickt gewählte Bezeichnung.«

»Ja«, sagte Dawlish etwas unsicher. »Übrigens«, er schneuzte sich laut in ein großes Taschentuch, »Sie sollten die Komplimente nicht übertreiben. Sie stehen bereits im Verdacht, daß Sie sich über die Leute lustig machen.«

»Aber nein«, entrüstete ich mich.

»Doch«, sagte Dawlish. »Nun also, Sie sollen dem Ausschuß angehören, und ich wüßte nicht, wen man als Präsidenten des Finanzkomitees vorschlagen könnte, wenn nicht Sie.«

»Und wann soll's losgehen?«

Dawlish warf einen Blick auf seinen Schreibtischkalender. »Die erste Sitzung ist für Donnerstag, 15.30 Uhr, angesetzt, im *Storey's Gate.*«

»Aber ich kann nicht bis Donnerstag hier herumsitzen. Die Situation in Albufeira ist äußerst prekär.«

»Ach ja, darüber wollte ich mit Ihnen sprechen.« Dawlish ging zur IBM-Maschine hinüber, die alle seine Daten aufeinander abstimmte. Er hantierte an der Bedienung herum. »Ich möchte, daß Sie den Bericht darüber so bald wie möglich abschließen.« Er wandte mir immer noch den Rücken zu. Ich wußte, daß es das war, worüber er mit mir reden wollte; der Struttonplan mit all seiner künstlichen Aufregung war nur ein Vernebelungsversuch. Dawlish trat an seinen Schreibtisch zurück und stellte einen Hebel an seiner Gegensprechanlage um. Alice meldete sich; er sagte: »Codename für Albufeira?« Durch den winzigen Lautsprecher knarrte Alices verzerrte Stimme: »Alforreca.«

»Sehr gelehrt«, sagte ich zu Dawlish. Es war der portugiesische Name für die Qualle, die wir Portugiesische Galeere nennen. Dawlish lächelte, kippte den Hebel und berichtete Alice, was ich gesagt hatte, dann wandte er sich wieder mir zu.

»Wir brechen ›Alforreca‹ ab. Ich brauche morgen früh Ihren Bericht für den Minister. Ausdrückliche Order vom Kabinett.«

»Kommt nicht in Frage!«

»Mir scheint, ich kann Ihnen nicht folgen«, sagte Dawlish.

»Ich bin noch nicht zu Ende. Ich habe noch eine Menge zu tun.«

Dawlish war aufgebracht. »Möglich, aber Sie haben nicht weiterzumachen. Vollkommenheit ist höchstens ein Seelenzustand.«

»Einmischung von oben gleichfalls; ich werde trotzdem zurückgehen – ich verbringe eben meinen Urlaub dort.«

»Seien Sie doch vernünftig. Was ist los mit Ihnen?«

Ich holte das Bündel Fotos aus der Tasche. Dreiundzwanzig Seiten aus Mr. Smith' privatem Notizbuch. Das meiste in der unleserlichen Schrift beschäftigter Leute. Es gab rätselhafte Verabredungen zum Lunch und sorgfältige Zusammenstellungen von Steuerabzugsposten. Der Hinweis auf V.N.V. betraf Verkäufe nicht angeführter Waren und Nummern von Schweizer Bankkonten.

Aber eine Seite enthielt etwas, mit dem sich mehr anfangen ließ. ›K. sagen‹, hatte er notiert.

›Bordable Expaxial Sasheries Suist Covertly Baroness Zayat Hornpock.‹

Unterschrieben war es ›Xyst‹.

Ich hätte nichts davon verstanden, wenn ich nicht auf einer Seite die Worte ›Moreing & Neal‹ bemerkt hätte.

Ich ließ die Nachforschungsleutchen im Moreing-&-Neal-Handelscode nachschlagen, während die Abzüge trockneten. Nun erklärte ich es Dawlish.

»Es bedeutet ›Errichtung chemischer Werke‹, dann ›Waren verschifft‹, dann ›Wert 7100 Pfund Sterling‹ und ›ausgeliefert Dokumente‹. Das Wort Baroness heißt ›Vorsicht vor‹, und Hornpock bedeutet ›nicht erwähnen‹. Zayat und Xyst sind private Schlüsselworte, letzteres bedeutet offensichtlich Smith' Unterschrift.«

Ich wartete, bis Dawlish die volle Tragweite mitbekommen hatte. Er wirbelte seinen Tabaksbeutel wie ein Lasso.

Ich fuhr fort: »Das heißt, daß Smith an K. (das muß Kondit sein) Laborgerät im Wert von siebentausend Pfund geschickt hat (für die Eisschmelzexperimente, schätze ich). Die ›Dokumente‹ beziehen sich auf den Sovereignprägestempel (ein näherliegendes Codewort gibt es nicht), und Zayat bin ich. Smith sagt, man solle sich vor mir hüten.«

»Ich kenne seinen Standpunkt genau«, erklärte Dawlish. Feierlich nahm er seine Brille ab, wischte sich mit einem großen Taschentuch übers Gesicht, setzte die Brille wieder auf und las das Ganze nochmals durch. »Alice«, rief er schließlich in die Schnatterkiste, »kommen Sie doch rasch mal herüber.«

Wie Dawlish sagte, es war alles ein wenig weit hergeholt. Es paßte nicht ganz tadellos zusammen. Warum sollte Smith an einem so abgelegenen Ort ein Labor finanzieren, das in London viel weniger auffallen würde? Und Dawlish fand, die Interpretation von ›Dokumente‹ als ›Prägestempel‹ sei doch ein wenig gewagt.

Dawlishs Abteilung war dem Kabinett direkt unterstellt; es war leicht zu verstehen, daß der Alte zögerte, einem Kabinettsminister in die Quere zu kommen, einem so einflußreichen noch dazu.

Schließlich, vier Tassen Nescafé später, lehnte sich Dawlish in seinen Stuhl zurück und sagte: »Ich bin überzeugt, daß Sie unrecht haben.« Er starrte auf einen Punkt an der Decke. »Überzeugt«, wiederholte er. Alice sah mir in die Augen. »Und daher ist es« – er machte eine Pause – »ethisch betrachtet richtig, wenn wir die Untersuchung fortsetzen, um Smith' Leumund zu schützen.«

Das sagte Dawlish zur Decke, und während er sprach, zwinkerte ich Alice ganz vorsichtig zu; und, kaum zu glauben, sie bewegte ihre Mundwinkel einen Viertelzentimeter aufwärts.

Ich erhob mich. »Nützen Sie es nicht aus«, mahnte Dawlish besorgt, »ich kann die Dinge nur ein wenig aufschieben.« Er wandte sich wieder den Struttonplanpapieren zu. »Eines Tages werden wir uns übernehmen«, hörte ich ihn dem Aktenschrank zumurmeln, als ich ging. Anscheinend war er es müde, zur Decke zu sprechen.

35

Tief unten im Keller des Gebäudes ist die Luft warm und gefiltert. Zwei bewaffnete Polizeibeamte fotografierten mich mit einer Polaroidkamera und legten das Foto ab. Die großen grauen Metallschränke vibrierten zusammen mit den Ventilatoren der Klimaanlage, und hinter den Schwingtüren wartete eine weitere Sicherheitskontrolle. Von allen Orten der Welt wird vielleicht dieser hier am sorgfältigsten geheimgehalten. Ich fragte nach Mr. Cassel, und es dauerte einige Zeit, bis man ihn fand. Er begrüßte mich, unterschrieb für mich und nahm mich ins Allerheiligste mit. Rechts und links ragten die Schränke drei Meter hoch, und alle paar Schritte wichen wir Stufenleitern auf Rädern aus oder ernst dreinblikkenden weiblichen Offizieren, die die Archive betreuten.

Die Decke bestand aus einem komplizierten Netz von Rohrleitungen. Einige Rohre hatten kleine Löcher, andere größere Öffnungen; die Brandvorkehrungen waren peinlich genau und umfassend. Wir kamen in einen niedrigeren Raum, der wie eine Schreibzentrale aussah. Vor jedem Beamten stand eine elektrische Schreibmaschine, ein Telefon mit einer einzigen Nummer anstelle der Drehscheibe und ein Apparat, der einem Schreibmaschinenwagen ähnelte.

Jedes Dokument, das aus kommerzieller Spionage oder von einer Regierungsabteilung stammt, wird von den Männern in diesem Raum abgeschrieben. Sobald es getippt ist (auf hitze- und wasserbeständigem Papier, in einer Schriftart, die auf diese Maschinen beschränkt ist), vergleicht der vorgesetzte Beamte das Original mit der eben entstandenen Zusammenfassung, setzt seinen

Stempel in die Ecke, und der Stenotypist steckt das Original in die kleinere Maschine, einen Papierreißwolf. Die Vernichtung des Originals dient zum Schutz der Informationsquelle.

Ich sah zu, wie ein Stenotypist seinen Telefonhörer aufnahm und hineinsprach. Der Kontrolleur ging zu ihm hin, und sie verglichen gemeinsam die Kopie mit dem Original. Der Stenotypist erklärte, was er geschrieben hatte und warum einige Punkte ausgelassen waren. Diese ›Stenotypisten‹ sind erfahrene Geheimdienstbeamte. Der Kontrolleur stempelte eine Ecke der Abschrift mit einem Prägestempel, der aussah wie eine Nagelzange. Sie hielten das Papier über den Reißwolf und steckten es gemeinsam hinein.

Kevin Cassels Büro war eine erhöhte Plattform mit Glaswänden, zu der man über eine steile Holztreppe hinaufstieg. Von hier aus konnten wir vielleicht ein Hektar Akten übersehen.

»Hallo, Seemann«, begrüßte er mich.

»Es spricht sich rasch herum«, erwiderte ich.

»Ja«, sagte Kevin, »das Kabinett hat uns versprochen, daß wir nach den Zeitungskolumnisten als erste informiert werden – du hast zugenommen, du alter Schweinehund.«

Er bot mir den grünen abgenutzten Beamtenstuhl an. Kevin lächelte erwartungsvoll; sein Mondgesicht war für seinen kleinen schlanken Körper viel zu groß, und die überhohe Stirn machte es noch größer.

»Das erstemal, daß du uns hier unten besuchst, seit Charlie Cavendish . . .« Er beendete den Satz nicht. Wir hatten Charlie beide gern gemocht.

Kevin sah mich eine Minute lang an, bevor er weitersprach.

»Jemand hat einen Knallfrosch unter deinen VW gelegt, wie ich höre.«

»Man war hinter einer Blechbüchse her, nicht hinter mir.«

»Klingt eindrucksvoll als letztes Wort, aber ich würde trotzdem meine Vorkehrungen treffen.«

Er griff in die Innentasche seiner grünen Tweedjacke und nahm sein Notizbuch und einen alten Füllfederhalter heraus.

»Wärst du bereit, mir etwas zu erzählen und es dann sofort wieder zu vergessen?« In schweigender Zustimmung schraubte Kevin die Kappe auf seinen Füller, schloß das Notizbuch und steckte es wieder ein.

»Was hast du vor? Willst du in Downing Street Nr. 12 ein Wandmikrophon einbauen oder auf der Pressetribüne im Unterhaus einen Heckenschützen postieren?«

»Das machen wir erst nächste Woche. Ich möchte . . .« Ich hielt inne.

»Mit dem hier wirst du dich unbefangener fühlen.« Er ließ eine große Neonröhre von der Decke herunter, bis sie zwischen uns auf dem Tisch lag; sie mußte jedes Mikrosendegerät stören. Deshalb benutzten Agenten, wenn irgend möglich, öffentliche Fernsprechzellen, die neben einem großen Neonschild stehen. Er schaltete die Röhre ein. Sie flackerte, dann beleuchtete sie Kevins Gesicht von unten mit bläulichweißem Schein.

Er brauchte nur ein paar Minuten, um die Dokumente zu finden, die ich sehen wollte. Ich überflog den medizinischen Wisch. Klinische Beschreibung der körperlichen Merkmale: Größe, Gewicht, Narben, Muttermale, Warzen, Blutgruppe, Reflexe und Einzelbeschreibung der Zähne sowie aller ärztlichen Behandlungen seit dem elften Lebensjahr.

Ich ging zur Karte über.

Smith Henry J. B. — Periodische Neuerstellung dieser Akte: alle sechs Monate

Herkunft:
Geboren 1900.
Rasse: kaukasisch weiß. Nationalität: britisch von Geburt.
Pässe: britisch, Vereinte Nationen.
Lebenslauf:
Eton / New / Horse Guards / Börsenmakler. Verheiratet P. F. Hamilton (s. d.). Ein Kind.
Immobilien:
Maidenhead. Albany. Ayrshire.
Bankkonten:
Westminster: Fil. Green Park. 19 004 Pfund dep., 783 Pfund Giro.
Aktien: (s. pk. 9).
Interessen:
Gärtnerei. Sammelt Erstausgaben von Gartenbüchern, ebenso Blumendrucke. (Zwergform eines Granatapfelbaumes mit scharlachroten Blüten nach ihm benannt.) Kunst: besitzt 3 Bonnards, 2 Monets, 5 Degas, 5 Bratbys.
Schwächen: rh. 139 wh. 12 gh. 190 gh. 980.
Jagd: Wildhühner – mittelguter Schütze.
Bentley Continental / Mini Cooper. Cessna-Flugzeug. 320 Skyknight.
Persönliches:
Mätresse (s. gh. 980).
Antialkoholiker. Vegetarier.
Vertraulich:

Mitglied von Celebrite / Eve / Nell Gwynne unter dem Namen Murray. Unterhält kleines laufendes Konto unter dem Namen Murray.
Clubs: White's, Traveller's.
Keine homosexuelle Neigung nachgewiesen. Im September 1952 ließ ihm die (radiert) Abteilung für (radiert) Anträge machen, um Beweise (Fall 1952/kebs/832) zu erhalten. Blieben unbeantwortet.
Reisen:
Ausgedehnte (s. ah. 40).
Fotos:
aa/1424/77671.

36

Kevin ging zum Wandkalender hinüber und starrte ihn an. Dann drehte er sich um.

»Was für ein Mensch er ist?« wiederholte er. »In wenigen Worten läßt sich das schwer sagen. Er wurde *Fellow* im *All Souls,* bevor er dreißig war. Das heißt, daß er nicht dumm ist. Man erzählt sich eine Geschichte über ihn, aus der Zeit, als er für die Wahl kandidierte.« Kevin machte eine Pause. »Wahrscheinlich ist sie nicht wahr, aber ich erzähle sie dir trotzdem. Die Kandidaten wurden zum Dinner geladen, weil man wissen wollte, ob sie sich die Serviette in den Kragen steckten oder aus den Fingerschalen tranken.« Ich nickte. »Man servierte Smith einen Kirschenkuchen, um zu sehen, wie er sich der Kerne entledigen würde. Aber er hielt sie zum Narren, indem er die Kirschen samt den Kernen schluckte. Ich weiß nicht, ob es wahr ist, aber es paßt zu ihm.

Im *All Souls* sitzen die Jungs, die der Regierung sagen, was sie tun soll. Zum Wochenende treffen sich alle Fellows und viele Ehemalige, die früher Fellows waren, bei einer großen Freßparty; das sind solche Leute, die eine Menge Zeit und kostspieliges Training darauf verwenden, den Unterschied zwischen russischem und iranischem Kaviar herauszufinden. Smith hat ein Einkommen von ungefähr 90 000 Pfund im Jahr.« Ich pfiff leise. »Ja, 90 000«, wiederholte Kevin, »für einen Teil zahlt er Einkommensteuer. Er sitzt in einem Dutzend Direktorien, die Wert darauf legen, einen alten Herrn dabei zu haben. Smith' Bedeutung besteht darin, daß er im Ausland ebensoviel Einfluß aufbieten kann wie hierzulande. Durch Unterstützung der Gegenseite vermeidet er jedes Risiko. Er finanzierte für Deutschland und Italien die Flugzeuge, Panzer und Kanonen, die sie 1936 Franco schickten. Daneben rüstete er still und leise eine Loyalistendivision aus. Als Franco siegte, erhielt er zum Dank Aktien von spanischen Brauereien und Stahlwerken. Als er 1947 nach Spanien kam, erwartete ihn auf dem Flugplatz eine spanische Ehrengarde mit gezogenem Säbel. Es war ihm sehr peinlich, und er sagte Franco, er solle das nie wieder tun. In Südamerika war er immer schnell bereit, einem unzufriedenen General ein paar Tausender in die Hand zu drücken. Er ist *persona grata* bei Fidel Castro.«

Das rote Telefon läutete. »Cassel.« Kevin kniff sich in die Nase. »Kompliziertes Diagramm? Machen Sie die übliche Fotokopie, aber zeigen Sie sie den Ingenieuren, bevor Sie das Original vernichten.« Er hörte wieder zu. »Dann zeigen Sie ihnen nur den Teil, auf dem kein Name steht.« Er legte den Hörer auf. »Idiotisch, nächstens werden sie mich noch fragen, ob sie aufs Klo dürfen. – Wo waren wir?«

»Ich wollte dich nach der Schiffsinvestition fragen. Hat er nicht damit sein Vermögen gemacht?«

»Schon; die steuerliche Seite. Ich vergesse immer, daß du Finanzexperte bist.«

»Erzähl das meinem Bankdirektor«, sagte ich grinsend. Kevin zündete uns Zigaretten an. Dann verbrachte er mehrere Minuten damit, einen Krümel Tabak von seiner Lippe zu entfernen.

»Die Schiffsversicherung durch die Regierung während des Krieges. Weißt du davon?«

»Die britische Regierung versicherte alle Schiffe, die während des Krieges Fracht für Großbritannien hatten, nicht wahr?«

»Ja. Die überseeischen Lieferanten wollten ihr Geld, bevor die Waren die Docks in Sidney oder Halifax verließen; was nachher geschah, war eine rein private Auseinandersetzung zwischen uns und den Deutschen.«

Er lächelte. »Wie sämtliche Versicherungspolicen enthielten die Schiffsversicherungen 1939 den Vermerk ›Kriegshandlungen ausgenommen‹. Es war zwar möglich, sich gegen U-Boot-Angriffe im Nordatlantik versichern zu lassen, aber die Statistiker hatten wenig Erfahrung, und die Taxatoren neigten zum Pessimismus. Daher entschloß sich die Regierung Ihrer Majestät dazu, selbst zu versichern. Es dauerte nicht lange, bis die hellen Köpfchen im Reedereigeschäft ihre Chance witterten, und unter den Reedern von hier bis Piräus gibt es ein paar wirklich gerissene Burschen. Um reich zu werden, genügte es, wenn man einen rostigen alten Kasten kaufte, ihn in Panama eintragen ließ, wo bezüglich Besatzung, Heuer, Seetüchtigkeit und Erfahrung alles erlaubt ist, und ihn dann in einem Nordatlantikgeleitzug losgondeln ließ. Den hielt er dann mit seinen sechs Knoten auf, wobei er genug Rauch entwickelte, um jedes U-Boot in der Nähe zu alarmieren. Wenn er bis Liverpool kam, war man reich; wenn er sank, war man noch reicher.«

Kevin lächelte. »Auf diese Weise verdiente Smith sein Geld.«

Das Telefon läutete. »Rufen Sie mich später zurück, ich bin beschäftigt«, sagte Kevin und hängte sofort ein. Er wandte sich wieder der Karte zu. »Ist dir die Zeile ›Schwächen‹ klar?«

»Ich bin kein Fachmann, aber ich nehme an, es ist eine Aufzählung wunder Punkte wie Alkohol, Frauen oder Mitgliedschaft beim Zentralkomitee der Konservativen Partei.«

»Stimmt.«

»Ich weiß zum Beispiel, daß Hinweise, die mit ›mh.‹ beginnen, sich auf Sex beziehen.«

»Komplikationen mit Frauen.«

»So kann man es auch sagen.«

»Wenn man hier arbeitet, wird man zum Zyniker.« Er lächelte bei dem Gedanken. »Ginge dir auch nicht anders.«

»Da steht ein ›gh.‹ «, sagte ich.

»Mitschuldig an einer ungesetzlichen Handlung«, antwortete Kevin blitzschnell.

»Heißt das, er stand unter Anklage?«

»Gott, nein, er hat niemals vor Gericht gestanden. Für das, was die Polizei weiß, gibt es eine ganz andere Karte – eine ›J‹-Karte.«

»Und was bedeutet ›wh.‹?«

»Beamtenbestechung«, sagte Kevin.

»Ebenfalls nicht angeklagt?«

»Nein. In diesem Fall hätten wir eine WJ-Karte.«

»Und ›rh.‹?« fragte ich.

»Gesetzwidriger Verkauf«, antwortete Kevin. Allmählich begann ich das System zu verstehen, und hier fand ich nun auch, was ich suchte.

37

Ich ließ mir von Jean die korrigierten Aufzeichnungen über den Struttonplan zeigen, zerriß sie in winzige Fetzen und streute sie wie künstlichen Schnee in den Papierkorb. Anschließend gingen wir das Ganze noch mal durch, und sie tippte es. Dann erst dachte ich wieder über Smith nach. Zwei Punkte waren mir immer noch nicht klar.

Ich rief Kevin an, verwürfelte die Linie und sagte: »Die Sache, von der ich heute früh mit dir gesprochen habe.«

»Ja?«

»War er im Krieg?«

»Seine Mutter hat es geschickt eingerichtet. Zu jung für Nummer eins, und zu alt für Nummer zwei.«

»O. K. Zweite Frage: Wieso hattest du die Akte bereits auf deinem Tisch liegen?«

»Ganz einfach, mein Bester – er hat erst heute früh nach *deiner* Karte geschickt.«

»Ist ja prächtig«, sagte ich, und hörte, wie er kichernd auflegte. Möglich, daß er mich nur verkohlte. Von niemandem aus der Abteilung W.O.O.C.(V) gab es bei ihm eine Akte; trotzdem kicherte ich nicht.

Der Butler führte mich teppichbelegte Flure entlang, Männer in roten Jacken und engen Hosen blickten still aus den dunklen Bildern auf mich nieder. Mr. Smith saß hinter einem riesigen Tisch, der wie der Stiefel eines Gardeoffiziers glänzte.

Eine zierliche Uhr aus dem 18. Jahrhundert, tickte in der Stille, und das ruhige Kohlenfeuer im Kamin zeichnete rosige Muster auf die Stuckdecke. Auf Smith' Tisch verteilte ein großer Lampenschirm das Licht über drei Häufchen von Papieren und Zeitungsausschnitten. Von ihm selbst war nur der Scheitel zu sehen; er ersparte mir die Verlegenheit, seine privaten Studien unterbrochen zu haben. Der Butler führte mich zu einem feindlich aussehenden Stuhl.

Smith suchte etwas in dem aufgeschlagenen Buch und kritzelte mit einem goldenen Füllfederhalter ein paar Worte an den Rand eines maschinenbeschriebenen Blattes. Er glättete ein Eselsohr, fuhr mit dem Fingernagel über den Kniff und schloß den Lederband.

»Zigarette.« In seinem Ton lag nicht die Spur einer Frage. Er schob die große Schachtel energisch über den Tisch, schraubte den Füllfederhalter zu und steckte ihn in die Westentasche. Er nahm seine Zigarette, steckte sie in den Mund, tat einen Zug, ohne den fleckigen, formlosen Stummel loszulassen, und zerquetschte ihn dann mit kontrollierter Heftigkeit im Aschenbecher. Er klopfte sich die Aschenreste von der Weste.

»Sie wünschten mich zu sprechen?« fragte er.

Ich holte ein zerdrücktes blaues Paket Gauloises heraus und zündete eine an, indem ich den Daumennagel in den Zündholzkopf grub. Das ausgebrannte Zündholz schnippte ich in Richtung Aschenbecher, aber die Flugbahn trug es auf Smith' sorgfältige Schreibarbeit. Er nahm es und legte es in den Aschenbecher. »Nein«, sagte ich in uninteressiertem Ton, »nicht unbedingt.«

»Sie sind diskret – das ist gut.« Er nahm eine kleine abgenutzte Karteikarte zur Hand, hielt sie ins Licht und las eine kurze Beschreibung meiner Laufbahn beim Geheimdienst vor.

»Ich weiß nicht, wovon Sie sprechen«, sagte ich.

»Gut, gut.« Smith war keineswegs entmutigt. »Der Bericht ist noch nicht zu Ende: ›Neigt dazu, aus Neugier Nachforschungen weiter zu treiben als erforderlich. Man muß ihm klarmachen, daß Neugierde eine für einen Agenten gefährliche Schwäche ist.‹ «

»War es Ihre Absicht«, fragte ich, »mir zu erzählen, daß Neugier gefährlich ist?«

»Nicht gefährlich«, sagte Smith. Er beugte sich vor, um der Elfenbeinschachtel ein weiteres Opfer zu entnehmen. Einen Augenblick lang fiel der Schein der Lampe auf sein Gesicht. Ein hartes, knochiges Gesicht; im elektrischen Licht glänzte es wie die ausdruckslosen Köpfe der römischen Kaiser im Britischen Museum. Lippen, Brauen und Schläfenhaar, alles war farblos. Er hob den Kopf. »Verhängnisvoll.« Er nahm eine weiße Zigarette und steckte sie in sein weißes Gesicht. Er zündete sie an.

»In Kriegszeiten werden Soldaten erschossen, wenn sie sich weigern, auch nur den geringsten Befehl auszuführen«, erklärte Smith in entschlossenem Ton.

»Möglich; aber das sollte nicht so sein.«

»Ach, sollte es das nicht? Und warum nicht?« Von seiner gedehnten Sprechweise war nichts mehr zu merken.

»Oppenheims Internationales Recht, sechste Auflage: Nur gesetzmäßige Befehle müssen ausgeführt werden.«

Diese Antwort hatte Smith nicht erwartet, und er wurde rot vor Zorn. »Sie verlangen, daß eine Untersuchung in Portugal weitergeführt wird. Das Kabinett hat Weisung erteilt, sie abzuschließen. Wir hätten von Anfang an eine solche Aktion nicht gutheißen sollen. Ihre Weigerung ist eine Unverschämtheit, und falls Sie Ihre Haltung nicht ändern, werde ich beantragen, daß man gegen Sie mit scharfen Maßnahmen vorgeht.«

Das ›Ich‹ wurde mit diskreter Ehrerbietung ausgesprochen.

»Ein Spion ist kein Eigentum, werter Herr«, erklärte ich ihm, »man zahlt nur sein Gehalt. Ich arbeite für die Regierung, weil ich finde, daß man dabei gut leben kann, aber das heißt noch lange nicht, daß ich für einen egozentrischen Millionär den Sklaven spielen will. Übrigens, verschonen Sie mich mit Ihren ›verhängnisvollen‹ Andeutungen, ich habe einen Hochschulkurs für die Abwendung von Verhängnissen absolviert.«

Smith kniff die Augen halb zu und lehnte sich in seinen Louis-Quatorze-Stuhl zurück. »So ist das also«, sagte er schließlich. »Sie möchten ebensoviel Macht haben wie ein Kabinettsminister.«

»Macht ist wie ein Spiegelei. Auch wenn man es noch so gerecht aufzuteilen versucht – einer wird immer den größeren Teil bekommen.«

Smith beugte sich vor. »Sie meinen, weil ich Gesellschaften kontrolliere, die Düsenmaschinen und automatische Waffen herstellen, sollte ich davon ausgeschlossen sein, bei der Kontrolle meines Landes mitzureden.« Gebieterisch hob er die Hand. »Nein, jetzt bin ich dran, Ihnen eine Lektion zu erteilen. Sie sind Spion; ich ziehe Ihre Beweggründe als Spion nicht in Zweifel, aber Sie fühlen sich berechtigt, es mit den meinen als Fabrikant zu tun. Sie sagen, Sie arbeiten für die Regierung. Wer ist diese Regierung, von der Sie sprechen? Wollen Sie damit sagen, daß alle Geheimdienstgruppen aufgelöst und neue gebildet werden, sobald eine andere Partei gewählt wird und an die Macht kommt? Nein, das meinen Sie nicht, Sie meinen, daß Sie für das Land arbeiten, für seinen Wohlstand, für seine Macht, sein Prestige, für seinen Lebensstandard, seine Sozialversicherung, für seine Vollbeschäftigung. Für alle diese Dinge arbeiten Sie, um sie zu erhalten und womöglich noch zu verbessern. Genau das gleiche tut der Autoproduzent. Wenn ich zum Beispiel eine Möglichkeit sehe, im nächsten Jahr 15 000 Fahrzeuge zusätzlich zu verkaufen, so ist es meine Pflicht, das zu tun.

Man könnte es so ausdrücken: Es ist meine Pflicht, den Wohlstand jedes einzelnen Engländers zu vergrößern. Deshalb ist es Ihre Pflicht, sich diesbezüglich nach meinen Weisungen zu richten. Sie erhalten Ihre Befehle von Ihren Vorgesetzten, und die wissen, worum es geht. Wenn ich, um meine 15 000 Fahrzeuge verkaufen zu können, Ihrer Hilfe bedarf, so haben Sie sie mir zu gewähren.« Er machte eine kurze Pause, dann setzte er hinzu: »Ohne Fragen zu stellen.

Ihre Arbeit ist eine Fortsetzung der meinen. Ihre Sache ist es, um jeden Preis den Erfolg zu sichern. Mit Hilfe von Bestechung, von Diebstahl, sogar von Mord. Männer wie Sie sind in den dunklen, unterbewußten Tiefen der Nation zu Hause. Sie tun Dinge, die schnell erledigt und vergessen werden. Ich spreche von den Realitäten dieser Welt. Niemand hat sie sich ausgesucht. Kein Historiker kann für das Böse in der Welt zur Rechenschaft gezogen werden, kein Verfasser einer medizinischen Enzyklopädie ist verantwortlich für die Krankheiten, die er beschreibt. Das gleiche gilt für Sie. Sie sind eine Nummer – nicht mehr als die Tinte, mit der Geschichte geschrieben wird.«

»Ich heize die Kessel im Staatsschiff?« fragte ich demütig.

Smith lächelte kühl. »Sie bedeuten weniger als ein Lieferkontrakt für die Werft am Clyde. Sie sitzen hier und reden von Ethik, als hätte man Sie angestellt, um ethische Entscheidungen zu treffen. Sie bedeuten überhaupt nichts in diesem Plan. Sie werden Ihre Aufgaben abschließen wie befohlen: nicht mehr und nicht weniger. Sie werden Ihre angemessene Bezahlung erhalten. Zu diskutieren gibt es dabei nichts.« Er lehnte sich wieder in seinen Stuhl zurück, der durch die Gewichtsverlagerung knarrte. Seine knochige Hand griff nach der roten Seidenschnur neben dem Vorhang.

Ich spürte in meiner Tasche neben den Schlüsseln eine glatte, polierte Fläche. Meine Finger umschlossen den Gegenstand, als der Butler die große Doppeltür öffnete.

»Führen Sie den Herrn hinaus, Laker«, befahl Smith. Ich wandte mich nicht um, ich legte nur das silbrig glänzende Metallstück auf den Mahagonitisch. Smith betrachtete es überrascht und fasziniert. Ich bewegte die Finger und schob es über die Schreibtischfläche. Es kippte gegen sein eigenes glänzendes Spiegelbild.

»Was bedeutet das?« fragte Smith.

»Ein Geschenk für den Mann, der alles hat«, sagte ich. Ich beobachtete sein Gesicht. »Es ist ein Prägestempel zur Herstellung von Goldsovereigns.« Ich musterte den Butler aus dem Augenwinkel; er hing an jedem Wort. Vielleicht beabsichtigte er, für ein Sonntagsblatt seine Memoiren abzufassen.

Smith fuhr sich mit der Zunge über die trockenen Lippen wie eine hungrige Python. »Warten Sie unten, Laker«, sagte er. »Ich werde später läuten.« Der Butler zog sich zurück; erst dann sprach Smith weiter. »Was habe ich damit zu tun?«

»Das werde ich Ihnen sagen.« Ich zündete mir noch eine Gauloise an, während er unter seinen Schuldgefühlen zappelte. Diesmal ließ er das abgebrannte Zündholz liegen, wo es gelandet war.

»Ich weiß von Ausrüstungen für Wolframgruben, die in regelmäßigen Sendungen nach Indien gehen. Komische Leute, diese Inder; sie haben Tonnen davon bekommen, aber es gibt auf dem ganzen indischen Subkontinent kein Wolfram! Man kann es ihnen schwerlich übelnehmen, wenn sie versuchen, die Ausrüstung zu verkaufen. – An jemanden, der nur ein paar Meilen weiter im Norden wohnt.«

Smith' Zigarette lag unberührt in der Aschenschale und glühte langsam aus.

»Es gibt Leute in Tschungking, die davon so viel abnehmen, wie ihnen die Inder schicken. Selbstverständlich wäre es nicht koscher, wenn eine Firma mit einem englischen Abgeordneten als Direktor strategisches Material an Rotchina verkaufte, und die Amerikaner würden sie auf die schwarze Liste setzen, aber mit all dem Durcheinander in Indien sind am Ende alle glücklich und zufrieden.« Ich wartete. Die Uhr tickte weiter wie ein künstliches Herz.

»Es gibt keine bessere Methode zur Verschiebung von Gold . . .«

»Sie raten einfach«, sagte Smith.

Ich dachte an das Notizbuch, das Butcher mir vermittelt hatte, und wie sehr es das Raten erleichterte. »Ja, ich rate«, stimmte ich zu.

»Na schön«, sagte Smith in resigniertem, jedoch geschäftsmäßigem Ton, »wieviel?«

»Ich bin nicht hier, um Sie zu erpressen. Ich möchte nur meine Arbeit als Heizer weiterführen, ohne daß sich die Kommandobrücke einmischt. Ich habe es nicht auf Sie abgesehen. Ich bin ausschließlich daran interessiert, meine Arbeit zu tun. Aber vergessen Sie eines nicht: verantwortlich für diese Untersuchung bin ich, nicht mein Chef oder sonst jemand in der Abteilung. Für das, was Ihnen zustößt, ob Gutes oder Schlechtes, werde *ich* verantwortlich sein. Jetzt läuten Sie Laker, ich möchte gehen, bevor ich mich auf Ihrem schönen Kaschanteppich übergebe.«

39

Als ich am Dienstagmorgen in die Charlotte Street kam, saß Alice neben der Telefonistin, tauschte mit ihr Strickmuster aus und trank Kaffee. Als sie mich sah, krümmte sie ihren knochigen Finger, und ich folgte ihr in das Büro, das ihr Dawlish vor kurzem eingerichtet hatte. Sie setzte sich hinter den winzigen Tisch und blätterte in einer Akte.

»Schon Kaffee getrunken?« fragte sie.

»Ja.«

»Alforreca läuft weiter, ich meine, offiziell. Weisung von oben.«

»Ausgezeichnet«, sagte ich.

»Versuchen Sie bei mir nicht, den Ahnungslosen zu spielen; ich weiß, was Sie vorhatten.«

»Zigarette?« Ich bot ihr eine Gauloise an.

»Nein«, sagte Alice, »und ich will auch nicht, daß *Sie* scheußliche Rauchwolken in diesem Raum verbreiten.«

»O. K., Alice.« Ich steckte die Zigarette wieder ins Paket. Ich fragte mich, ob sie mich zum erstenmal in ihr Büro eingeladen hatte, nur um mir das zu eröffnen.

Als ich aufstand, sagte sie: »Versuchen Sie ein wenig erstaunt auszusehen, wenn Dawlish es Ihnen mitteilt. Der Ärmste kennt Sie nicht so gut wie ich. Man soll ihm nicht alle seine rührenden Illusionen rauben.«

»Ja«, sagte ich, »und besten Dank.« Als ich gehen wollte, rief Alice mir nach: »Noch etwas: Jennifer.«

»Jennifer«, wiederholte ich blöde; im Geist ging ich alle Codenamen durch, die ich kannte.

»Jennifer von der Kassenabteilung; sie heiratet.«

Ich fühlte weder Schuld noch Eifersucht. »Ich weiß nicht mal, von wem Sie reden«, sagte ich.

»Wir haben Sie mit zwei Pfund eingeschrieben, für ein Geschenk!«

Im Büro fand ich Jean mit hochfrisiertem Haar, dreißig Briefen zur Unterschrift und einem Riesenberg Auszüge, die ich lesen sollte. Ich steckte das ganze Bündel in meine Aktentasche und warf einen Blick in Dawlishs Büro. Er schlug mit dem Hammer Nägel in die Wand.

»Wie geht's? Wie finden Sie das?« Er wies auf einen gerahmten Farbdruck. Der Herzog von Wellington auf einem gutgenährten Pferd; in der einen Hand schwang er den Degen, mit der anderen zog er den Hut. Eine schöne Kupfertafel darunter trug die Inschrift:

Das Geheimnis im Kriege
Und das Geheimnis im Leben
Ist, durch das, was man tut,
Herauszufinden, was man nicht weiß.

»Sehr hübsch«, sagte ich.

»Geschenk von meinem Sohn. Er liebt Wellington-Zitate. Jedes Jahr am Tag der Schlacht von Waterloo veranstalten wir eine kleine Party, und alle Gäste müssen eine Anekdote oder ein Zitat beisteuern.«

Ich bot ihm eine Zigarette an, um die Dinge in Fluß zu bringen.

»Sie haben die Absicht, die Angelegenheit Alforreca weiterzuführen?«

»Ich möchte wissen, warum Smith in einem öden Nest in Portugal für 7000 Pfund ein Labor einrichtet.«

»Und Sie glauben, damit wird alles geklärt sein?« Dawlish schlug den Hammerkopf in die hohle Hand.

»Vielleicht kann ich Ihnen mehr sagen, wenn ich mit dem Mann gesprochen habe, der die Blechdose untersucht. Ich glaube, der Sprengstoff in meinem Wagen sollte die Dose aus der Welt schaffen, nicht mich.«

Dawlish nickte. »Ich wünsche Ihnen gute Fahrt nach Cardiff«, sagte er und hämmerte weiter.

»Geben Sie acht, daß Sie sich nicht auf den Finger klopfen und den Hammer auf Ihre Zehe fallen lassen.«

Ich stützte mich auf das fleckige Tischtuch, während Paddington vorüberglitt. Verrußte Wohnhäuser, zusammengedrückt wie die Falten eines Akkordeons.

»Suppe«, sagte der Kellner. Er stellte eine abgeschlagene Tasse vor mich hin.

Ich fühlte mich wie auf einer dünnen Planke weit draußen auf hoher See. Ich hatte Smith zwar für den Augenblick mattgesetzt, mir damit aber eine sehr einflußreiche Persönlichkeit zum Feind gemacht. Allzuoft konnte man das nicht tun, ohne höchst unangenehme Folgen zu riskieren. Vielleicht war *einmal* schon zuviel.

Hier oben hatte sich der Schnee in den braunen Feldern zu kleinen grauen Klumpen zusammengeballt. Die Kühe in den Tälern stießen weiße Atemwolken aus. Sie standen in Gruppen beieinander. Auf kahlen Bäumen hockten zusammengekauerte Vögel.

Die Räder des Waggons ratterten über eine Weiche, und meine warme Hühnerkeule erzeugte konzentrische Kreise im dünnen Saft. Hoffentlich erwartete mich der Wagen.

Hinter dem Rathaus von Cardiff war der Verkehr so dicht wie ein Käseauflauf. Die Uhr schlug halb sechs, als wir in die A 469 einbogen. Die Moorlandschaft war kahl und vom Wind zerzaust. Unser Mann in Cardiff wies mit dem Finger auf das winklige Schloß von Caerphilly. Die Läden waren seit Mittag geschlossen. Ich hatte keine Zündhölzer.

Der Mann aus Cardiff sagte mit spöttischer keltischer Fistelstimme: »Ich dachte, ihr Leute in London könnt euch Feuerzeuge leisten.«

»Und ich dachte, ihr Leute in Cardiff könnt euch Autos mit Heizung leisten.« Ich blies in meine Hände und erhielt einen amüsierten Blick unter der fleckigen Melone hervor. Die Waliser sind Feinschmecker, was Beschimpfungen angeht.

Wir verließen die Straße. Der Wind heulte. Ein glatzköpfiger Mann im Rollkragenpullover öffnete die Tür eines kleinen Steinhauses. Drinnen zeichnete das grüne Licht einer Petroleumlampe Kreise auf Tisch und Zimmerdecke. Das Feuer flackerte im Luftzug, ein verrußter Kessel mit kochendem Wasser summte, und wir saßen noch kaum, da wärmte schon eine Tasse süßen dunklen Tees unsere Hände. Ich zündete mit einem Scheit aus dem Kamin meine Zigarette an. Unser Mann aus Cardiff schluckte eiligst seinen brühheißen Tee, zog seine schmutzigen Strickhandschuhe an und setzte die Melone auf.

»Dann werd' ich also abhauen«, sagte er.

Es lag nicht in meiner Absicht, erfreut auszusehen. »Hier in Glamorgan entwickelt man ein prima Gefühl dafür, wann man nicht erwünscht ist.«

Ich grinste.

Er erklärte: »Wenn Sie abgeholt werden wollen, rufen Sie an. Soll ich im ›Engel‹ für Sie Zimmer bestellen? Es gibt dort eine American Bar und Fernsehen, ganz wie zu Hause in London.«

Sie besprachen in ihrem singenden Tonfall das Für und Wider meiner Reiseanordnungen, und schließlich bot mir mein Gastgeber mit dem Rollkragenpullover an, die Nacht über dazubleiben.

»Nur ein Notbett, wissen Sie.« Ich war einverstanden und sah zu, wie der kleine ungeheizte Wagen die unebene Straße hinunterfuhr und in Richtung Cardiff abbog.

Wir saßen ruhig vor dem Kamin und rösteten Toast; Glynn stand ab und zu auf, um die Hintertür fester zu schließen, einen weiteren Krug Wasser von der Pumpe zu holen oder sich um die Schweine zu kümmern. Schließlich zündete er sich eine verschmutzte alte Pfeife an und sagte: »Haben Sie meinen Bericht ordnungsgemäß erhalten? Die junge Dame war sehr besorgt, daß er nur ja nicht verlorenginge.« Der Mann im Pullover bekam ein kleines Gehalt vom W.O.O.C.(V) und ein weiteres, noch kleineres, vom Gerichtsmedizinischen Labor in Cardiff.

»Es war alles in Ordnung, aber ich beschloß herüberzukommen und mit Ihnen zu sprechen, denn ich weiß nicht genug über gefährliche Drogen.«

»Ach so, nun, darüber weiß ich alles.« Das stimmte.

40

»Ich werde Ihnen alles über Rauschgifte erzählen«, sagte Glynn, »wie ich es mit den jungen Leuten mache, die ins Labor arbeiten kommen. Es gibt drei Arten von gefährlichen Drogen. Da ist als erstes der Cocastrauch, aus dem das Kokain hergestellt wird.«

»Kokain ist kein besonderes Problem, nicht wahr?«

»Sagen Sie nur das nicht. Es hängt ganz von der Gegend ab. Allein in Peru gibt es rund anderthalb Millionen Süchtige. In Südamerika ist Kokain sozusagen ein Bestandteil der Nahrung, seit die Inkas es als Stimulans verwendeten. Man kann es als Pulver schnupfen. Die armen Schweine nehmen es, weil es ihren Hunger dämpft, und weil sie nur auf diese Weise ihre schwere Arbeit leisten können. Sie kauen es mit Asche. Aber Sie haben recht, vom europäischen Standpunkt aus ist es ein geringfügigeres Problem. Als zweites wäre Cannabis zu nennen.«

»Haschisch«, sagte ich.

»Haschisch im Mittleren Osten, Kif in Marokko, Bhang in Kenya. Es heißt auch Indischer Hanf, Marihuana . . .«

»Das ist alles das gleiche?«

»Grob gesagt, ja. Es ist leicht anzupflanzen. Aus den Blüten und Blättern macht man Zigaretten, während das Harz zu Plättchen getrocknet wird, die man in einer Pfeife raucht – das ist Haschisch.«

»O. K., ich verstehe. Und wie steht's mit Opium?«

»Das ist das dritte Gift. Eine ganz andere Geschichte.«

Der Kessel sang schon seit fünf Minuten; Glynn drehte den Docht der Lampe höher, um Licht für die Teebereitung zu haben. Ich nahm die verbogene Toastgabel und näherte ein Stück Butter dem Feuer, um sie weicher zu machen. Draußen heulte der Wind um die Fenster. »Opium«, sagte Glynn, während er den Teetopf wärmte.

»Sehr schwer anzubauen, daher sehr gesucht. Ist die Grundlage des Rauschgiftschmuggels und wächst überall bis zum 56. Breitengrad. Der orientalische oder gemeine Mohn ist für den Rauschgifthändler uninteressant, nur P.S.L. *(Papaver somniferum Linnaeus)* ergibt Opium. Er wird im Mai für die Augusternte und im August für die Aprilernte ausgesät. Um Opium zu erhalten ... wollen Sie das wissen?«

»Ja.«

»Man macht kleine Einschnitte in die grünen Kapseln, bevor die Körner reif sind. Ein weißer Milchsaft tritt aus, man wartet 10 bis 15 Stunden, bis er hart und braun geworden ist. Wenn das gemacht wird, kann man es abends meilenweit riechen.«

»Warum läßt das Innenministerium Proben untersuchen?«

»Wir können aus der Analyse mit ziemlicher Sicherheit schließen, woher eine Sendung kommt. Aber das ist selten nötig: Sie sind sogar oft mit Handelsmarken versehen und tragen die Aufschrift ›Achtung vor Nachahmungen‹.«

»Und wo wird es angebaut?«

»Hauptsächlich in Burma, Laos, Thailand, Korea. Die Amerikaner behaupten, die chinesische Regierung unterstütze den Handel, um die Moral der Vereinigten

Staaten zu untergraben. Und Amerika ist auf jeden Fall das bevorzugte Ausfuhrland, weil dort die höchsten Preise erzielt werden. Verstehen Sie, ich habe von illegalem Anbau gesprochen, aber Jugoslawien, Griechenland, Bulgarien und Japan bauen es legal an, ebenso Indien, die Türkei und Rußland. Großbritannien erzeugt legal 45 Kilogramm jährlich.«

»Das Produkt muß noch weiterverarbeitet werden?«

»Aber ja, der Milchsaft ist im Rohzustand nicht viel wert. Man muß Morphin daraus machen, und daraus Diacetyl-Morphin. Das nennt man dann Heroin.«

»Braucht man dafür viel Platz?«

»Nein, das Problem sind die Abwässer. Man muß eine Riesenmenge Essigsäure loswerden. Wenn man sie in die öffentliche Kanalisation ableitet, fällt das höchstwahrscheinlich auf. Sie wissen, was Essigsäure ist?«

»Ja«, sagte ich, »das Zeug, das man mir daheim auf dem Supermarkt als Essig verkauft.«

»Supermarkt!« Glynn betonte jede Silbe. »In London, ja, das glaube ich.«

Wir redeten weiter in die einsame Waliser Nacht hinein, aßen Sandwiches und Toast und tranken starken Tee mit Ziegenmilch.

Rotäugig kroch die Morgendämmerung über den Horizont. Glynn döste in seinem riesigen Ohrensessel. Ich kam mit meinem Kreuzworträtsel nicht weiter.

Leise drückte ich auf die Klinke und trat hinaus in den Nebel.

Am Horizont ragten nackte Zweige in den grauen Himmel wie Risse in einer Eisfläche. Große Krähen flatterten auf Futtersuche über die Schneeflächen, bis mein Auftauchen sie in die feuchte Luft aufsteigen ließ. Ihre schwarzen-Flügel waren von rosigem Licht übergossen.

Ich dachte an mein Gespräch mit Glynn. Die grüne Kassette hatte also Spuren von Rohmorphium enthalten. Jetzt verstand ich, warum man so viel Sprengstoff in meinen Wagen gelegt hatte. Jemand war sehr daran interessiert gewesen, die Beweise zu vernichten. Woher stammte es, wieviel war darin gewesen, wer hatte es transportiert, und wohin? Meine Untersuchung in Albufeira war ihrem Ziel nicht näher als mein Kreuzworträtsel. Für 19 senkrecht war ›Hellrot‹ angegeben. Ich hatte ›Balas‹ geschrieben – ein roter Rubin.

»Hellrot«, dachte ich; vielleicht sollte ich ›Tomas‹ schreiben. Er hatte hellrotes Haar. Warum färbte er es? War er hellrot im politischen Sinn? H. K. sagte, er habe in Spanien gekämpft. Sagte er die Wahrheit? Es war alarmierend, daß mir so wenige Leute die Wahrheit sagten. Ich möchte wissen, wie viele Engländer in Spanien gekämpft haben. Das Innenministerium führt eine Akte darüber. Ich würde Jean bitten, sie sich anzusehen.

41

Jean holte mich am Bahnhof Paddington ab. Sie fuhr immer noch Dawlishs alten Riley.

»Was machst du mit Dawlish, daß er dir seinen Stolz und seine Freude überläßt?«

»Du hast eine schmutzige Fantasie.« Sie lächelte mir mädchenhaft zu.

»Spaß beiseite, wie machst du das? Er läßt mich durch den Portier überwachen, wenn ich bloß in der Nähe parke – nicht zu reden davon, daß er ihn mir anvertrauen würde.«

»Also, ich werd's dir sagen. Ich mache ihm Komplimente. Von so etwas hast du noch nie gehört, aber unter zivilisierten Menschen sind Komplimente wahnsinnig beliebt. Versuch's doch mal.«

»Meine Komplimente führen leicht zu überhöhter Geschwindigkeit, und dann lande ich im Graben.«

»Du solltest eben ein wenig bremsen, ehe du in die Kurve gehst.«

»Gewonnen, gewonnen«, sagte ich. Sie gewann immer.

Der Polizist vor dem Admiralitätsgebäude erkannte Dawlishs Auto am Geräusch und ließ uns zwischen den offiziellen Wagen parken. Unter dem Torbogen hing eine alte Laterne, und die Messingtafeln waren so blankgeputzt, daß man die Schrift nicht lesen konnte. Im Inneren der Halle glühte ein riesiger Kamin. Ein Türsteher in gesticktem Frack führte mich an einem Nelson in Lebensgröße vorbei, der mit blinden Steinaugen aus seiner roten Nische starrte.

Der Filmprojektor war in einem der oberen Räume aufgestellt. Einer unserer Leute aus der Charlotte Street rollte die Spulen auf und stellte Licht und Schärfe ein. Als wir erschienen, waren drei höhere Offiziere anwesend, und nachdem wir einen Matrosen am Eingang dazu überredet hatten, uns einzulassen, begrüßten wir einander.

Die ersten Minuten waren überaus komisch. Da war dieser Viktor von der Schweizer Abteilung, in langen Shorts; das Gummiband seiner Unterhose stand in ständigem Kampf mit seinem Bauch. Aber der ernste Teil war in Ordnung. Ein alter schwarzer Ford hoppelte über das unebene Kopfsteinpflaster, hielt an, und ein alter Herr stieg aus. Die große hagere Gestalt schritt eine Treppe empor und verschwand im schwarzen Schlund eines Kirchenportals.

Dann kam derselbe Mann – Halbnahaufnahme – wieder an der Kamera vorbei. Er wandte ihr sein Gesicht zu, die goldgerahmte Brille glänzte in der Sonne. Wahrscheinlich hatte unser Kameramann sich beklagt, er verstelle ihm die Sicht, denn da Cunha verließ schnell die Szene. Fünfzehn Minuten lang gab es Filme von da Cunha. Dann wurde die Leinwand ohne vorherige Ankündigung weiß, und die Filmspule drehte sich leer.

Die drei Marineoffiziere erhoben sich, aber Jean bat sie, noch einen Augenblick zu bleiben, um etwas anderes zu sehen. Auf der Leinwand erschien ein Standfoto, eine alte, zerknitterte Momentaufnahme. Eine Gruppe von Armee- und Marineoffizieren saß mit verschränkten Armen und erhobenen Köpfen da. Jean sagte: »Dieses Foto wurde 1938 in Portsmouth aufgenommen. Herr Fregattenkapitän Andrews hat es für uns herausgesucht.« Ich nickte Kapitän Andrews in dem verdunkelten Raum zu. Jean fuhr fort: »Herr Kapitän Andrews ist der dritte von links in der vorderen Reihe. Am Ende der vorderen Reihe sitzt ein deutscher Marineoffizier – Kapitänleutnant Knobel.«

»Ja«, sagte ich.

Der Vorführer wechselte das Bild. Wir sahen eine Vergrößerung der gleichen Aufnahme. Sie zeigte das Gesicht des jungen Deutschen. Der Kameramann ging mit einem Tintenstift zum Bildschirm. Er malte Leutnant Knobel eine Brille auf. Das Bild war sehr hell, und er zeichnete jetzt eine neue Haargrenze ein. Dann verstärkte er die Ringe unter den Augen.

»O. K.«, sagte ich. Es war da Cunha als junger Mann.

42

Marineoffizier unter schwerer Anklage
gegen seine Kameraden Waffen getragen zu haben
Sechs Anklagen wegen Verrats

Die Zeitungsausschnitte aus dem Jahr 1945, die Jean für mich fotokopiert hatte, lagen auf dem staubigen Tisch in der Admiralitätsbibliothek. Das Datum auf den Ausschnitten half mir die Akte zu finden, die ich einsehen wollte. Sie hatte einen grauen Umschlag mit einer Referenznummer. Die Seiten waren mit drei großen, sternförmigen Klammern zusammengeheftet und numeriert.

Aus dem Sanitätsumschlag fielen Karten, Durchschläge und Berichte. Und hier war, was ich suchte:

O/E Bernard Thomas Peterson
Rote Haare, heller Teint mit Sommersprossen
Augen: hellblau. Größe 1,73 m
Gewicht: 64 kg. Aufmerksam bis leicht erregbar
Besondere Kennzeichen: Narbe rechtes Ohrläppchen.
Intelligent.

Das war der unheimliche Fernie Tomas. Jean war bei ihrer Suche in den Akten des Spanischen Bürgerkriegs auf einen Namen gestoßen, der ›Fernie Tomas‹ sehr ähnlich war – Bernie Thomas, Beziehungsweise Bernard Thomas Peterson.

Fernie war also ein erfahrener Kampfschwimmer, ein Renegat der britischen Marine. Ich erinnerte mich an die nächtliche Fahrt Giorgios auf dem Zweitaktmotorrad, an das Umkippen des Bootes ›durch jemand im Tauchanzug‹ und an Giorgios Worte über die Sterne, die Atropos auslöscht.

Meine Hände waren schwarz von Staub. Ich lieh mir die Seife aus der verbeulten Dose und benutzte das steife kleine Handtuch, das für die Besucher der Admiralitätsbibiliothek bereitliegt.

»Vergessen Sie Ihren Passierschein nicht«, rief jemand, »ohne ihn kommen Sie niemals aus dem Haus.«

43

Man erwacht in der Sonne von Albufeira und fühlt sich wie neugeboren. Der Lärm der Stadt drang nach und nach in mein Bewußtsein; das Klingeln und Klappern des glöckchenbehangenen Zaumzeugs, die Hufschläge und das Rumpeln der hohen Räder über das Kopfsteinpflaster, das Dröhnen der Lastwagen, die im ersten Gang den Hügel heraufkrochen, und das Schreien der Katzen, die sich balgten. Ich zündete mir eine Gauloise an und streckte vorsichtig die Zehen aus der Decke ans Tageslicht. Vom Strand her ertönte der rhythmische Gesang der Fischer, die ein Netz einholten, und ich hörte das Kreisen der Möwen, die vom Wind getragen wurden und sich auf die Fischabfälle stürzten.

Ich trat auf den Balkon. Der Steinboden war warm, und auf den grauen Holzstühlen saßen Katzen wie Buddhas und blinzelten in die Sonne. Charly bereitete in der Küche Toast und Kaffee, wobei sie ihr seidenes Hauskleid vorne zuhielt. Es freut mich, berichten zu können, daß ein großer Teil der Kaffeezubereitung beide Hände erforderte. Sie stand im Gegenlicht des Fensters, und ich stellte fest, was jedes männliche Wesen in der Gegend bereits wußte, seit sie angekommen war: ihre Größe betrug 175 Zentimeter, und jeder Zentimeter war weich und köstlich.

Der Tod von Joe und Giorgio hatte das Tauchen sehr verzögert. Singleton fuhr täglich zu dem gesunkenen U-Boot hinaus und setzte seine Suche fort, aber ich hatte schon längst eingesehen, daß das, was ich suchte, auf dem Trockenen zu finden war.

Am Nachmittag erklärte Singleton, er müsse nach Lissabon fahren, um die Preßluftflaschen neu zu füllen. Wie lange er dortbleiben könnte? Ich sah Charly an und sie mich. »Zwei oder drei Tage«, sagte ich. Singleton war erfreut.

Ich ging den Strand entlang und suchte Ordnung in die mir bereits bekannten Dinge zu bringen. Wenn ich jetzt zurückdenke, so besaß ich damals bereits alle erforderlichen Informationen, aber mir war nicht klar, *was* ich eigentlich wissen wollte. Ich ließ mich einfach von meinem Instinkt durch das Gewirr der Motive lotsen.

Ich wußte, daß Smith irgendwie – legal oder illegal – mit dieser Stadt in Zusammenhang stand. Fernie war ein Taucher, und Giorgio war unter Wasser ermordet worden. Die Kassette aus dem U-Boot hatte Heroin enthalten, und irgend jemand hatte sie in letzter Zeit entleert, denn wie wären sonst die Kugelschreiberziffern hineingekommen? Smith hatte Ausrüstung für 7100 Pfund an K. geschickt. Kondit beginnt mit K, aber ebenso der richtige Name da Cunhas – Knobel.

Hatte Smith mit Giorgios oder Joes Tod zu tun? Hatte da Cunha, als er mir den Sovereign-Prägestempel gab, wirklich gewollt, daß Smith ihn bekam, und warum hatte er einen sagenhaften toten Seemann erfunden und ein

Grab ausheben lassen? Alle Wege führten zu Smith, und seine Motive vor allem wollte ich prüfen – gleichgültig, wieviel Zeit ich dabei vergeudete.

Ich traf Charly auf dem Hauptplatz.

Die alten Häuser starrten mit roten Augen in die untergehende Sonne. Zwei oder drei Cafés öffneten ihre Türen, man sah die blaßgrünen Wände, mit Kalendern geschmückt, und die wackligen Stühle, die an der Wand standen, um nicht umzufallen. Abends kamen die jungen Leute und ließen die Musikautomaten spielen. Zwischen den schneidenden Beatrhythmen erklang gelegentlich ein *fado.* Brasilianische Urwaldmelodien, für die Slums von Lissabon transponiert, klangen in dem maurischen Land seltsam natürlich. Ich trank Brandy in kleinen Schlucken und kaute Appetithäppchen aus getrocknetem Tintenfisch – sie waren zäh wie Gummi und sehr scharf.

»Medronho«, sagte der Mann hinter der Theke und wies auf mein Glas. Das Getränk war aus Medronhobeeren hergestellt. »Gut?« fragte er– es war das einzige englische Wort, das er kannte.

»Medonho«, sagte ich, und er lachte. Ich hatte einen Witz gemacht; *medonho* heißt schauderhaft. Der Brandy drang in meinen Magen wie ein Angstgefühl. Durch den Lärm fragte Charly: »Du sprichst portugiesisch?«

»Ein wenig.«

»Du bist vielleicht ein Heuchler«, sagte sie mit ihrer hellen Mädchenstimme, »du hast seit Wochen jedes Wort verstanden, das ich gesprochen habe.«

»Aber nein, ich radebreche nur.« Aber sie ließ sich nicht beschwichtigen.

Das Abendessen nahmen wir in der Jul-Bar ein. Das Lokal war voller Männer, die Totoscheine ausfüllten, und der kleine Fernsehapparat weihte uns in die Geheimnisse von Alka-Seltzer ein. Auf unserem Tisch lagen Tischtuch und Besteck, und eine Karaffe Wein stand darauf. Das Essen war einfach, und der Wein entspannte uns. Um 11 Uhr schlug ich vor, schlafen zu gehen, aber Charly wollte noch schwimmen.

Das Wasser war kühl, und der Mond rieselte über die Wellen. Nacht und Wasser erinnerten mich an Giorgios Tod. Charlys blondes Haar glänzte im Licht, und ihr Körper leuchtete phosphoreszierend in dem klaren dunklen Wasser. Sie schwamm neben mir und täuschte einen Krampf vor. Ich packte sie, wie sie es erwartete. Ihre Haut war warm, ihr Mund salzig, und der Brandy hatte meine Zurückhaltung leicht angeschlagen.

Wie kurz ist doch der Weg in ein Schlafzimmer. Wie schwer läßt sich ein nasser Schwimmanzug ausziehen. Sie war eine aufmerksame, einfallsreiche Geliebte, und später plauderten wir mit der sanften, freundlichen Aufrichtigkeit, wie sie nur zu Beginn einer Liebschaft besteht.

Ihre Stimme war weich und tief; die Neckerei hatte sie mit den Kleidern abgelegt.

»Frauen wollen immer, daß Liebesaffären ewig weitergehen«, sagte sie. »Warum sind wir nicht so klug, uns einfach von einem Tag zum anderen daran zu erfreuen?«

»Liebe ist nichts als ein Seelenzustand.« Das war Dawlishs Lieblingswendung. Im Dunkeln lachte ich in mich hinein.

In Charlys Stimme lag eine Spur von Beunruhigung. »Es sollte aber doch mehr daran sein«, meinte sie.

Ich hielt ihr die Zigarette an die Lippen. »Es ist der Versuch der Sterblichen, Unendlichkeit zu definieren.«

Sie inhalierte den Rauch, und der rote Schein erleuchtete einen Augenblick lang ihr Gesicht. »Manchmal sehen zwei Menschen einander nur für einen Augenblick, vielleicht aus einem fahrenden Zug, und die Beziehung ist da. Nicht Sex, nicht Liebe – eine Art magischer vierter Lebensdimension. Ihr werdet euch nie wiedersehen, ihr habt nicht im mindesten die Absicht, es zu versuchen, aber alles Gute, Verständnisvolle, Tiefe in euch beiden wird in diesem Augenblick Wirklichkeit.«

»Mein alter Herr hat mir zwei Ratschläge mitgegeben: reite kein hartmäuliges Pferd und schlaf mit keiner Frau, die ein Tagebuch führt. Du fängst an, Laute von dir zu geben wie eine Tagebuchschreiberin. Es wird Zeit für mich zu verschwinden.« Aber ich rührte mich nicht.

»Eines möchte ich wissen«, sagte Charly.

Es schlug eins, und Katzen jagten über den Balkon.

»Warum interessierst du dich wirklich für dieses U-Boot?« Ich muß wohl aufgeschreckt sein, denn sie setzte hinzu: »Wenn es ein Geheimnis ist, brauchst du es ja nicht zu sagen.«

Ich antwortete nicht.

»Was willst du herausfinden? Warum bleibst du hier, nachdem zwei Menschen getötet worden sind? Du weißt so gut wie ich, daß sich nichts im U-Boot befindet. Für wen interessierst du dich so sehr? Ich würde ja gern glauben, für mich, aber ich weiß, das ist es nicht.«

»Klingt, als hättest du eine Theorie. Welche?«

»Ich glaube, du führst die Untersuchung auf eigene Faust.«

Sie wartete. »Stimmt das?« fragte sie endlich.

»Für die Leute, mit denen ich arbeite, gibt es ein unumstößliches Gesetz: Die Wahrheit ändert sich im umgekehrten Verhältnis zum Einfluß der in Frage stehenden Person. Dieses Gesetz möchte ich brechen.«

»Mußt du es allein tun?«

»Hör mal, jeder ist allein. Und in diesem Geschäft ist er es um so mehr; allein mit einer Menge Wahrheiten, die er in seinem Hirn behalten und mit denen er sich herumschlagen muß. Du bist allein, und ich bin es auch, jetzt und immer. Versuch dich daran zu gewöhnen, sonst wirst du eines Tages den Leuten erzählen, dein Mann verstehe dich nicht.«

»Noch bin ich unverheiratet«, sagte Charly, »und am Tage meiner Hochzeit werd' ich eine Menge Männer unglücklich machen.«

»Wirklich? Wie viele Männer willst du denn heiraten?« Sie boxte mich verächtlich in die Rippen und versuchte mich eifersüchtig zu machen, indem sie von H. K. sprach.

»Harry hat eine Konservenfabrik«, erzählte sie; sie zündete zwei Zigaretten an und reichte mir eine. »Er ist sehr stolz darauf. Hat sie mit seinen eigenen Händen gebaut, behauptet er.« Ich grunzte. Wir rauchten, und draußen schlug die See, die an allem schuld war, grollend gegen den Strand.

»Was für Konserven macht er denn?« fragte ich ganz beiläufig.

»Je nach Saison; Thunfisch, Sardinen, Makrelen. Ich glaube, er stellt auch Marinaden her. Als wir heute abend an seinem Labor vorbeifuhren, roch es ganz intensiv nach Essig. Mir ist fast die Luft weggeblieben.«

Man muß eine Riesenmenge Essigsäure loswerden ... Errichtung einer chemischen Fabrik ...

Ich überdachte das alles ein paar Minuten lang, dann sagte ich: »Zieh dich an, Charly; sehen wir uns doch gleich jetzt H. Ks. Labor an.« Sie war nicht begeistert, aber wir gingen doch.

44

Wir ließen den alten Citroën unten an der Straße und gingen das letzte Stück zu Fuß. Unsere Sohlen sanken tief in die trockene rote Erde ein, als wir um die Rückseite des Gebäudes schlichen. Am anderen Ende brannte ein Licht, und man hörte deutlich in der stillen Nacht Wasser durch ein Abflußrohr gurgeln. Über uns auf der Mauer blühten Hortensien, und aus dem erleuchteten Fenster kam der atonale, messerscharfe Klang eines *fado.* Ich hob meinen Kopf über das Fensterbrett. Ich blickte in einen schmutzigen Raum mit langen Reihen von Maschinen, die sich im Dunkel verloren. Warme Luft strömte aus dem Heizventilator – ein merkwürdiger Luxus in dieser subtropischen Nacht. Ich meiner Nähe klopfte freundlich eine elektrische Vakuumpumpe. Harry Kondit ging durch den Raum. Sein weißes Trikotunterhemd war voll gelber Flecken. Der Essiggeruch war überwältigend. Ich spürte Charlys Hand auf meinem Rücken, als sie mir über die Schulter sah, und ich hörte sie schlucken, um nicht husten zu müssen. H. K. wandte sich zu dem kleinen elektrischen Pulverisator und schaltete ihn ein. Das Geräusch des Motors übertönte fast völlig die Schallplattenmusik. H. K. drehte am Lautsprecherknopf, und nun trug auch der *fado* das Seine zum allgemeinen Lärm bei.

Das war kein Eisschmelzexperiment, und dieses Labor hatte auch keine 7000 Pfund gekostet. Es war eine kleine Fabrik zur Verarbeitung von Morphium: Pulverisator, Vakuumpumpe, Trockenraum – alles, was nötig war, um Morphium in Heroin zu verwandeln, das dann zum Zwecke des Exports in Sardinenbüchsen eingelötet wurde. Ich beugte mich in das offene Fenster, hob die Pistole und zielte sorgfältig. Die Smith & Wesson schlug gegen meine Hand, und der Krach hallte von den Wänden wider. Die Grammophonplatte zersprang in tausend scharfe Splitter.

»Schalten Sie die Pumpe und den Pulverisator ab, Harry, sonst tu' ich es«, rief ich. H. K. starrte mich einen Augenblick lang an, dann tat er es, und plötzliche Stille fiel ein.

»Gehen Sie jetzt langsam zur Tür und schließen Sie auf.«

»Aber ich . . .«

»Und sprechen Sie kein Wort. Ich habe nicht vergessen, daß Sie Joe mit Dynamit getötet haben.« H. K. drehte sich zu mir um, als wolle er etwas erklären, besann sich aber dann anders. Er ging zur Tür und schob den Riegel zurück. Ich gab Charly die Pistole, und sie lief ums Haus zum Eingang. Während ich sagte: »Bleiben Sie, wo Sie sind, Harry, dann werde ich keine Ihrer kostbaren Maschinen zerstören«, wartete H. K. den Augenblick ab, in dem ich vom Fenster weg mußte, aber als ihm Charly den Lauf der 38er an den Bauch hielt, wurde ihm klar, daß er genarrt worden war. Charly ließ H. K. fachmännisch ein paar Schritte zurücktreten. Ich kam ihr nach, schloß die Tür und schob wieder den Riegel vor.

Wir standen alle drei schweigend da, bis H. K. sagte: »Willkommen in der Traumfabrik, Freunde.«

Wir schwiegen.

»Sie waren also doch ein Polyp«, stellte er fest.

»Sie meinen, als Sie meinen Wagen in die Luft sprengten und Giorgio draußen beim U-Boot ermordeten, waren Sie dessen noch nicht sicher?«

»Sie haben alles ganz falsch verstanden, Meister«, sagte H. K. Seine Haut war dunkler denn je, und dort, wo seine Uhr gesessen hatte, zeichnete sich ein weißer Streifen ab. Die niedrige Stirn war gefurcht wie ein Waschbrett, und er befeuchtete die Lippen mit seiner dicken rosa Zunge. »Erklärungen haben keinen Sinn«, fuhr er fort, »ich dachte, Sie seien O. K. Da kann man nichts machen. Wenn der Winter kommt, weiß man, welche Bäume immergrün sind.«

»Der Winter wird für Sie lang und hart sein, Harry.« Er blickte mich an und lächelte bedauernd.

»Wie sind Sie in diese Gaunerbranche hineingeraten?« fragte ich ruhig.

»Kann ich mich setzen?«

Ich nickte, nahm aber die Pistole und hielt sie bereit.

»Wir alle haben Probleme, Meister«, begann H. K., »und Probleme gehorchen dem Gesetz der Perspektive; je näher sie sind, desto größer sehen sie aus.« Ich warf ihm Zigaretten und eine Schachtel Zündhölzer zu. Er zündete sich gemächlich eine an.

»Sie brauchen sich keine Sorgen zu machen, daß Sie mir am Ende mehr erzählen, als ich weiß, Harry. Ich weiß eine Menge.«

»Zum Beispiel?«

»Ich weiß, daß ich mich von der windigsten Schwindlerbande diesseits von Disneyland an der Nase herumführen ließ. Ich war hinter einem rothaarigen Engländer her, der im Spanischen Bürgerkrieg gekämpft hat – wir besitzen Akten über sie alle –, und ich finde einen schwarzhaarigen Mann, der sich nicht in die Sonne traut, aus Angst vor englisch wirkenden Sommersprossen.« Ich machte eine Pause, dann fuhr ich fort: »Wie ich die Dinge sehe, war dieser Fernie Tomas durchaus in der Lage, einiges über gesunkene U-Boote zu wissen; wie zum Beispiel, daß sich auf einem ganz bestimmten Heroin befand.«

»Ja«, sagte H. K. nachdenklich und nickte, dann begann er schnell zu sprechen.

»Diese grüne Kassette war mit altem Heroin gefüllt; irgendein Nazi hatte sich damit aus dem Staub gemacht. Fernie Tomas brachte es mir und fragte, ob ich nicht jemand kenne, der es verhökern könnte. Keiner von uns beiden war sehr scharf darauf, aber das Zeug war ein Vermögen wert. Ich konnte es mir nicht leisten, darauf zu verzichten. Mein Kumpel Leo Williams-Cohen hatte damals Schwierigkeiten mit der Steuer, und es sah aus, als würde ihn das mehrere Jahre kosten. Wir erzielten für den Schnee genug, um die Steuer samt der Strafe zu bezahlen. Dann beschlossen Fernie und ich, unser Geld in dieser Fabrik anzulegen, die gerade am Eingehen war.«

»Brooklynboy rettet portugiesische Konservenfabrik mit amerikanischer Tüchtigkeit und ein paar Kilogramm Diacetyl-Morphin.«

»Seien Sie ein vernünftiger Junge«, bat H. K., »fahren Sie nach Hause und schauen Sie nach, wieviel jemand auf Ihr Bankkonto eingezahlt hat.«

»Besten Dank, Harry, aber bei mir wurde das Silberzeug gezählt.«

H. K. zog an der Zigarette, die ich ihm gegeben hatte, und schwenkte sie sacht hin und her. Sein erster, nervöser Redestrom war vorbei, er sprach jetzt langsamer und überlegter. »Hören Sie, in spätestens fünf Jahren wird die Regierung die Einfuhr von Marihuana gestatten. Ich weiß das ganz sicher. Dann werden die großen Geschäftsleute die Sache in die Hand nehmen; es wird geschmackvoll entworfene Packungen geben und Farbreklamen im *Life*-Magazin: zwei Titelbildschönheiten, und eine sagt: ›Ich wußte nicht, daß Rauchen solchen Spaß machen kann, bis ich Marihuana versuchte.‹«

»Wir befinden uns in der Gegenwart, Harry, und Leute, die das Gesetz brechen und daran verdienen, werden leicht mißverstanden.«

»Sie sind ja so klug«, erwiderte er. »O. K., ich habe damit Geld verdient, und wie ich's verdient habe, so hab' ich es ausgegeben. Sie wissen, wie Geld ist.«

»Nein, das weiß ich nicht. Wie ist es denn?«

»Tückisch wie Uran, aber zehnmal so gefährlich. Es verschwindet wie die Jugend, oder es vervielfacht sich wie Feinde.«

»Und Fernie Tomas gehört zu den Feinden?«

Harry lachte. »Ich kenne ihn zu gut, um mit ihm befreundet zu sein.«

Ich wartete, während er mit seiner Zigarette herumspielte. Ich wußte, er würde über Tomas allerlei zu sagen haben.

»Sie halten Fernie für einen interessanten Charakter, den man studiert haben muß, wie? Junger Marineoffizier und Held geht zum Feind über – lauter solches Zeug. So etwas könnt ihr Staatsangestellten euch einfach nicht vorstellen. Da steht ihr davor und zerbrecht euch die Köpfe.«

Er warf mir das Zigarettenpaket zurück, damit ich es auffinge. Aber einem alten Hund kann man keine neuen Kunststücke beibringen. Ich hielt die 38er auf H. Ks. Unterhemd gerichtet, die Zigaretten prallten gegen die Pistole und fielen zu Boden. H. K. machte eine Bewegung, um sie aufzuheben, aber er sah den Pistolenlauf mitgehen, besann sich eines Besseren und sank wieder in seinen Stuhl. Wir sahen einander an; ich schüttelte den Kopf, und H. K. lächelte.

»Keine Treffer, keine Risiken, keine Fehler«, sagte er.

»Erzählen Sie mir doch, wie wir Staatsangestellten aufhören könnten, uns über Tomas den Kopf zu zerbrechen.«

»Er ist nur ein ewig Unzufriedener. ›Was immer es ist, ich bin dagegen‹, lautet Fernies Wahlspruch. Der einzige Grund, warum es zwischen uns nicht jede Woche mindestens einmal zu Mord und Totschlag kam, ist, daß ich ein so bequemer Zeitgenosse bin. Er legt eine Zwanzigdollarnote in die grüne Kassette für den Fall, daß jemand nicht spurt. Dann praktiziert er eine aus demselben Bündel dorthin, wo sie am meisten Unheil anrichtet. Er ist ein Narr.«

Ich nickte. Ich hatte es mir gleich gedacht, der Zwanziger in H. Ks. Hemd war zu schön, um wahr zu sein. »Alle sind gegen Sie, Harry, und im Herzen sind Sie doch so ein netter Kerl.« Ich dachte an Joe, aber ich lächelte.

»Eine rundliche Außenseite verrät ein weiches Herz«, sagte er grinsend.

Er wies auf die Zigarette neben seinem Fuß. Ich nickte, er hob sie auf und zündete sie an seinem Stummel an. »Dieser Mann ist weder ein Märtyrer noch ein Idealist oder ein Intellektueller. Er denkt mit seinen Muskeln. Kerle wie er bringen sich selbst früh ins Grab, indem sie wilde Streiks organisieren oder politische Versammlungen sprengen. Im Krieg erhalten sie das Victoriakreuz, oder sie kommen vors Kriegsgericht. Manchmal beides. Fernie sagte, er sei zur Zeit seiner Gefangennahme für einen hohen Orden vorgeschlagen gewesen. Also, Sie sehen, kein Sex, kein Alkohol, keine Politik – ein überzeugter Unzufriedener, und vielleicht der beste Unterwassermann in Europa.«

»Jetzt vielleicht«, sagte ich, »aber bis zu dem tödlichen Unfall auf dem Meeresgrund vor nicht allzu langer Zeit war er der zweitbeste.«

H. Ks. Gesicht spannte sich wie eine geballte Faust. »Nein, das würde Fernie nie tun. Ich mag den Kerl nicht, aber er würde nie kaltblütig töten, glauben Sie mir.«

»Na schön, lassen wir das fürs erste. Erzählen Sie mir, wie da Cunha in die Geschichte hineinpaßt. Und bevor Sie anfangen: ich bin kein Polyp; ich bin nicht beauftragt, Sie zu verhaften. Ich bin hier, um Informationen zu sammeln. Sagen Sie mir, was ich wissen will, und dann können Sie meinetwegen verschwinden.«

Charly sprang auf.

»Verschwinden?« schrie sie. »Weißt du, in was für einem dreckigen Geschäft dieser Mann steckt?« Sie stürzte sich auf die Laboreinrichtung und fegte einen Teil zu Boden, daß Glas zersprang und Dosen umherkullerten.

Ich schwieg.

H. K. sagte: »Er weiß es sehr wohl, Liebling, er ist nur zu gerissen, um davon zu reden, bevor er alles erfahren hat, was er aus mir herausquetschen kann.«

Charly erstarrte. »Entschuldige«, sagte sie zu mir und setzte sich.

»Ich scherze nicht, Harry«, sagte ich. »In Europa können Sie nicht bleiben, dafür werde ich sorgen, aber ich gebe Ihnen eine Chance zu verduften.«

»Ich singe. Was wollen Sie wissen?«

»Wer ist da Cunha?«

»Junge, Sie gehen vielleicht ran«, sagte er. »Da Cunha – hier in der Gegend hält man eine Menge von ihm. Er behauptet, er sei der V.N.V.-Agent für dieses Gebiet. Er sagt, er wird hier Gouverneur, sobald es zur Revolution kommt.«

»Aber Sie glauben ihm nicht.«

»Ein Faschistenschwein ist für mich genausoviel wert wie ein anderes.«

»Das heißt?«

»Das heißt, daß ich ihm über eine New Yorker Bank 300 Dollar im Monat bezahlt habe, für sein Versprechen, daß die neue Regierung hier in der Gegend nicht allzuviel herumschnüffeln wird.«

»Versicherung?«

»Ja, genau das. Ich konnte es mir leisten, ihm auf gut Glück ein wenig Geld in den Rachen zu werfen – hat mir 'ne Menge genutzt, wie?«

»Nicht bitter sein, Harry.« Er fuhr mit der haarigen Riesenhand über sein weiches braunes Gesicht, und als Augen und Nase zwischen den gespreizten Fingern zu sehen waren, lächelte er nicht gerade froh.

»Und Fernie, wie hat er sich mit da Cunha vertragen?«

»O. K. Keine besonderen Vorkommnisse.«

»Sind Sie jemals in ein Zimmer gekommen und haben festgestellt, daß die beiden etwas miteinander besprachen, das nicht für Ihre Ohren bestimmt war? Zum Beispiel etwas Wissenschaftliches?«

»Sehr oft. Aber es war nie was Besonderes.«

»Das genügt; reden wir also anders miteinander. Sie halten sich wohl für sehr gescheit, aber ich kann Sie ein wenig in die Zange nehmen und immer noch genug von Ihnen übriglassen, daß die Polypen in Lagos ihre Freude dran haben.«

»Zum Beispiel wie?« fragte H. K., aber seine Stimme klang ein wenig heiser.

»Ich werd' Ihnen was sagen, Harry, wenn wir nicht freundschaftlich miteinander reden können, dann werd' ich einen hübschen großen Eßlöffel warmes Wasser und Laktose aufwärmen und Ihnen eine reichliche Zehnprozentdosis von dem Zeug in dem Pulverisator da drüben einverleiben ...«

»Versuchen Sie es nur.«

»Sie verwechseln mich mit diesen klapprigen Komödianten, die im englischen Fernsehen die Polizisten spielen, Harry. Ich *werde* es versuchen!«

Es entstand ein kurzes markantes Schweigen.

»Ich bin kein Süchtiger«, sagte H. K. Seine Bräune war verschwunden. »Eine Zehnprozentdosis bringt mich um.« Er verschränkte fest die Arme.

»Möglich, daß Sie ein bißchen anschwellen, aber Sie werden es überleben; dann bekommen Sie noch eine Dosis, und noch ein paar weitere, bevor ich Sie den Polypen übergebe. Nachher können Sie sich ausruhen, bis ich eine Woche später wieder zu Besuch komme. Sie werden reden, Harry, glauben Sie mir.«

Harrys Kopf sank vornüber, und er schwankte langsam auf seinem Stuhl hin und her, als versuche er an einem Morgen zu erwachen, an dem ich nicht existierte.

Als er wieder sprach, geschah das in einer monotonen, unpersönlichen Weise, als rezitiere er einen Wetterbericht, an den er nicht glaube. »Fernie arbeitete für da Cunha. Fernie hatte großen Respekt vor ihm. Auch als wir schon genug Geld besaßen und keine Sorgen mehr hatten, titulierte er ihn ›Sir‹. Fernie hatte in aller Welt Verbindungen, und viele mochten ihn. Vielleicht finden Sie das kaum glaubhaft, aber es ist wahr. Fernie brauchte nur zu flüstern, daß er etwas getan haben wollte, und schon war es erledigt. Fernie organisierte die Lieferungen des Rohmorphiums, ich verarbeitete es und übernahm den Verkauf.«

»Wie kam das Rohmorphium hier an?« fragte ich.

»Per Schiff, einmal im Monat. Die Schiffe legten nicht an. Nur ein geübter Schwimmtaucher konnte das machen. Wir fuhren in einem Boot hinaus. Fernie benutzte seine Tauchausrüstung und einen Unterwassserscooter, um unter das fahrende Schiff zu gelangen und den Behälter, der mittels Magneten am Schlingerkiel befestigt war, abzunehmen. Hier verarbeiteten wir dann das Zeug und verschlossen es in Sardinendosen. Dann befestigte Fernie die Sendung an einem Schiff, das nach den Staaten unterwegs war. Ich benachrichtigte meine Kontaktleute in New York. Sie warteten, bis die Zollformalitäten erledigt waren, dann ging ein Taucher hinunter und machte die heiße Ware los. Ganz einfach. Zufrieden?«

»Diesmal ja. Hat Fernie je Ihr Boot verwendet?«

»Selbstverständlich, er ist ein hundertmal besserer Seemann, als ich es je sein könnte. Er lieh es sich aus, wann immer er wollte. Ich war nur wütend, wenn da Cunha es haben wollte. Dem Alten allein würd' ich es nie anvertrauen.«

»Wurde immer die gleiche Menge Treibstoff verbraucht?«

»Ja, das habe ich aus Neugierde nachgeprüft. Sie fuhren etwa zwanzig Kilometer weit die Küste hinauf.«

»Erzählen Sie mir mehr von da Cunha.«

»Da Cunha fährt mit diesem alten Ford in der Stadt herum, als wäre es ein Thunderbird. Er meint, die Stadt gehöre ihm. Er schließt die Augen, und es ist Nacht. Wenn er Tomas herschickt, um sich das Boot auszuleihen, ist das so, als täte er mir einen Gefallen. Mit den Leuten von der Kirche hier steht er auf bestem Fuß, und vorige Woche hatte er eine ganze Bande von großen Geschäftsleuten aus Madrid im Haus. Was immer er mit Portugal vorhat, den durchschnittlichen Wochenlohn von vier Dollar wird er bestimmt nicht erhöhen.« H. K. hob den Kopf und sagte: »Sie meinen es doch ernst, daß Sie mich abhauen lassen? Denn wenn ich jetzt für nichts rede . . .«

»Bestimmt«, sagte ich, »was mich betrifft, so können Sie sich durch Ihr Reden freikaufen.«

»Samt Boot und allem?«

»Meinetwegen, ja.«

»Ich wette, da Cunhas V.N.V. ist nichts als eine Zweigstelle der Bewegung ›Junges Europa‹ – Sie wissen, wovon ich rede?«

»Sprechen Sie weiter.«

»Das ist ein Netz von Faschisten in ganz Europa, von Rabat bis Narvik. Die O.A.S. in Frankreich, die M.A.C. in Belgien. Verglichen mit diesen Knaben ist das gegenwärtige Regime in Portugal sozialistisch.«

»Welchen Beweis haben Sie dafür?«

»Keinen, mein Lieber. Ich wünschte, ich hätte einen – es war mein großer Traum, den Kerl fertigzumachen.«

»Sieht aus, als kämen Sie zu spät.«

»Man wird die Faschisten über kurz oder lang zu Fall bringen; historisch gesehen ist das alles ein Teil des Klassenkampfes.«

»Klassenkampf«, sagte ich. »In Ihrem Mund klingt das komisch. Sie sind wohl der Wortführer der Süchtigen oder des Verbandes der Rauschgifthändler, wie?«

Dann versuchte ich einen Bluff. »Den englischen Besucher, vergessen Sie den nicht, Harry.«

»Ein Kumpel von Fernie. Netter Junge, riesig lustig.«

»Wie hieß er?«

»Ivor Butcher. Enormen Sinn für Humor, der Junge.«

»Enorm«, sagte ich. Jetzt begannen die Dinge Form anzunehmen. Ivor Butcher kannte Fernie. Ein Bote? Ein Kurier? Sagte Smith Fernie, was er zu tun hatte, oder war es umgekehrt? Auf jeden Fall: warum?

Ich sah mich in der unbeleuchteten Fabrik um: ölige Maschinen, hohe Stapel von Konservendosen.

»Harry, ich möchte Fernie Tomas hier haben: bringen Sie ihn her, und Sie können gehen.«

H. K. zog die Wangen nach innen und lachte durch die Nase. »Sie können ihn ebenso leicht kriegen wie ich«, sagte er. Er ging zum Waschtisch, wusch sich mit der komisch gefleckten portugiesischen Seife, die wie Roquefort aussieht, die Hände und trocknete sie ab, legte die Armbanduhr an und sah uns an. »Den Helden haben Sie heute bereits gespielt, mein Bester. Ich gehe jetzt, Schießeisen oder nicht.«

»Das glauben Sie«, sagte ich, tat aber nichts, als er zum Stuhl ging, seine Kaschmirweste nahm und zwischen den Maschinen zur Tür ging. Einmal drehte er sich um, um zu sehen, wie ich reagierte. Ich steckte meine Pistole in die Westentasche; das schien ihn zu beruhigen. Da krachte es, das Echo jagte durch die leeren Dosen wie ein Piranha durch ein Goldfischglas. Charly hatte eine Pistole aus der Handtasche gefischt und auf H. K. geschossen. Er wirbelte herum und fiel gegen die Presse. Ich griff nach der Pistole, um sie ihr wegzunehmen. Sie krachte nochmals, und die Hitze versengte mir die Haare auf dem Handrücken. Die Kugel streifte eine Maschine und pfiff weiter ins Dunkel. Ich schloß meine Hand um den Lauf der Pistole, verbrannte mich aber und ließ sie zu Boden fallen. Ich umschlang Charly mit den Armen und hielt sie fest.

Hinter den Maschinen fragte H. K.: »Woher hat denn das verrückte Frauenzimmer ein Schießeisen?«

Ich blickte auf die alte italienische Victoria 7,65 Automatik hinunter. »Wie es aussieht, wahrscheinlich vom Weihnachtsmann. Jetzt verschwinden Sie aber endlich, bevor ich meinen Entschluß ändere.«

Charly schlug mit ihren Fäusten gegen meine Brust

und schrie immerfort: »Laß ihn nicht fort – er hat deinen Freund umgebracht!« Sie hörte auf, um Atem zu holen. »Du bist einfach kein Mensch«, sagte sie leise. Ich hielt sie fest, während H. K. seinen Unterarm umklammerte und hinaushinkte.

Ich setzte Charly auf einen Stuhl. Schließlich schneuzte sie sich in mein Taschentuch und erzählte mir, daß sie für das *Federal Bureau of Narcotics* arbeitete und daß ich eben alles verdorben hätte.

»Dann wußtest du also, daß der Essiggeruch von der Essigsäure stammte, die bei der Morphinverarbeitung entsteht. Warum hast du mir nicht die wahre Geschichte erzählt?«

»Weil eine gute Agentin es anderen Vertretern des Gesetzes überläßt, ihren Aktionen als Spitze zu dienen«, zitierte sie unter Schluchzen.

In diesem Augenblick hörten wir H. K. den Motor anlassen.

»Er nimmt unseren Wagen«, sagte Charly, »und läßt uns hier sitzen.« Sie fing leise an zu lachen.

Bis Albufeira war es etwas mehr als drei Kilometer. Wir wanderten eine riesige Feigenplantage entlang und rochen die Oliven, die zum Pressen bereitlagen. Nach einem Kilometer zog Charly die Schuhe aus, und nach zweien hörte sie zu schnüffeln auf. Zum fünfzigstenmal sagte sie: »Du hast ihn gehen lassen. Ich muß die Polizei verständigen.«

»Sieh mal«, erklärte ich schließlich, »ich weiß nicht, was man euch bei eurer Dienststelle beibringt, aber wenn du glaubst, dein Prestige dort hängt davon ab, daß du H. K. die Handschellen anlegst, dann irrst du dich gewaltig. Laß ihn doch gehen und seine Kumpel schön in

Panik versetzen. Und wenn er ans Ende der Welt fährt, kannst du in ein paar Stunden dort sein oder in einer Stunde dorthin telefonieren. Unser Geschäft hier ist eine rein zerebrale Angelegenheit, und nur, weil ich eine alte Kriegserinnerung in Form einer Pistole schwenke, um dich zu beeindrucken, mußt du nicht außer Rand und Band geraten. Du könntest ihn verletzen.«

Diese letzte Bemerkung versetzte Charly in helle Wut, und sie sagte, ich sei nicht besser als H. K., und sie hätte ihn umgebracht, wenn ich sie nicht daran gehindert hätte, und das wäre ganz in Ordnung gewesen.

Man kann nicht umhin, diese Leute vom Rauschgiftdezernat zu beneiden. Die Regierungen überall in der Welt sind so sehr bemüht, ihnen gefällig zu sein, daß sie nicht nur in bezug auf Feuerwaffen beide Augen zudrükken, sondern ihnen noch den Ellbogen stützen, wenn sie schießen. Ich konnte mir leider nicht den Luxus leisten, mich daran zu erinnern, daß MacIntosh ums Leben gekommen war, weil H. K. die Beweise vernichten wollte.

Meine Lage war überhaupt nicht sehr angenehm. Ich konnte nicht zulassen, daß Charly die Polizei alarmierte und ihre Aufmerksamkeit auf unser Unternehmen lenkte. Wenigstens nicht, ehe ich Singleton erreicht, unsere Ausrüstung zusammengepackt und mich aus dem Staub gemacht hatte. Mir fiel die plötzliche Stille auf. Charly mußte mir eine Frage gestellt haben.

»Hmm«, machte ich, als dächte ich intensiv nach.

»Es ist sehr verwirrend, nicht wahr?«

»Verwirrend? Sicher ist es das. Du läßt dich auf Industriespionage ein, und dann beklagst du dich, es sei verwirrend?«

»Wieso? Ich habe mich nicht auf Industriespionage eingelassen.«

»Nicht? Rauschgift ist eine Industrie, die Millionen Dollar einbringt. Die Hälfte dieser Industrie beschäftigt sich damit, Geld zu verdienen, die andere Hälfte arbeitet daran, dich zu verwirren.« Schweigen. »Auf die eine oder andere Weise«, setzte ich hinzu.

»Und was meinst du mit dieser spaßhaften Bemerkung?«

»Daß man die Behörden auf verschiedene Weise verwirren kann, durch Bestechung, Verschlüsselung, Irreführung, durch falsche Informationen, sogar durch Einflüsse, die so mächtig sind, daß sie das Gesetz zugunsten des Zuwiderhandelnden beugen. Aber am verwirrendsten wirken immer noch die altmodischen Lügner vom Schlage H. Ks.«

»Warum, war vieles von dem, was er gesagt hat, erlogen?« Sie blieb mitten auf der Straße stehen und zog ihre Schuhe wieder an.

»Ja, aber wie alle erstklassigen Lügen hatten sie einen wahren Kern, wie Margarine mit zwölf Prozent Butter.«

»Was stimmte also von dem, was er erzählte?«

»Na, wie wär's, wenn du das die klugen Knaben von deiner Dienststelle herausfinden ließest? Ich sage nur, er hat uns nicht im Zweifel gelassen, in welcher Richtung unsere Nachforschungen weitergehen müssen. Vorausgesetzt, wir wollen sie hundertprozentig im Sinne von Harry Kondit geschneidert haben.«

»Ja«, sagte Charly ergeben und drückte meinen Arm. Ich wünschte nur, ich hätte bei meiner letzten Bemerkung genauer hingehört.

45

Verdammt nett von H. K., den Wagen vor Nummer zwölf in der Praca Miguel Bombarda stehenzulassen. Charly meinte, wir hätten uns offenbar einen Parkzettel eingehandelt. Sie hielt das für einen Witz; der weiße Umschlag unter dem Scheibenwischer enthielt eine Nachricht von H. K.:

›Tut mir leid, daß ich mir den Schlitten unter den Nagel gerissen habe, aber wenn man weg muß, dann muß man eben. Ich dachte nicht, daß Sie's ernst meinten, als Sie's versprachen; aber, wie gesagt, wenn der Winter kommt, weiß man, welche Bäume immergrün sind.
Der Zufriedene *(offenbar H. Ks. verdeckte Art, von Fernie zu sprechen)* schleicht umher wie eine gebrühte Katze. Das, was ich mit Ihrer Erlaubnis nehmen wollte, nehme ich nicht, denn Sie können Charlys Höschen verwetten, daß er es haben will. *(Damit konnte nur die Barkasse gemeint sein.)*
Ich habe Ihnen nicht erzählt, daß der Zufriedene die tollste Erpresserliste aller Zeiten besitzt, womit ich nicht übertreibe. Falls Ihnen der Name ›Weiße Liste‹ etwas sagt, werden Sie wissen, daß ich recht habe.
Haben Sie ein Auge auf das, was ich nicht mitnehme, und Sie können Ihre Akte abschließen – und wie!
Der Ihre für die nächste Million Jahre
Harry‹

Singleton sollte erst nach weiteren 24 Stunden aus Lissabon zurückkommen. Was jetzt zu tun war, mußte ich also allein tun. Ich ging in Joes früheres Zimmer und löste mit Hilfe eines Messers ein Brett aus dem Fußboden.

»Was tust du da?« fragte Charly. Ich sagte ihr, sie solle abschwirren und einen starken Tee machen. Ich fühlte mich sehr müde, was verständlich war.

Unter dem Brett holte ich den kleinen Spezialsender hervor, über den Joe mit London in Verbindung gestanden hatte. Ich schaltete auf Sendung, zog die Antenne aus und stellte die Codeziffern an dem Kuriergerät ein. Genau 23 Minuten nach der vollen Stunde (entsprechend unserer Abmachung mit der Marine in Gibraltar) drehte ich die Kurbel; dann setzte ich den Apparat zur Seite.

Charly brachte den Tee. Ich teilte ihr mit, ich hätte einen Funkspruch nach London geschickt, und sie habe nun freie Hand, wenn sie bezüglich der Rauschgiftsache etwas unternehmen wolle. Ich machte sie auch darauf aufmerksam, daß jede Erwähnung des Unternehmens, das wir in Albufeira durchgeführt hatten, gemäß dem Official Secrets Act gerichtlich verfolgt würde und daß sie im Hinblick auf ihre Beschäftigung beim Federal Narcotics Bureau der USA als Agentin einer fremden Macht angeklagt werden könne, falls sich irgendein Verdacht der Indiskretion erhebe. Ich dankte ihr für den Tee und gab ihr einen beruhigenden und nicht allzu brüderlichen Kuß.

»Du mußt mich zu H. Ks. Boot hinausrudern«, sagte ich. Ich war hundemüde.

Charly brachte das Boot mit der einer Admiralstochter anstehenden Geschicklichkeit längsseits. Ich kletterte auf das mit Teakholz belegte Deck – ich trug Socken an den Füßen; ich konnte es nicht riskieren, nasse Fußspuren zu hinterlassen. Charly wendete das Boot und ruderte zur Bucht zurück. Ich blickte zu den Felsen hinüber und wünschte intensiv, Fernie Tomas möge nicht erscheinen, ehe sie an dem steilen Pfad, der zur Landspitze führte, vorüber war. Dann ging ich über die Brücke und versteckte mich in dem großen Spind unter einer der Kojen. Es hatte etwas von einem Sarg an sich, aber ich klemmte einen Bleistift unter den Deckel; so bekam ich Luft, wenn auch nicht genug, um den Geruch von Teer und Mottenkugeln zu vertreiben. Ich wartete.

Etwas schlug gegen die Bordwand. Es klang nicht sehr nach Royal Navy, und ich fragte mich, ob es Fernie Tomas war. Vielleicht hatte mich H. K. in eine Falle gelockt. Plötzlich befiel mich Angst, dieser Spind könne wirklich zu einem Sarg werden.

Eine Frauenstimme – Fernies Frau – plapperte auf portugiesisch: das Boot treibe ab. Halt doch das Tau. Ob er ihr helfen könne. Nimm den Koffer. Das Boot stehe voll Wasser. Ein Ruder sei ins Wasser gefallen. Es war ein Gespräch wie gewöhnlich, wenn Frauen in einem Boot sind.

Ich hörte Fernies Stimme in schnellem Portugiesisch: sie solle sich beeilen. Mir wurde klar, warum er immer so schweigsam gewesen war, wenn ich ihn früher getroffen hatte. Sein Portugiesisch hatte einen starken englischen Akzent. Ich hörte es klatschen und spritzen, dann ertönte eine dritte Stimme, etwas höher als die Fernies; sie redete am wenigsten von den dreien. Es schien eine Ewigkeit zu dauern, bis sie an Bord kamen, dann vernahm ich die Stimme der Frau, diesmal aus einiger Entfernung. Sie ruderte das Boot zum Strand zurück. Ein Klick, jemand hatte das Licht über dem Instrumentenbrett eingeschaltet. Wenn ich mein Gesicht horizontal hielt und mein Ohr an den Spinddeckel drückte, konnte ich mit dem linken Auge die obere Hälfte des Mannes am Steuer sehen.

Ich erblickte Fernie im Profil – den eiförmigen Kopf mit dem schwarzen, struppigen, über den Mund hängenden Schnurrbart. Auf seinem Kopf saß der schwarze bäuerliche Filzhut. Der Anker kam hoch wie ein Vorhang, und die Motoren schlugen einen Trommelwirbel, als unser letzter Akt in Albufeira begann. Fernie schaltete die Schrauben ein, und ich spürte, wie das Wasser unter dem Schiffsbauch schäumte. Das Licht über seinem Kopf ließ Fernies Augenhöhlen schwarz erscheinen, was ihm das Aussehen eines Piraten verlieh. Seine Hände handhabten geschickt und geschmeidig die Steuerung, er beobachtete die Instrumente, Kompaß und Tourenzähler. Das war ein Fernie, wie ich ihn nie gesehen hatte, Fernie auf See, Fernie der Seemann. Von seinem Sitz am Steuer aus konnte er nicht auf die Schiffsuhr schauen. Alle Augenblicke rief er dem Jungen zu, der bei ihm war: »Wie spät?«, und der Junge sagte es ihm.

Er drehte so stark auf, wie er nur konnte, und bei 3000 Umdrehungen p. M. begann der Schiffskörper wie ein Preßluftbohrer gegen das Wasser zu schlagen. Als er den richtigen Kurs hatte, sagte Fernie dem Jungen, er solle das Steuer übernehmen. Ich hörte das Klicken, als ein Koffer geöffnet wurde. Ich drückte mein Ohr fester gegen den Spinddeckel und hob ihn fünf Zentimeter. Der Junge starrte ins Dunkel, Fernie kauerte auf dem Fußboden und beugte sich über ein Radiochassis, in das er kleine Röhren steckte. Dann klapperte er die Treppe zum Salon hinunter und erschien wieder mit einem schwarzen Kabel von der 24-Volt-Batterie, an die er das Funkgerät anschloß. Er rief: »Backbord – halt den Steuerstrich auf 240.«

Der Junge an Bord war Augusto, der mir die Locke von Fernies Haar besorgt hatte.

Augusto saß auf dem hohen Stuhl wie ein Kind bei einer Teegesellschaft und hielt das Rad fest zwischen seinen kleinen schmutzigen Händen. Fernie sprach auf portugiesisch von dem ›starken Amerikaner am Bahnhof‹; es mußte eine Frage gewesen sein, denn Augusto sagte, der ›starke Amerikaner‹ (so nannten die Leute H. K.) habe eine Kiste Sardinen am Bahnhof ausgeladen, die mit dem Morgenzug nach Lissabon gehen sollte.

Ein Klick, und Augusto erstrahlte im reflektierten Licht des großen Scheinwerfers, mit dem Tomas die Wellen absuchte. Augustos Umrisse verschwammen in einem Regen von Wassertropfen. Das Boot tanzte auf der Dünung, und das Wasser draußen rauschte vorbei. Das kleine Funkgerät hatte sich angewärmt und gab einen hohen Ton von sich wie ein schlecht eingestellter Fernsehempfänger. Tomas ging ans Gerät und drehte daran. »Geh auf 245«, überschrie er den Lärm.

Das Boot vibrierte, als es mit der hohen Geschwindigkeit in die Kurve ging. Ein Augenblick, dann fuhr es wieder geradeaus.

Tomas' Hand kam in mein Gesichtsfeld, er drehte am Funkgerät. Das Signal wurde lauter. »250«, schrie er und verlangte, aufgeregt portugiesisch stammelnd, Augusto solle mehr Gas geben. Augusto sagte, weiter ginge es nicht, und drückte zum Beweis mit seinen Kinderhänden gegen die großen Hebel. Plötzlich ertönte aus dem Radio etwas wie der ›Hummelflug‹ von Rimski-Korssakow, auf Flöte in Doppeltempo gespielt. Tomas stellte das Gerät heftig nieder und verließ mein Gesichtsfeld. Augustos Kopf war einen Augenblick lang von einem starken Lichtstrahl beleuchtet, gleich darauf zeichnete sich seine schwarze Silhouette gegen das lichtüberflutete wogende Wasser ab.

Tomas suchte die See mit Hilfe des Scheinwerfers ab. Was er suchte, war ein Metallbehälter.

Die flötenartigen Töne des schnellen Morsesignals brachen ab, statt dessen ertönte wieder das gleichmäßige Pfeifen. Dann hörte ich ein lautes Klatschen, und darüber zerbrach ich mir minutenlang den Kopf. Es war schwer vorstellbar, daß sich ein Exoffizier der Royal Navy in südländischer Erregung und Wut selbst ins Gesicht schlug. »Zu spät«, schrie er Augusto zu, »zu spät! Zu spät! Jetzt ist es wieder auf den Meeresgrund gesunken.« Er riß Augusto das Ruder weg und drehte es wütend herum. Das Boot glitt seitlich ab, außer Kontrolle, die Schrauben suchten kreischend im Wasser einen Halt zu finden, während das Deck zur dunklen See krängte.

Leider wählte ich gerade diesen Augenblick, um aus dem Spind aufzutauchen. Ich fiel der Länge nach vorwärts aufs Deck. Mit dem Gesicht schlug ich gegen die Steuerbordkoje, und mein Arm verdrehte sich unter mir. Ich hörte meine Smith & Wesson von mir wegschlittern und mit einem Krach in den Salon hinunterfallen. »Kurs geradeaus«, hörte ich Fernie rufen, und das Deck stellte sich gerade.

»Aufgestanden«, sagte er ganz im Stil der Piratengeschichten für die reifere Jugend. Ich war nicht allzu erpicht darauf, wenn ich es bloß tun sollte, um wieder niedergeschlagen zu werden. Andererseits konnte mir das Liegenbleiben auch einen Tritt ins Gesicht einbringen.

»Ich möchte nicht mit Ihnen kämpfen, Fernie«, erklärte ich.

»Ich werde Sie umbringen«, sagte er. Er sprach nicht wie ein Killer, sondern wie ein Präfekt kurz vor Verabreichung einer Tracht Prügel.

»Sie begehen einen Fehler, Fernie.« Aber es war zwecklos. Ein Mann, der sich so wenig anpassen konnte wie Fernie, hatte Groll und Ärger, Wut und Rachegefühle so lange unterdrückt, bis sich unter der Oberfläche Gewalttätigkeit angesammelt hatte wie glühende Lava.

Augusto hielt das Boot fest geradeaus; er ging mit dem Gas leicht zurück. Fernie näherte sich mir langsam, bemüht, das Gleichgewicht zu halten. Er starrte mir in die Augen und versuchte abzuschätzen, was ich tun würde. Wir waren eine Armlänge voneinander entfernt, da gingen seine Hände langsam hoch. Er hob sie über den Gürtel, und ich bemerkte eine ganz leichte Schulterdrehung. Sie sagte mir, was ich wissen wollte. Boxer nehmen die fürs Boxen charakteristische Stellung ein, eine Hand und einen Fuß leicht vorgeschoben. Judokämpfer stehen flach. Fernie war ein linkshändiger Boxer.

Ein Bach schlängelte sich übers Deck, glitzerte im Licht und wurde unter Fernies Füßen zu einem Krummsäbel. Ich öffnete die linke Hand und hielt sie schützend vor meine Brust, seiner harten vorgestreckten Faust entgegen, bereit zum Zurückweichen.

Ich sah in seinen Augen, daß er mich für einen leichten Gegner hielt. Er entschloß sich, mich mit einem linken Haken zu erledigen. Mein Körper war ganz offen. Ich umschloß mit den Fingern sein Handgelenk, während ich mit der linken Fußspitze gegen sein rechtes Fußgelenk trat. Fernie griff nach meinem gestreckten linken Knie, um mich zu Boden zu schleudern. Das war die richtige Parade, aber er war zu langsam, viel zu langsam. Bevor ich seinen Arm mehr als ein paar Zentimeter nach links gezogen hatte, war er schon aus dem Gleichgewicht. Wenn man das Gleichgewicht verloren hat, denkt man nur noch daran, es wiederzugewinnen; jede Angriffslust ist geschwunden. Er stürzte. Meine linke Hand zog, zog noch weiter, während ich mich nach links drehte, die rechte Hand oben. Sein Oberarm klemmte unter meine Achsel, meine Linke bedrohte seine Elle und Speiche. Ich hörte ihn dicht an meinem Ohr keuchen und sah, wie sich Augustos Gesicht uns zuwandte, mit Augen wie Blinklichter.

Fernie ließ sich auch jetzt nicht vom Schmerz überwältigen. Er trat nach dem Funkgerät. Es glitt langsam weg und klatschte über Bord. Funken sprühten, als es am Batteriekabel einen Kurzschluß gab; das Gerät schlug dumpf gegen den Schiffsrumpf. Bei geringerer Geschwindigkeit würde der Apparat vielleicht angeschlossen bleiben, wenn wir das Kabel hochzogen.

Ein Original, dieser Fernie. Er löste sich von mir, setzte sich auf den Boden, rieb sich den Arm, den ich ihm fast gebrochen hatte, und meinte: »Ich könnte Sie einfach über Bord werfen, wissen Sie – und niemand würde mir Fragen stellen.«

»Sicher, aber es besteht eine gewisse Wahrscheinlichkeit, daß ich Ihnen den Hals umdrehe, wenn Sie's versuchen.«

Das Batteriekabel habe sich um die Backbordschraube gewinkelt, meldete Augusto. Ich hievte Fernie in die Kabine hinunter – in eine Koje – er war zu alt für solche Kapriolen, er war böse angeschlagen. Ich sagte Augusto, er solle nach Albufeira zurücksteuern und nur den Steuerbordmotor verwenden. Es würde eine langsame Fahrt sein, und der Wind blies in Gegenrichtung. Dieser schwimmende Cadillac war kein Boot, mit dem man schlechtem Wetter trotzen konnte. Ich nahm meine Pistole wieder an mich, steckte sie ein und stieg zu Tomas hinunter.

»Ich habe einen portugiesischen Paß«, sagte er.

»Wenn Sie erst im Gefängnis von Tarrafal sind, auf der Insel Santiago, hübsch nahe dem Äquator, werden Sie möglicherweise wünschen, sie hätten einen anderen Paß.«

»Ich habe meine Zeit im Gefängnis abgesessen; ich brauche mich nicht für den Rest meines Lebens mit der britischen Gestapo herumzuschlagen.«

»Wenn Sie im internationalen Rauschgifthandel arbeiten, müssen Sie immerhin damit rechnen, ein wenig aufzufallen. Sich nachher zu beklagen, ist wenig ergiebig.«

»Heben Sie sich die Lügen auf, bis Sie Ihren Bericht schreiben!« sagte Tomas. »Rauschgift interessiert Sie doch überhaupt nicht.«

»Nein? Was interessiert mich dann?«

»Die Weiße Liste, das Ding, das ich vor ein paar Minuten beinahe aus dem Meer gefischt hätte.«

»Stimmt genau, die interessiert mich.«

»Sie ist verloren, für immer. Sie werden Sie nicht bekommen.«

»Aber Sie wissen darüber Bescheid?« Tomas wurde grau im Gesicht – er hatte Angst, und er ließ sich leicht ängstigen.

»Ich habe sie gesehen«, gab er zu, »aber ich kann mich nur an wenig erinnern.«

»Ich werde Ihrem Gedächtnis nachhelfen. Ich will Ihnen einen Namen sagen, der daraufstand.« Ich nannte Smith. Tomas schwieg. »Der Mann, den Sie und Ihr Freund Ivor Butcher erpressen wollten«, soufflierte ich.

»Sie wissen also von Butcher. Lassen Sie ihn aus dem Spiel. Er ist nur ein netter Kerl, der mir helfen wollte. Ihn trifft keine Schuld.«

»Wirklich, meinen Sie?« Aber ich ließ ihm seine Illusion.

Ich setzte mich. Ich war schlapp wie eine Dali-Uhr.

Fernie zupfte an seinem Schnurrbart, wartete ein wenig und sagte dann: »Ich war der einzige Überlebende von dem U-Boot. Zuerst dachte ich . . .«

»Hören Sie, Fernie, ich unterbreche selten Leute, wenn sie reden; besonders dann nicht, wenn sie komplizierte Lügen erfinden, denn die sind oft erheblich interessanter als die Wahrheit. Bei Ihnen mache ich aber eine Ausnahme; fangen Sie an, die Wahrheit zu erzählen, sonst werfe ich Sie über Bord.«

»In Ordnung«, sagte Fernie umgänglich. »Womit soll ich anfangen?«

»Vergessen Sie erst mal das ganze Märchen von den toten Seeleuten, die mit Sovereign-Prägestempeln an Land geschwemmt wurden und zum Beweis selbst ihre Gräber aushoben. Vergessen Sie auch allen Unsinn über Ihre Erlebnisse im U-Boot. Außer, Sie wissen, wie es gesunken ist.«

»Nein, das weiß ich nicht.«

»Hat Ihr Freund da Cunha absichtlich die Flutventile geöffnet, bevor er mit der Weißen Liste an Land ruderte?«

»Nein«, sagte Fernie ruhig, »so etwas würde er nie tun. Er ist wirklich ein ehrenhafter Mann.«

»Sicher, das seid ihr alle; Sie, Kondit und da Cunha. Eine ehrenhafte Gaunerbande. Hören Sie, Peterson« – ich gebrauchte zum erstenmal seinen englischen Namen –, »Sie versuchen nur eine Stufe auf der Rolltreppe zu überspringen. Hinter mir steht ein weiterer Agent, und hinter ihm noch einer. Verglichen mit einigen von den wilden Knaben, die Ihnen auf den Kopf steigen werden, ganz gleich, wohin Sie sich begeben, bin ich ein zartes Seelchen. In Whitehall will man nichts als eine nette ordentliche Akte mit dem Wort ›Erledigt‹ auf dem Deckel, die man im Keller ablegen kann. Versuchen Sie doch ein wenig vernünftig zu sein, dann verfasse ich eine kleine Notiz, wie sehr Sie mir geholfen haben. Man weiß nie, wann man einen solchen Liebesbrief brauchen kann.«

»Was wollen Sie erfahren?«

»Ich weiß nicht, was fehlt, ehe ich's gehört habe. Wenn es Dinge gibt, die Sie nicht erzählen wollen, lassen Sie sie aus.«

»Sehr schlau; die Löcher sagen Ihnen mehr als die Geschichte dazwischen.«

»Genau, ich bin der Generalstaatsanwalt und reise inkognito mit einem japanischen Bandaufnahmegerät unter der Perücke. Aber vielleicht sind Sie bloß ein leichter Paranoiker.«

Fernie trank einen Schluck aus dem großen Glas Whisky, das ich ihm gegeben hatte.

Er sagte: »Erinnern Sie sich an den spanischen Bürgerkrieg? An die Wochenschauen? Tote Pferde, verwundete Kinder. Angst, ich hatte Angst. Leute wie Sie verstehen das nicht. Oder?« Er wollte eine Antwort.

»Solange Sie nicht erklären, es sei Mangel an Fantasie.«

Er starrte weiter ins Leere und rauchte. »Derselbe spanische Bürgerkrieg, in dem Sie sich, laut Kondit, so heldenhaft aufgeführt haben?«

Fernie Tomas nickte. Einen Augenblick dachte ich, er werde lächeln.

»Ja, ich habe ihn mitgemacht. Manchmal hat man solche Angst vor etwas, daß man es einfach hinter sich bringen muß. Ich wollte mein Trauma loswerden. Alle, die ich kannte, kämpften auf republikanischer Seite, also hielt ich mich an Franco, bloß um nicht das gleiche zu tun. Man teilte mich einer italienischen Einheit zu. Ich gehörte zu General Queipo de Llanos zweiter Division, beim Fall von Malaga. Kondit glaubte, ich hätte Malaga *verteidigt.* Es gefiel ihm; also habe ich ihn in dem Glauben gelassen.«

»Ihnen hat es nicht gefallen?«

»Doch. Ich lag meist am Strand und sah zu, wie die Kreuzer *Canarias, Almirante Cervera* und *Baleares* herankamen und Malaga bombardierten. Es war genau wie ein Übungsschießen, es krachte, das Pulver rauchte, und nach zwei Stunden, fuhren sie die Küste hinunter zum Mittagessen. Es war hübsch. Nette, saubere Schiffe. Netter, unpersönlicher Kampf. Nicht zu erkennen, was man traf. Keiner da, der zurückschoß. Als wir nach Malaga hineinkamen ... nun, Sie haben sicher schon eine Stadt nach einem Bombardement gesehen.«

»Wer hat das heutzutage nicht?«

»Eben. Ich erinnere mich ...« Aber er sprach nicht weiter. Es war, als läse er in einer Kristallkugel. »Ich entsinne mich an das letztemal, als ich meine alte Dame sah. Ich bekam Urlaub, weil unser Haus zerbombt worden war. Mein alter Herr starb an seinen Verletzungen, und meine Mutter wohnte in der Küche; ein Zelttuch war als Decke darübergespannt. Sie weigerte sich, in ein Erholungsheim zu gehen, wegen der ›glücklichen Zeiten, die sie hier verlebt hatte‹.

Glückliche Zeiten.« Er schüttelte den Kopf. »Es war ein Elendsquartier, und sie hatte sich dort halb zu Tode gerackert. Immer wieder erzählte sie, man hätte Vater ›in 'nem richtigen Krankenwagen, nicht in einem dieser Dinger vom Luftschutz‹ ins Hospital gebracht. Nun, Malaga war auch so. Tote, aufgedunsene Pferde und der Geruch von Ziegelstaub und Kanälen.«

Ich merkte, daß die Zerstörung von Malaga und die von London sich bei ihm auf seltsame Weise vermischt hatten; er war nicht imstande, sie auseinanderzuhalten.

»Als ich zurückkam, trat ich der britischen Faschistenbewegung bei. Ich lernte Mosley persönlich kennen. Man hat ihn immer wieder mißverstanden, er ist ein dynamischer und anständiger Mann. Alle wirklich machiavellistischen Anhänger dieser Bewegung hatten den Krieg seit Jahren kommen sehen und verkrochen sich tief im Herzen der Konservativen Partei. Die Hälfte der Jungs, die Ihnen von Whitehall aus Befehle erteilen und all diese mitreißenden Antinazireden hielten, hätten sich selbst am liebsten in den Hintern gebissen, daß sie keine nette große Waffenfabrik in Deutschland besaßen. Aber wir waren arglose Idealisten. Später hat uns der Krieg und besonders der Molotow-Ribbentrop-Pakt die Augen geöffnet. Ich gab es auf, etwas verstehen zu wollen. Ich ging als Funker zur Marine und wurde Offizier . . .«

»War das für Sie schwierig?«

»Nein, jeder, der sich eine Pfeife und einen Pyjama kaufte und mit ein paar Penguinbüchern über Paul Nash in der Tasche herumlief, wurde als geeigneter Offiziersanwärter betrachtet.«

»Ich glaube, damit haben Sie recht.«

»Ich kam auf die *Prince Arthur* in Brighton, und vier Monate später war ich Marineoffizier. Ich war begeistert. Man lebt lange Zeit mit denselben Leuten auf einem kleinen Schiff. Man lernt jede Schraube, jede Mutter des Schiffs kennen und ebenso genau jeden einzelnen der Besatzung. Wenn das Schiff versenkt wird, ist es ärger als eine Scheidung nach einer glücklichen Ehe. Man verliert sein Heim, seinen Hausrat, die Freunde sind tot, verwundet oder versetzt. Nichts bleibt einem.

Nach dem zweiten Mal wanderte ich zwölf Tage lang durch die Londoner Kneipen, in der Hoffnung, ein bekanntes Gesicht zu entdecken. Ich stellte fest, das könnte ich nicht noch einmal durchstehen, und meldete mich zum Unterseebootdienst. Wenn man da versenkt wird, bleibt man unten. Ehe ich aber in die Nähe eines U-Bootes kam, war ich schon mit einer Kampfschwimmerausrüstung in Schottland.«

Tomas verlangte eine Zigarette. Nachdem er sie angezündet hatte, sagte er: »Über die Kampfschwimmerschulung wollen Sie nichts hören?«

»Erzählen Sie mir nur, was Sie für interessant halten.«

»Ich hatte Befehl, mich im Depot zu melden. An jenem Donnerstag war alles schiefgegangen; in der Bank machte man mir wegen lächerlicher zwölf Pfund Schwierigkeiten, und auf der Autobahn Nord stimmte plötzlich etwas mit den Kerzen nicht – Sie erinnern sich, wie die Einzelteile während des Krieges funktionierten –, und dieses fette Schwein in der Garage, vor der ich stehenblieb, wollte von mir unter der Hand Benzin für zwei Kerle mit Bostonhaarschnitt und einem Laster voll Obstkonserven. Ich war wütend, aber er sagte, ich solle dankbar sein, daß er mir eine von seinen kostbaren Kerzen überließe. ›Heutzutage geht ja alles an euch Kerle vom Militär‹, sagte er, als ob wir das Land aussaugten. ›Ja‹, sagte ich ihm, ›muß schon ein harter Krieg sein, zu Hause am Kamin Nachrichten hören und Socken zu stricken.‹ Dann wurden die zwei anderen unangenehm, und nach einem Wortwechsel erklärte er, er wolle kein Geld für die Kerze, da fuhr ich weiter. Ich kann mich an jedes Wort erinnern.

Damals fing ich an, vor tiefem Wasser Angst zu haben. Beim Tauchen im Tageslicht oder nahe der Oberfläche war ich O. K., aber ich konnte einfach nicht arbeiten mit dem Gedanken, daß unter mir immer dunklere und dunklere Tiefen waren, bis es einen verschluckte.«

Fernie Tomas schrie Augusto zu, er solle nur ja die Motortemperatur nicht vergessen, und Augusto versprach achtzugeben.

»Sie wissen nicht, wie man sich in so einem Zwerg-U-Boot fühlt.« Das war eine einfache Feststellung; ich wußte es wirklich nicht. »Stellen Sie sich vor, Sie überqueren unter der Motorhaube eines Autos, unmittelbar vor dem Motor eingezwängt, die Nordsee. Dann legen Sie Ihr Tauchzeug an, das viel unzulänglicher ist als die Ausrüstungen von heute. Sie tun dies in einem Raum, der wesentlich kleiner ist als eine Telefonzelle. Dann kriechen Sie durch die Druckschleuse, die die üble Gewohnheit hat, nicht richtig zu funktionieren und Sie in einem engen Sarg gefangenzuhalten. Aber manchmal hat man Glück; die Abschlußklappe ist weder verklemmt noch defekt, so daß man in die See hinaus kann. Man geht das Deck des Zwerg-U-Boots entlang – es ist nicht viel breiter als ein Brett und wird nach vorne zu immer schmäler. Der scharfe Bug, auf dem man schließlich balanciert, stößt heftig mit einem metallischen Geräusch gegen ein riesiges Unterwassersperrnetz, das sich nach beiden Seiten erstreckt, so weit man blicken kann. Die Maschen des Netzes sind fast so groß wie ein Steuerrad. Man hält sich an einer fest und arbeitet mit dem Schneidwerkzeug. Die ganze Zeit über läuft der Motor, so daß der Bug weiter gegen das Netz stößt; das Deck knirscht und kratzt, vielleicht stört eine Süßwasserströmung das Gleichgewicht, oder Regen macht die Dunkelheit noch ärger. Oder man gleitet mit den Metallschuhen von dem Zirkusseil ab, auf dem man balanciert.«

Tomas rieb sich den Arm und erschauerte. »Ich hatte immer wieder den Alptraum, daß ich vom Deck abrutschte und auf den Meeresboden sank. Und so kam es selbstverständlich auch. Ich packte das Netz, als das U-Boot seitlich wegglitt. Der Motor hatte versagt, und die Strömung schwemmte es zurück. Ich war allein im Meer und hing am Netz.«

Tomas rieb sich die Stirn und nahm einen kräftigen Schluck. Ich goß ihm noch ein Glas ein und fragte: »Was taten Sie dann?«

»Ich kletterte Masche für Masche am Netz hoch.« Seine weißen Hände verkrampften sich in der Decke. »Ich hielt mich oben fest, bis am Morgen ein deutsches Boot kam, um das Netz zu kontrollieren. Nachher erzählte man mir, daß man meine Finger einzeln von dem Metall lösen mußte. Ich war der einzige Überlebende bei diesem Angriff. Sie gaben mir zu essen, und ich schlief vierundzwanzig Stunden ohne Unterbrechung in einer ihrer Marineunterkünfte. Ich konnte nur Schuldeutsch, aber das genügte für eine Unterhaltung. Am zweiten Tag aß ich in der deutschen Offiziersmesse und habe wohl zur Feier meines Überlebens ein paar Gläschen zuviel getrunken. Normalerweise wäre ich in ein Kriegsgefangenenlager gekommen, und damit wäre alles erledigt gewesen, hätte nicht einer der Offiziere bei jenem Abendessen etwas zur Sprache gebracht.

Zwei Leichen waren unter die Backbordschrauben des großen Kreuzers geschwemmt worden. Man hatte versucht, sie herauszufischen, aber es gab weit und breit keinen Taucher. Er meinte, es bliebe ihnen keine Wahl, als die Schrauben laufen zu lassen. Er hoffte, ich verstünde das. Kein Seemann tue so etwas gern.«

Tomas ließ den Whisky in seinem Glas rotieren. »Ich

sagte, wenn man mir meine Ausrüstung geben und die Sauerstoffflaschen füllen wollte, würde ich sie im Nu herausholen. Alle in der Messe fanden, das sei ein echter Beweis von Kameradschaftsgeist – daß ich die Leichen meiner Freunde für ein feierliches Begräbnis heraufholen wollte; die deutsche Marine werde es sich als Ehre anrechnen, ihnen ein solches zu bereiten.«

Tomas blickte zu mir hoch; ich hatte nicht gelächelt.

»Jetzt ist es leicht, zynisch zu sein und zu erkennen, daß es eine abgekartete Sache war, aber damals hatte man uns darauf gedrillt, dauernd wie die Helden in einem britischen Film zu agieren. Sie verstehen, was ich meine?«

»Und wie.«

»Zwei Offiziere der Kriegsmarine begleiteten mich, und sie fragten, ob sie die Ausrüstung benutzen dürften. Ich war nicht sehr scharf darauf. Sie drängten mich nicht. Sie waren, wie Sie, vom Fach. Sie wußten, wie man vorzugehen hat, wenn man wirklich etwas erfahren will.«

»Ja«, sagte ich, »es ist so ähnlich, wie wenn man Käse aus Sauermilch bereiten will. Drückt man den Baumwollsack zu stark, und will man es forcieren, geht es überhaupt nicht mehr.«

»Ja, so war es; sie bekamen ihre Informationen tropfenweise. Ich wohnte die ganze Zeit in ihrem Offiziersquartier, hatte einen Diener und gutes Essen, und sie sagten mir, ich solle mich nicht beeilen, und vielleicht wolle ich feststellen, ob noch andere Leichen in der Nähe seien. Nach dem großartigen Begräbnis mit allen möglichen Phrasen über Kameraden, die den Ozean herausfordern und dergleichen, wurde ich nach Cuxhaven geschickt, in ein Kriegsgefangenenlager. Das Essen war schauderhaft, und ich wurde wie ein Sträfling behandelt. Eines Abends, als ich mich so elend fühlte wie nur möglich, besuchte mich einer der deutschen Offiziere, bei denen ich in Norwegen gewohnt hatte, zusammen mit einem Mann namens Loveless.«

»Graham Loveless?« fragte ich. Es war Smith' Neffe.

»Ja«, sagte Tomas. »Ich erzählte ihnen, daß ich Mitglied der britischen Faschistenvereinigung gewesen sei. Sie meinten, wenn ich der St.-Georgs-Legion beiträte – die später den Namen Britisches Freikorps erhielt –, würde ich wieder bei den deutschen Marineoffizieren untergebracht werden. Man würde mich auch nur einsetzen, wenn es sich darum handelte, mit Hilfe meiner Tauchausrüstung Leben oder Gut unserem gemeinsamen Feind, der See, zu entreißen.«

Tomas blickte mich an und zuckte die Achseln.

»Und darauf sind Sie hineingefallen?«

»Ja.«

»Und dann haben Sie Giorgio Olivettini kennengelernt?«

In diese Falle fiel Tomas nicht; er marschierte langsam und bewußt hinein. Er sah mich an und sagte: »Ja, bald danach habe ich ihn getroffen. Hat er es Ihnen erzählt?«

Ich probierte es mit einer einfachen Lüge. »Ich erriet es, als ich Sie in der Nacht, als Giorgio starb, bei dem U-Boot sah.«

»Sie waren das also?« fragte Tomas. »Ja, manchmal schwamm ich nachts zum Vergnügen.«

Ich wußte, daß er log. Offenbar war er in jener Nacht draußen gewesen, um eine Heroinlieferung zu besorgen, aber ich sagte nichts.

Ich goß nochmals für uns beide ein; der Whisky half Tomas, sich zu entspannen. Schließlich sagte er: »Es war eine Muräne.«

Ich bot ihm Eis aus dem Kühlschrank an. »Es war eine

Muräne«, wiederholte er. Ich warf einen Würfel in sein Glas und zwei in meines. »Es war eine Muräne«, schrie Tomas so laut er konnte, »eine Muräne, hören Sie?«

»O. K.«, sagte ich.

»Sie zerfetzen einen. Riesige Muränen, so dick wie Schweine, sie haben Zähne wie Rasierklingen. Sie sind grauenhaft. Hier an der Küste gibt es Tausende, manche über zwei Meter lang. In der Regel leben sie in Felsspalten und Höhlen, aber diese hausten im aufgerissenen Druckkörper.

Ich entsann mich der klaffenden Wunden an Giorgios Körper. Vielleicht sagte er die Wahrheit. Tomas sprach schnell weiter. »Als ich ihn kennelernte, war er Kapitänleutnant. Die Wehrmacht hatte von der italienischen Armee keine hohe Meinung, aber diese Kampfschwimmer waren etwas anderes. Alles hing ihnen an den Lippen. Es war fast komisch. Giorgio war der einzige, der verstand, was für eine Farce dieser ganze verdammte Krieg war. Wir kämpften beide auf beiden Seiten. Er hatte einen deutschen und einen amerikanischen Orden.«

»Das wußte ich nicht.«

»Ich war dabei, als er den deutschen Verdienstorden mit Stern erhielt.«

Er ergriff sein Glas und nippte daran. »Er war ein fabelhafter Taucher.« Er nahm noch einen Schluck. »Nein, ich hätte ihn niemals umbringen können. Es ist unvorstellbar, daß ein Trapezmann einen anderen Trapezmann vom Gerät stößt, nicht wahr? Nun, es wäre das gleiche.«

»Erzählen Sie mir von der Zeit unmittelbar vor Kriegsende«, sagte ich.

»Sie kennen meinen wahren Namen, also haben Sie den Bericht über die Kriegsgerichtsverhandlung gelesen?«

»Daraus war kein klares Bild zu gewinnen.«

»Loveless war bei den Deutschen ein großer Mann. Es hieß, wenn sie den Krieg gewännen, würden sie ihn zum englischen Premierminister machen. Als mir Loveless sagte, es sei alles verloren, wußte ich, daß es stimmte. Es war seine Idee, nach Hannover zu gehen. Ich wollte eigentlich weiter nach Süden, in den Sektor, gegen den die Amerikaner vorrückten, aber Loveless meinte, wenn wir nach Hannover gingen, wären wir alle Sorgen los. In Hannover befand sich eine Archivgruppe der Wehrmacht, und Loveless hatte sich die Erlaubnis verschafft, gewisse Dokumente zu prüfen.

Er ging ins Archiv und fotografierte die Weiße Liste.«

Ich nickte, in der Hoffnung, Tomas würde weitere Erklärungen liefern.

»Sie entsprach in Form und Größe ungefähr einem Roman in Taschenbuchformat und hatte einen dicken grauen Pappdeckel. Sie enthielt die Namen von Leuten britischer Staatsangehörigkeit und ihre Adressen, alphabetisch geordnet. Dazwischen gab es leere Seiten für zusätzliche Eintragungen. Es waren Namen von Personen, die im Falle einer Invasion in England den Deutschen aktive Hilfe leisten würden.«

Draußen herrschte Windstärke fünf, und in der warmen, gut erleuchteten Kabine war es leicht, sich vorzustellen, wir seien wieder in jener Welt von 1945.

Tomas goß sich nochmals etwas ein und schrie Augusto zu, er solle den Motor drosseln; er meinte, wir vergeudeten nur Treibstoff. Wir fanden beide, Augusto sei ein heller Junge, und die Portugiesen seien überhaupt geborene Seeleute; Tomas nahm einen ausgiebigen Schluck von H. Ks. Feuerwasser und fuhr fort.

»Loveless fotografierte die Weiße Liste und vergrub

die Abzüge in einem Garten eines schwer bombardierten Stadtteils von Hannover. Eine Zeitlang wurden wir in einem deutschen Gefängnis festgehalten. Das Licht brannte Tag und Nacht, alles war weiß, die Kacheln glänzten wie falsche Zähne, dauernd wurden Türen zugeschlagen, und ständig klirrten irgendwo Schlüsselbunde in den Händen der Wärter. Ab und zu wurde das Guckloch in der Zellentür geöffnet, und der Psychiater oder Arzt beobachtete einen und schrieb alles auf, samt beigefügten Gründen, warum man es tat. Sie hielten alle für verrückt, nur nicht sich selbst. Hin und wieder hörte ich Loveless' Stimme, wenn er dem Wärter irgendeine blödsinnige Frage stellte, um mich wissen zu lassen, daß er noch da war. Schließlich erhielt ich kurz Gelegenheit, ihn zu sprechen, als die Royal Navy zwei Oberbootsleute schickte, die uns nach Großbritannien eskortierten. Er war Fregattenkapitän; man war davon sehr beeindruckt und gab uns auf dem Ferryboot nach Harwich Kabinen. Loveless erzählte mir, er beabsichtige, in den Zeugenstand zu treten und die Namen sämtlicher Engländer der Weißen Liste vorzulesen.«

»Das muß ihn sehr beliebt gemacht haben.«

»Man wollte es um jeden Preis verhindern. Man sagte ihm, wenn er sich in den fünf Anklagepunkten für schuldig erklärte, würde man mit ihm eine Abmachung treffen.«

»Eine Abmachung?«

»Ganz richtig. Man wollte ihn zum Tode verurteilen, das Urteil aber nicht vollstrecken.«

»Wieso glaubte er daran?«

»Das fragte ich ihn auch«, sagte Tomas. »Für mich ist es Ehrensache, niemandem zu trauen.« Wenn er das als Witz meinte, ließ er sich's jedenfalls nicht anmerken; ich nickte. »Nach der Urteilsverkündung«, fuhr er fort, »unterschreibt der Präsident des Kriegsgerichts das Todesurteil und siegelt es. Dann bringt man es dem Gefangenen zur Kenntnis. Bevor aber das Urteil vollstreckt werden kann, untersucht der Prüfungsoffizier die Führung der Verhandlung, um sicherzugehen, daß keine Unregelmäßigkeiten vorgekommen sind. Wie Sie wissen, ist ein Kriegsgericht etwas ganz anderes als eine Zivilverhandlung. Die meisten Beteiligten haben keine juristische Vorbildung, ja kaum einer hat jemals vorher einer Verhandlung beigewohnt. Man kann sich kein schlimmeres Durcheinander vorstellen.«

»Glücklicherweise bin ich außerstande, Ihre Erfahrung widerlegen zu können, aber erzählen Sie weiter.«

»Was der Prüfungsoffizier unter anderem zu untersuchen hat, ist die geistige Gesundheit des Gefangenen. Laut Abschnitt vier des Gesetzes über Geistesgestörtheit von 1890 benötigt der Prüfungsoffizier nur das Zeugnis eines Friedensrichters und zwei ärztliche Atteste, um die Vollstreckung des Urteils aufzuheben und den Gefangenen in ein ziviles Hospital für Geistesgestörte zu überweisen. Die Instruktionen der Admiralität lauten dahin, daß der Gefangene nach Verlauf eines Monats aus dem Dienst entlassen wird.«

»Und Loveless glaubte, das werde mit ihm geschehen, wenn er sich für schuldig erklärte?«

»Richtig. Man brachte ihm seine ärztlichen Befunde, damit er sie selbst verbrenne, und man versprach ihm, andere nachzudatieren, die Symptome geistiger Störung aufweisen sollten.«

»Sie haben keine solche Behandlung verlangt?«

»Nein«, sagte Tomas, »der Offizier, der meine Aussagen vor der Verhandlung zusammenstellte, erwähnte die

Weiße Liste, aber ich gab vor, nicht zu wissen, wovon er sprach.«

»Fand die Verhandlung gegen Loveless vor der Ihren statt?«

»Ja. Er erklärte sich für schuldig, wurde verurteilt und kam wieder herunter in seine Zelle. Mein Verhör sollte am nächsten Tag beginnen. Und in jener Nacht, der Nacht vor meinem ersten Verhandlungstag, geschah es.«

»Was geschah?«

Tomas wischte sich die Hände mit einem Taschentuch ab, das ein dutzendmal gestopft worden war, nahm einen Schluck und legte sich zurück, als wolle er einschlafen. Ich trat näher und beugte mich über ihn.

»Was geschah?« fragte ich wieder. Tomas hatte die Augen geschlossen, er zuckte unter einem Schmerz zusammen; war es der Arm oder die Erinnerung?

Er sagte sehr leise: »Ich hörte Loveless schreien: ›Hilf mir, Bernie, hilf mir!‹ Schritte und Schlüsselgerassel eines Wachtpostens; dann eine leise Stimme, wahrscheinlich die des Kaplans; ich konnte nicht verstehen, was er sagte. Dann wieder Grahams Stimme. Sie war höher und deutlicher als die anderen. ›Sie werden mich hängen, Bernie‹, schrie er, und dann nochmals: ›Hilf mir!‹ Schlüssel klirrten, eine Tür schlug zu, und alles war still.«

»Haben Sie etwas zurückgerufen?«

»Nein«, sagte Tomas, »seither denke ich fast jeden Tag daran. Aber was hätte ich sagen sollen? ›Ich hab'dir's ja gesagt‹ oder ›Wart, ich komme‹ oder ›Es wird schon gutgehen‹ – was hätte ich ihm zurufen können?«

»Das stimmt, was immer Sie hätten sagen können – er wäre auf jeden Fall gehängt worden.«

Irgendwie wußte ich, daß er die Wahrheit erzählte.

Tomas und ich saßen lange da und sahen einander an. Als ich endlich sprach, tat ich es so beiläufig wie möglich. »Als Sie dann aus dem Gefängnis kamen, fuhren Sie also in jene Vorstadt von Hannover und kauften sich einen Spaten?«

»Ich hätte mehr gebraucht als einen Spaten. Dort, wo Loveless die Weiße Liste vergraben hatte, stand jetzt ein zwölfstöckiger Block mit Arbeiterwohnungen.«

»Und wie haben Sie sie dann bekommen?«

»Sie reizen mich zum Lachen.« Das war schwer zu glauben. »Haben Sie immer noch nicht erfaßt, daß uns ein Mann übertrumpft hat, der schlauer ist als wir beide zusammen?«

»Nur weiter«, sagte ich.

»Ein Mann verschafft sich Zugang zu der Weißen Liste, zu dem einzigen Exemplar, das es noch davon gibt. Es kostet ihn viel Mühe, sie zu bekommen, und noch mehr, sie an einem Ort zu verstecken, an den nur er heran kann.« Er unterbrach sich; nach langem Schweigen sagte er: »Die Papiere liegen in einer meteorologischen Meßboje am Meeresgrund. Um an die Boje heranzukommen, muß man ein Abruffunkgerät haben, das sie durch Funksignal an die Oberfläche ruft.«

»Und das haben Sie gerade versucht?«

»Nein, das Gerät, das mir da Cunha gab, war nur ein Abhörgerät. Damit kann man die Boje hören, wenn sie – was alle zwölf Stunden geschieht – automatisch an die Oberfläche steigt.« Tomas' Stimme wurde sehr ruhig. »Er hat mich noch einmal überlistet. Sie liegt nun wieder auf dem Grund.«

Ich nickte. »Erzählen Sie mir von Smith.«

»Smith war nur *einer*«, fuhr Tomas fort. »Da Cunha zwang viele Leute von der Weißen Liste, ihm Geld oder Geschenke zu schicken.«

»Und Sie sind rasch auf den Geschmack gekommen. Sie verlangten von Smith, er solle die Morphinlieferungen besorgen, damit Ihre Partnerschaft mit Kondit florierte.«

»Das war wohl nicht schwer zu erraten.«

»Was tat da Cunha mit dem Geld?« Keine Antwort. »Finanzierte er die Bewegung ›Junges Europa‹? Ging alles an die Faschistengruppen von heute?«

Tomas schloß die Augen. »Ja«, sagte er. »Ich glaube immer noch daran.«

»Und seine Eisschmelzversuche?«

»Senhor da Cunha hat wie viele große Männer einige kindische Schwächen. Dazu gehört seine Eisschmelzmaschine.« Seine Augen waren immer noch geschlossen.

Augustos Stimme aus dem Ruderhaus übertönte das Brausen der See. Wir näherten uns jetzt immer mehr der Küste.

»Ich gehe hinauf«, sagte Tomas. Noch während er sprach, gab es einen Schlag wie mit einem schweren Hammer gegen den Schiffsrumpf. »Ein Stück Treibholz«, meinte Tomas. Augusto hatte auf halbe Kraft gedrosselt. Wieder ein Schlag, gleich darauf ein dritter. Augusto hustete, fiel über die Leiter in die Kabine herunter und glitt schlaff zu Boden. Die Vorderseite meines Anzugs war voll Blut. Augustos Blut.

Tomas und ich standen bewegungslos und durchdachten die Möglichkeiten. Tomas erfaßte die Sache zuerst. Er kannte den Mann, mit dem wir es zu tun hatten.

»Harry Kondit«, sagte er. Das Boot brummte langsam

in Richtung Küste weiter. »Er schießt vom Felskamm aus mit seinem Zielfernrohrgewehr.« Es kamen noch zwei Aufschläge, und jetzt, da ich lauschte, hörte ich in weiter Ferne das Gewehr krachen. Der Fußboden war glitschig von Blut.

Tomas blieb unerschütterlich ruhig. »Wenn wir zum Ruderhaus hinaufgehen, erschießt er uns. Wenn wir hier bleiben, treibt das Boot gegen die Felsen von Tristos, und wir ertrinken.« Das Boot rollte schwer in der Dünung.

Es war ein Boot aus Sperrholz. Ich stellte mir vor, wie es gegen die Felsen prallte und beim ersten Stoß zu Brennholz zerschlagen würde. Augusto hatte sich eine Signalflagge in den Mund gestopft und biß heftig darauf, um nicht durch seine zerlöcherte Lunge zu schreien.

Tomas schleppte den kleinen Kühlschrank durch die Kabine und hob ihn die vier Stufen hinauf. Er polterte ins Steuerhaus, dann kletterte Tomas auf die Brücke und benützte ihn als Schild. Er schob ihn vor sich her, und ich hörte ein lautes metallisches Klirren, als eine von Harry Kondits Kugeln an ihm abprallte. Tomas lag jetzt der Länge nach auf Deck und hielt den untersten Teil des Steuerrades in der Hand. Er drehte es, und das Boot gehorchte. Ich konnte die Felsen durch das Bullauge sehen. Sie waren sehr nahe, und nach jeder großen Welle rann das Wasser von ihren zackigen Fängen, die wie das Maul eines Ungeheuers in Erwartung der Beute wirkten.

Das Boot lag jetzt gut in der Kurve. Ich schrie Tomas zu, er solle herunterkommen. Er brüllte zurück: »Wollen Sie denn hier ewig im Kreis fahren?« Er blieb, wo er war. Wieder vernahm man den Aufschlag von Metall auf Metall, die Kühlschranktür sprang auf, und Cokeflaschen, Eis und Räucherlachs kullerten in die Kabine.

Sobald wir die Kurve richtig genommen hatten,

klemmte Tomas einen Schemel unter das Steuer und begann zurückzukriechen. Aber er hatte zu spät daran gedacht. Die Kursänderung, die das Boot gerade noch gerettet hatte, verurteilte ihn zum Tode. Der Kühlschrank war kein Schild mehr. H. K. jagte eine Kugel nach der anderen in ihn hinein; aber mit diesem Zeiss-x 4-Zielfernrohr hätte eine einzige genügt.

47

Als wir das Motorboot verankert hatten, waren die einzigen Spuren, die H. K. hinterlassen hatte, ein Dutzend leere Patronenhülsen oben auf dem Felsen. Das Wetter hatte sich verschlechtert, Wolken und Barometer standen tief, und die Fischer arbeiteten an den Netzen, die wie riesige weggeworfene Nylonstrümpfe auf dem Strand ausgebreitet lagen.

Ich ging Charly holen; Augusto brauchte dringend einen Arzt. Als ich oben auf der Treppe angekommen war, schaute ich zurück. Augusto lag immer noch mit blicklosen Augen bewußtlos unten im Boot; er hielt Fernie Tomas' Hand ganz fest in der seinen.

Charly saß mit zwei Leuten der Internationalen Geheimpolizei im Café. Sie nahm Tomas' Tod gelassen auf und schrieb ihn einfach aufs Konto der Nachforschungen in der Rauschgiftsache; ich konnte also persönlich aus dem Spiel bleiben.

Fernies Erzählung hatte mir etliche Fäden zusammengeknüpft. Nicht alle, selbstverständlich, aber das war auch nicht zu erwarten. Immer wieder reagierten Leute unberechenbar, aber Motive ließen sich immerhin erkennen. Zum Beispiel wußte ich, was wir in da Cunhas Haus finden würden, aber ich ging trotzdem hin.

Die Einrichtung war mit Überzügen bedeckt, und meine Schritte hallten von den bücherlosen Regalen wider. Ich ging in den Oberstock, auf der Suche nach dem Raum, von dem ich wußte, daß es ihn geben mußte. Ich brach das Schloß auf; die schwere Eichentür bewegte sich widerwillig. Der Raum war langgestreckt und weißgetüncht. Über den Arbeitsbänken hingen Neonlampen, und zurückgebliebene Teile der Ausrüstung zeigten, daß es ein wohlausgestattetes Labor gewesen sein mußte.

Das war keine hastig improvisierte Apotheke, wie sie sich H. K. in einem Winkel seiner Fabrik eingerichtet hatte. Es war ein großes Versuchslabor mit Klimaanlage, wie es sich die pharmazeutischen Gesellschaften einrichten. Ich ging die Arbeitstische entlang, sah mir die Meßinstrumente, Teströhrchen und elektrischen Oszillatoren an. Ich studierte die komplizierte Anordnung der Thermometer zur Messung der Leitfähigkeit von Flüssigkeiten. Senhor Manuel Gambeta do Rosario da Cunha fand ich nicht vor, denn er war schon lange fort.

Clive Singleton kam zeitig zurück, um den Auftrag zum Einpacken-und-gleich-wieder-Abfahren zu erhalten.

Ich erklärte ihm, er übernehme die wichtigste Aufgabe von allen. Nämlich, die Tauchausrüstung nach London zurückzubringen. Ich wollte nicht daran denken, wieviel es mich kosten würde, wenn etwas damit passierte. Charly gefiel sich in ihrer Rolle als Rauschgiftdetektivin, und Singleton war mehr denn je ihr ergebener Sklave.

Ich rief London über die öffentliche Linie an. Ich sagte ihnen, sie sollten Ivor Butcher beschatten lassen.

»Und wenn Butcher versucht auszureisen?«

»Dann erlassen Sie einen Haftbefehl«, sagte ich geduldig.

»Mit welcher Begründung?« wollten sie wissen.

»Versuchen Sie's mit ›Erregung öffentlichen Ärgernisses‹«, empfahl ich und hängte ärgerlich ein.

48

Ich stieg aus dem Flugzeug und blickte auf den Regen, der über die spiegelnde Landebahn des Londoner Flughafens fegte. Vom Tragwerk stürzten kleine Niagaras, und die Bodenhostess hielt krampfhaft ihren Kragen fest, während sie ihr Gesicht dem beißenden Platzregen entgegenhob. Jean erwartete mich mit einer schweren Aktentasche in der Halle.

Es war der Beginn einer Woche Schwerarbeit; die erste Sitzung des Struttonausschusses fand statt. Es ging zu wie bei allen ersten Sitzungen; die Leute verlangten Erklärungen und Abschriften von Memoranden, die längst nicht mehr auffindbar waren, und ich merkte, daß O'Brien uns Unannehmlichkeiten bereiten wollte. Er bestand auf allem möglichen dummen Zeug, in der Hoffnung, Dawlish werde sich ärgern oder aufregen oder beides. Aber Dawlish war gegen so etwas immun. Er ließ O'Brien reden, bis er von selbst aufhörte, dann machte er eine lange Pause und sagte schließlich »Ah, wirklich?«, als habe sich O'Brien nicht ganz klar ausgedrückt. Dann umriß Dawlish noch einmal *seinen* Standpunkt in sorgfältig gewählten Sätzen, als spräche er zu einem Kind. Dawlish hätte eher seine Hosen zerrissen als einen Satz. Wirklich, es war ein Vergnügen, zuzuhören.

Bernhard war ein neuer intelligenter junger Mann, den Charlotte Street in meiner Abwesenheit engagiert hatte. Er war groß, sah gut aus, trug wollene Hemden, sah sich Filme mit Untertiteln an und war imstande, ein langes Wort zu verwenden, wenn acht kurze ausgereicht hätten. Ich beauftragte ihn, Erkundigungen über Smith' Aktienbesitz einzuziehen. Es würde eine langwierige Arbeit sein.

Am Donnerstag morgen rief Ivor Butcher an. Er benutzte eines der äußeren Telefone, die als Anschlüsse einer Detektivagentur geführt wurden. Jean berichtete, ich solle ihn um 20.30 Uhr treffen.

Den Nachmittag über war ich beschäftigt. Um halb acht machte ich Schluß. Ich hatte einen oberflächlichen Bericht über die Situation in Albufeira verfaßt; ich schrieb auf die Alforreca-Akte ›erledigt‹ und gab sie Dawlish, damit er sie abzeichne. Er malte seine Initialen ohne Zusatzbemerkung in das kleine gelbe Dreieck und gab die Akte Alice, aber seine Augen wichen die ganze Zeit über nicht von mir.

Little Charton Mews 37 gehört zu einem der Labyrinthe kopfsteingepflasterter Sackgassen in jenem Teil Kensingtons, wo die Benutzung einer Garage als Wohnzimmer gefeiert wird, indem man einen Rosenbusch in ein angestrichenes Faß pflanzt. Hier sollte ich Butcher treffen. Vor dem Haus gossen zwei Männer in kurzen Lammwolljacken Whisky aus einer Hüftflasche in Gläser. Ich klopfte leicht auf den Messingtürklopfer, und ein Mann mit einer Gorillamaske aus Gummi öffnete. »Herein, nur herein alle miteinander«, rief er.

»Puppen rechts, zur Bar geradeaus.« Er roch nach algerischem Wein.

Das Haus wimmelte von Partygästen – Männer mit Regimentskrawatten und Mädchen mit Samthandschuhen bis unter die Achseln.

Hinter mir gebrauchte jemand die Worte ›Quasi-Humanist‹ und ›empirisch‹, und ein Mann, der beide Hände bemühen mußte, um sein Bier zu trinken, sagte: ». . . na und; versteht denn Picasso *mich?*«

Ich kam zu dem großen Tisch am anderen Ende. Dort stand ein Mann mit offenem Hemdkragen und unechtem Kaschmirschal. Er sagte: »Es gibt nur Gin, Bier, Tonikwasser und« – er schüttelte bösartig eine Flasche – »Sherry.« Er hielt sie gegen das spärliche Licht und wiederholte: »Sherry.« Ein Mädchen mit einer langen Zigarettenspitze aus Elfenbein sagte: »Aber ich mag meinen Körper lieber als deinen.«

Ich nahm mein Glas und wanderte durch eine Tür in die kleine Küche hinaus. Ein Mädchen mit verschmierter Wimperntusche aß Heringe aus einer Dose und schluchzte. Ich drehte mich um. Das Mädchen, das seinen Körper mochte, sprach über automatische Drosselklappen.

Ivor Butcher entdeckte ich nirgends. Oben war es ebenso voll, ein kleiner Raum am Ende des Ganges ausgenommen. Dort saßen drei junge Leute in Blue jeans und Pullover. Der Fernsehapparat war schlecht eingestellt, das Bild verzerrt und der Ton abgedreht. Vom Plattenspieler ertönte leise Charlie-Mingus-Musik. Sie wandten mir langsam die Köpfe zu. Ein Gesicht legte die dunklen Gläser ab: »Was stehen Sie da wie noch so 'n Flimmerkistenfritze?«

»Entschuldigt, Jungs«, sagte ich und schloß die Tür hinter dem dezenten Marihuanarauch. Schließlich fand ich Ivor Butcher unten, wo inmitten des Gedränges einige Paare so langsam tanzten, als wollten sie vermeiden, daß ihre Kleider von Diamantringen aufgeschlitzt würden. Ivor Butcher tanzte ziemlich unsicher mit einem Mädchen, das grüne Augen hatte, einen eher großen Körper und ein eher kleines Abendkleid.

»Freut mich riesig, Sie zu sehen«, sagte er mit etwas schwerer Zunge. »Feine Party?«

»Aufregend.« Er schwoll vor Stolz, und ich sah ein, daß sich die Übertreibung als nützliches Mittel zum Gedankenaustausch überlebt hatte. Nach dem Tanz wollte mich Ivor Butcher auf ein Wörtchen sprechen. Er folgte mir mit unsicheren Schritten zu meinem Wagen. Der Mann mit der Gorillamaske hielt ein Mädchen bei den Schultern, das sich sensationell übergab.

49

Im Wagen sah sich Ivor Butcher besorgt um. Ich zeigte auf den zweiten Knopf von links am Armaturenbrett. Er zog ihn heraus, und die Scheibenwischer traten in Aktion. Er nickte. Scheibenwischermotoren machen Bandaufnahmen unmöglich.

»Was ist los?« fragte ich.

»Ich werde beschattet.«

»Ja?«

»Ganz bestimmt. Seit heute bin ich sicher. Darum habe ich Sie angerufen.«

»Ich weiß nicht, weshalb Sie sich an mich wenden. Ich kann in dieser Sache nichts unternehmen. Sie ist schon zu weit fortgeschritten, als daß ich eingreifen könnte.«

»Was ist zu weit fortgeschritten?«

»Ich weiß nichts darüber«, erklärte ich, als hätte ich bereits zuviel gesagt.

»Sie meinen diese portugiesische Geschichte?«

»Was haben Sie sich dabei gedacht? Sie sind da in eine ziemliche Sache hineingetappt. Kann Smith Ihnen nicht helfen?«

»Er behauptet, nein. Was wird jetzt geschehen?«

Ich klopfte ihm auf die Schulter und sagte: »Sie wissen, ich kann in ganz hübsche Schwierigkeiten geraten, wenn ich nur mit Ihnen rede.«

Nach einer, wie ich fand, ausreichenden Pause erklärte ich: »Die Dinge haben eine so ernste Wendung genommen, weil Sie mich falsch informiert haben. Sie wissen, wie das ist. Hochverrat.«

Ivor Butcher wiederholte das Wort ›Hochverrat‹ mehrmals, verwandelte es aus einer Feststellung in eine Frage, transponierte es in Moll und stieg jedesmal eine Oktave höher. »Sie meinen, ich könnte erschossen werden?«

»Nein, wir sind ja schließlich in England. Man wird Sie hängen.«

»Nein.« Ivor Butchers Stimme klang wie ein fernes Echo, und er lehnte sich schwer gegen die Seitentür. Er war ohnmächtig. Der Mann mit der Gorillamaske verließ sein Mädchen und fragte, ob er helfen könne. »Mein Freund fühlt sich nicht ganz wohl«, sagte ich ihm. »Diese Hitze, der Lärm und die starken Getränke. Vielleicht würde ihm ein Glas Wasser guttun.« Der Gorilla brauchte lange, um sich bis in die Küche vorzuarbeiten. Inzwischen schüttelte Ivor Butcher den Kopf und atmete schwer.

»Entschuldigen Sie«, murmelte er. »Sie müssen mich für einen schrecklichen Hasenfuß halten.«

»Ist gut«, sagte ich, »ich weiß genau, wie Sie sich fühlen.« Ich wußte es.

»Sie sind ein anständiger Mensch, wirklich. Glauben Sie, ich sollte eine offizielle Aussage machen? Smith hat mir für das, was ich getan habe, so gut wie nichts gezahlt. Ich bin ja nur ein kleiner Fisch.« Bei dem Gedanken schloß er die Augen.

Ich sagte, es sei eine gute Idee, und er könne seine offizielle Aussage bei mir machen. Dann kam der Gorillakopf mit einem Marmeladenglas Wasser zurück.

»Es gibt kein Glas mehr in der Küche«, sagte er mit seiner komischen Echostimme.

Er reichte das Wasser Ivor Butcher, der ausrief: »Das ist er!« und erneut in Ohnmacht fiel.

»Ist das Mädchen mit der verschmierten Augenschminke noch in der Küche?« fragte ich.

»Ja«, sagte Gorillagesicht, »sie behauptet, Elvis Presley sei schwul.«

»Gehen Sie doch zu ihr und sehen Sie, ob Sie sie trösten können«, schlug ich vor. »Sie brauchen diese Überwachung nicht mehr fortzusetzen.«

»In Ordnung, Sir.«

»Und ziehen Sie diese Maske ab, Tinkle Bell, Ihre Stimme hat darin ein gräßliches Echo.«

50

Wenn man gezwungen ist, ein unangenehmes Erlebnis zusammen mit einem großen Teil seiner Habe hinter sich zu lassen, kann es leicht passieren, daß einem bestimmte Dinge plötzlich sehr fehlen; zum Beispiel ein Locarte-

Fluorimeter, das eine achtmonatige Lieferfrist hat. In einem solchen Fall sollten Sie sich beherrschen und niemals danach schicken; denn so kamen wir da Cunha auf die Spur.

Ich bat Alice um eine gelbe Mappe, schrieb ›Ostra‹ auf die Vorderseite und steckte beglaubigte Abschriften von Ivor Butchers gesamter Post sowie die sechs Blätter seiner Aussage hinein, verschnürte die Mappe und schloß sie in der obersten Schublade meines Schreibtisches ein. Sie trug vorläufig noch keine Nummer, sondern war mein persönlicher geheimer Beitrag zur Sicherheit der Nation. Ich blickte auf die Karte. Der Ford-Kombi mit da Cunhas Laborausrüstung befand sich auf dem Weg nach Norden, und es sah aus, als würde er die spanische Grenze bei Badajoz passieren.

An diesem Abend lud mich Dawlish zu einem Drink ein. Er war mit der administrativen Seite des Struttonplanes so beschäftigt gewesen, daß ich ihn kaum zu Gesicht bekommen hatte. Er teilte mir mit, er habe sich die Freiheit genommen, mich als geeigneten Präsidenten für das Schulungssubkomitee vorzuschlagen. Ich erwiderte, ich würde möglicherweise ein paar Tage abwesend sein. Dawlish meinte, daran habe er gedacht. Er schneuzte sich laut und lächelte trocken über sein großes Taschentuch hinweg. »Ich werde die Sitzung einberufen, und Sie übertragen mir Ihre Stimme. Keine Schwierigkeit.«

»Besten Dank, Sir«, sagte ich und trank auf seinen Erfolg. Dawlish kam hinter seinem Schreibtisch hervor und trat zum Gasofen, der, wie immer gegen 5 Uhr nachmittags, unruhig flackerte.

»Haben Sie mit dem wissenschaftlichen Berater über die Eisschmelztheorie gesprochen?«

Dawlish seufzte theatralisch. »Geben Sie denn nie auf?

Es ist unmöglich, Eis durch Umgruppierung der Moleküle in Wasser zu verwandeln.« Wir sahen einander eine gute Minute lang an. »Schön, schön, mein Lieber, ich werde ihn fragen.« Er schloß die Augen, stürzte seinen Claret hinunter und lehnte sich an die Wand wie eine Rolle abgenutztes Linoleum.

Er sagte: »Keightley war heute am Telefon. Wir können diesen Butcher nicht einfach festhalten, wenn Sie keine bestimmten Anklagen erheben.«

»In ein paar Tagen haben wir das klargestellt«, antwortete ich, »er wird sich übrigens nicht beschweren, er will gern in Schutzhaft bleiben.«

»Ich habe bezüglich der Alforreca-Sache das leise Gefühl, daß man mich drängt«, sagte Dawlish.

»Hören Sie, ich habe Sie nicht gebeten, die Tür offenzuhalten. Aber seien Sie so freundlich und schließen Sie sie nicht gerade dann, wenn ich auf halbem Wege bin.«

Dawlish zog mit der Geschicklichkeit eines Zauberkünstlers bei einer Teegesellschaft ein weiteres Taschentuch hervor. »Sehen Sie nur gütigst zu, daß Sie dabei nicht meinen Finger einklemmen! Erinnern Sie sich an den Mann, der vom Empire State Building herunterfiel und zu einem, der vom ersten Stock aus zusah, im Vorbeiflug sagte: ›So weit, so gut.‹ « Er lächelte undurchsichtig zu mir herüber.

»Besten Dank für diese Worte der Ermunterung.« Dawlish begab sich an den Getränkeschrank. Er sprach über die Schulter. »Es gibt gewisse Dinge, die mich zum Handeln zwingen, wenn ich sie weiß. Wie die Sache steht, bin ich ganz froh, daß das nicht der Fall ist. Aber wenn Sie sich irren, muß ich Sie unerbittlich fertigmachen und ebenso jeden, der Sie zu schützen versucht.«

»Wie wär's mit noch einem Glas?« fragte ich.

»Glücklicherweise schmeckt Ihnen der Tio Pepe«, stellte Dawlish verlegen fest.

Er dachte, ich ginge in das Land, aus dem unser Sherry kam.

51

Die braune gepflügte Erde der kastilischen Steppe umgibt Madrid wie die Krempe eines steinernen Hutes. Der nördliche Teil des Hutes ist zu den Cuatro Caminos zerbröckelt, in deren Trümmern Tausende von *productores* hausen. Nur die Falangisten in ihren blauen Hemden gehen ohne Jacke die Straßen entlang, die tief zwischen den rotbraunen Gebäuden liegen. Die Verkehrspolizisten tragen blendendweiße Schulterriemen über ihren Uniformen und regeln den Verkehr der braven blauen Doppeldeckerbusse. Zwischen den dicht aneinandergereihten Soldaten gibt es kaum Platz für den einen oder anderen Bauern. Sie stehen, die Augen auf längst Vergangenes geheftet, am Straßenrand und warten auf eine Prozession, die niemals kommt.

Das Café la Vega ist ein heller, fleckenloser Espressotempel. Tassen klirren, Maschinen zischen, und hohe Absätze klappern über den weißen Marmorboden. Ein ältliches amerikanisches Ehepaar verlangte pasteurisierte Milch, und Felix, der Kater, trippelte fröhlich über den Fernsehschirm – in dieser Stadt, wo man ausgeht, um fernzusehen. Vom Super-Mercado auf der anderen Straßenseite blitzte unaufhörlich rotes Neonlicht herüber, und am Ziegelsteinhorizont balancierte eine Sherryreklame.

Ich saß neben der Tür, von wo aus ich auf die Straße blicken konnte. Ich bestellte heiße Schokolade und sah einem glatzköpfigen Mann zu, der ein Paar zweifarbige Schuhe putzte. Ich trank die süße Schokolade mit Zimt, für die Madrid berühmt ist. Die Kiste des Schuhputzers war mit Messingknöpfen verziert, im Inneren des Dekkels waren Fotos von Filmstars befestigt. Er kramte zwischen seinen Flaschen, Dosen, Bürsten und Lappen herum und verabreichte der Schuhspitze eine letzte Abreibung. Von oben senkte sich eine große Hand mit Papiergeld herab.

Ein junger Offizier in grauer, untadeliger Uniform, üppig dekoriert mit Achselschnüren, klopfte auf seine Untertasse, um den Schuhputzer zu rufen. Die hohen schwarzen Stiefel erforderten lange sorgfältige Arbeit. Es war 19.30 Uhr. Ich betrachtete die Speisekarte. Ich begann mich zu sorgen, es könne etwas schiefgegangen sein. In diesem Lande ging leicht etwas schief.

Der Schuhputzer kniete zu meinen Füßen und steckte kleine Papierstücke seitlich in die Schuhe, um zu vermeiden, daß die Socken von der Schuhwichse befleckt würden. Nachdem er mit dem Polieren fertig war, blieb ein Stück Papier zurück. Ich hätte rufen oder auf spanische Manier mit der Untertasse klappern oder auch bloß das Papier herausziehen und wegwerfen können; aber ich ging in die Toilette und las es. Es stand darauf: ›Calle de Arocha und Paseo del Prado. Ecke. 8.10.‹ Sowohl der Offizier als auch die zweifarbigen Schuhe waren fort, als ich zurückkam.

Der Wind pfiff den Paseo del Prado entlang, und die Nacht war plötzlich kalt, wie es in dem launischen Klima Madrids häufig vorkommt. Ein neuer Chevrolet sauste auf mich los wie das Jüngste Gericht, nichts als Scheinwerfer und Blinklichter, übergossen von Chrom und Lack wie ein glasierter Geburtstagskuchen. Ich versank in den rosa Polstern, die Motorhaube senkte sich beim Anfahren, und wir surrten nach Süden zum Fluß.

Katzen saßen mit den Händen in den Taschen herum und starrten frech in die Scheinwerfer. Der Fahrer parkte mit äußerster Vorsicht den Wagen und drehte die Lichter aus. Er öffnete das schmiedeeiserne Tor und führte mich in den ersten Stock. Ein Mann, dessen Silhouette sich in dem schmalen Fensterrechteck abzeichnete, beobachtete das Café gegenüber mit einem riesigen Feldstecher. Er trat beiseite.

In der kleinen *tasoa* auf der anderen Straßenseite waren die Marmortische mit Gläsern von Valdepeñas bedeckt, die Steinfliesen mit Muschelschalen und schmutzigen Stiefeln. Die Männer in den Stiefeln schrien, rauchten, tranken Wein und schrien dann wieder. Ich hielt die weichen Gummiokulare des Feldstechers an meine Augen. Sie waren auf das Fenster neben dem Café gerichtet, das durch Eisenstäbe in Rechtecke unterteilt war. Die Szene unter mir war hell und deutlich zu erkennen. Der Chevrolet war mit gutem Grund so sorgfältig geparkt worden. Der Wagen hatte mehr Linsen, Scheinwerfer, Nebellichter, Überhollichter – mehr Facetten als ein Insektenauge. Nun wurde mir klar, daß einer der Scheinwerfer Infrarotlicht ausstrahlte und immer noch eingeschaltet war. Durch den Infrarotfeldstecher sah ich zwei Männer wissenschaftliche Instrumente auspacken. Eine Stimme sprach mir ins Ohr: »Sie müssen bald fertig sein. Sie sind schon nahezu eine Stunde damit beschäftigt.« Es war Stewart, ein Mann vom Marinegeheimdienst.

»Sie werden sie nicht aufstellen«, sagte ich. Der Raum

war für ein Labor ungeeignet. Ich trat beiseite und ließ den anderen weiter beobachten.

»Was sollen wir nun tun, Sir?«

»Wem gehört dieses Haus?«

»Wir haben einen von den Fahrern der Gesandtschaft hier hereingesetzt, seit . . .« Er nickte mit dem Kopf in die Richtung des Hauses, das da Cunhas Ausrüstung barg.

»Hat er vielleicht eine Frau, die Kaffee machen könnte?« erkundigte ich mich.

»Aye«, sagte Stewart.

»Am besten, Sie kümmern sich darum; ich habe das Gefühl, wir werden hier längere Zeit warten müssen.«

Wenn man sein Leben lang reist, ist man auf vorübergehende Unbequemlichkeit vorbereitet. Ein Schlafrock von guter Qualität dient als Decke, das Faltbett ist so groß wie ein Regenschirm, und in der Manteltasche steckt ein Paar weiche Pantoffeln. Ich hatte alle diese Dinge – in meinem Gepäck im Hotel.

Stewart und ich verbrachten je eine Stunde am Feldstecher, und der Fahrer fuhr mit dem Botschaftswagen um den Häuserblock, damit auch die Hinterseite überwacht wurde. Ich weiß nicht, was er hätte tun sollen, wenn sie dort hinausgegangen wären, aber er war jedenfalls da.

Um 3.30 Uhr morgens – ich nenne es Nacht – weckte mich Stewart.

»Jetzt steht ein Kleinlaster draußen«, berichtete er. Als ich ans Fenster trat und den Feldstecher ansetzte, trugen sie gerade das Fluorimeter hinaus.

»Haben Sie einen Revolver?« fragte ich Stewart.

»Nein, Sir.« Ich hatte nicht die Möglichkeit in Betracht gezogen, daß da Cunha die Laborausrüstung anderswohin bringen würde. Ich erwartete, daß er selbst auftauchte. Als der Kleinlaster unter dem Gewicht der Ladung leicht in die Knie ging, schlossen die drei Männer die Hintertüren und fuhren los. Wir folgten ihnen. Bis zum Flugplatz war es nicht weit.

Als die Morgenröte eine rosa Falte auf der müden Stirn der Nacht erscheinen ließ, wandte eine kleine Cessna ihre Nase nach Südsüdwest und brummte fröhlich dem Horizont entgegen.

›Cessna‹; ich dachte an Smith' Karteikarte. Ja, es mußte eine Cessna sein. Wir sahen von der Rollbahn aus zu, weil für keine der drei Chartermaschinen ein Pilot aufzutreiben war. Stewart hämmerte gegen die Türen der wohlverschlossenen Büros und verfluchte sie, was uns jedoch der Ausrüstung nicht näher brachte, die sich jetzt in tausend Meter Höhe befand und noch weiter stieg. Es war 7.22 Uhr früh, Donnerstag, den 15. Dezember.

52

»Ist Ihnen klar, wie spät es ist?«

Ein dicker Mann mit beginnender Glatze und abgetragenem Schlafrock vertrat mir den Weg.

»Geh beiseite, Dicker«, sagte ich, »für Freundlichkeiten hab' ich keine Zeit.« Stewart folgte mir in die leere Halle.

»Holen Sie den Gesandten aus dem Bett, ich habe Sondervollmacht vom Kabinett und muß ihn sofort sprechen. Sofort, nicht etwa erst in einer halben Stunde.«

»Wen soll ich melden, Sir?« fragte der Schlafrockmann, aggressiv, aber zweifelnd. Ich schrieb auf ein Stück Briefumschlag ›W.O.O.C.(V)‹ und die Worte ›jede

Minute ist wichtig‹ und wartete, während er hinaufging. »Ziehen Sie Ihrem Funker die Decke weg. Ich brauche ihn in drei Minuten am Gerät«, schrie ich ihm nach.

Meine Behandlung des Madrider Gesandtschaftspersonals verursachte Stewart körperlichen Schmerz. Der Anblick Seiner Exzellenz im Pyjama warf ihn beinahe um.

Gibraltar antwortete mit löblicher Promptheit auf unser Funksignal. Ich sprach schnell ins Mikrophon.

Man war von meinem Mantel- und Degenstück sehr beeindruckt. »Ich werde einen Offizier ans Radar setzen«, bot mir der höhere Offizier drüben an.

»Nein«, sagte ich, »ich kann mir jetzt keine Pfuscherei leisten. Geben Sie mir den üblichen Radarmann.« Man war ein bißchen verschnupft, verband mich aber mit dem Korporal am Radar. Es war 8.15 Uhr. »Das Flugzeug ist fast genau vor einer Stunde hier abgeflogen, Herr Korporal. Wenn wir eine Fluggeschwindigkeit von 250 km/h annehmen und es auf dem Südsüdwestkurs bleibt, müßte es auf halbem Wege zwischen uns sein. Sehen Sie etwas?«

Längeres Schweigen, während der Korporal irgendwo in dem ausgehöhlten Herzen des Felsens von Gibraltar eine blaue Kathodenröhre beobachtete.

»Sehen Sie gar nichts?« fragte ich wieder. Ich hatte das scheußliche Gefühl, die Cessna könnte den Kurs gewechselt haben oder schon gelandet sein.

»Es ist die Verkehrskontrollzone Sevilla, Sir, die mir Sorgen macht; sie liegt fast genau auf dem erwarteten Kurs. Wenn die Maschine dort ins dichte Verkehrsgewühl kommt, bin ich nicht sicher, ob ich sie wiederfinden kann, ehe sie landet.« Seine Stimme klang spröde durch den Lautsprecher.

»Erhöhen Sie doch Ihre Reichweite ein bißchen«, redete ich ihm zu. »Suchen Sie nördlich von Cordoba, über der Sierra Morena, vielleicht sogar bis Almaden.« Der Gesandte hatte sich frisiert. Er bot mir eine Tasse Kaffee an. Ich legte Karte und Kompaß weg, und wir alle warteten. Der Korporal arbeitete. Von Zeit zu Zeit ertönte seine mißmutige Stimme: »Ich suche immer noch.«

»Was werden Sie tun, wenn Sie sie nicht finden?« wollte der Gesandte von Stewart wissen.

»Fragen Sie das meinen Vorgesetzten hier, Sir. Ich bin ihm nur zugeteilt.«

Ich wartete, bis er sich an diesen Gedanken gewöhnt hatte, dann sagte ich: »Ich werde Flugzeuge mit Radar einsetzen lassen und auf jeden Flugplatz der Iberischen Halbinsel einen Düsenjäger schicken, bis ich sie gefunden habe.«

Der Gesandte wischte sich Kaffee vom Schnurrbart: »Das würde man schon ein wenig erklären müssen, wissen Sie.«

»Ich bin sicher, die Erklärung wird in angemessener Weise erfolgen«, sagte ich verbindlich.

»Ich hab' sie, ich hab' sie!« Die Stimme dröhnte durch den Lautsprecher, als der Radarmann einen bestimmten Lichtpunkt aus all den anderen herausgefunden hatte.

»Wieso wissen Sie, daß es die richtige ist?«

»Ich wette darauf, Sir. Es ist eine von den größeren einmotorigen Maschinen. Spannweite etwas unter zwölf Meter, und sie fliegt auf keiner der kommerziellen oder der üblichen Charterrouten.«

»Sie meinen, sie fliegt auf keiner direkten Linie zwischen zwei Flugplätzen.«

»So ist es, Sir. Sie fliegt zur Küste. Der Kurs ist blokkiert . . .«

»Sie meinen, sie fliegt mit Selbststeuergerät? Würde das nicht eher auf ein größeres Flugzeug hindeuten?«

»Nein, Sir. Sogar kleine Einsitzer haben heute manchmal Selbststeuergeräte.«

»Was, glauben Sie, wird sie tun?«

»Also, wie gesagt, wahrscheinlich fliegt sie auf diesem Kurs bis zur Küste. Dann die Küste entlang bis Malaga. Dann wird der Pilot einen neuen Kurs einstellen, unter Ausnutzung von Windrichtung und Geschwindigkeit, je nachdem, wie weit er von seinem ursprünglichen Kurs entfernt ist. Wahrscheinlich hat er keine Navigationshilfe, wissen Sie.«

»Wollen Sie mir bitte den Herrn Oberst geben.«

Die Stimme des Korporals machte einen kleinen Freudensprung. »Jawohl, Sir.« Ich nehme an, es machte ihm Vergnügen, den Oberst zu rufen.

»Sehen Sie sich dieses Flugzeug bitte aus der Nähe an, Herr Oberst.« Ich sagte es so ruhig ich konnte, und ich spürte sein Zögern durch den Äther hindurch, ehe er erwiderte: »Wir werden uns über spanischen Territorialgewässern befinden, aber wenn Sir Hubert der Meinung ist . . .«

»Er ist einverstanden. Ich brauche Hochleistungsjäger mit Abfangradar. Geht das?«

»Also, ich weiß nicht. Sehen Sie, meine Dienstanweisung verbietet . . .«

»Ich wünsche, daß diese Flugzeuge über der Küste sind, wenn die Cessna kommt. Stellen Sie Funkverbindung her, damit ich mit den Flugzeugen sprechen kann und gleichzeitig mit dem Radar in Verbindung bleibe.«

Der Gesandte deutete ein dünnes Lächeln an und hob die Brauen in schweigendem Angebot der Unterstützung. Ich schüttelte den Kopf. Der Gesandte und ich sahen einander an und warteten, ob der Oberst meiner Einschüchterung nachgeben würde. Schließlich klickte der Lautsprecher, und es ertönte ein Durcheinander von Stimmen, dann wurde es wieder still.

»Einsatz 58 zur Identifizierung eines Zieles. Jetzige Position Julia Julia fünf null null zwei, Flughöhe 120. Steuerkurs 190, Geschwindigkeit schätzungsweise 130, Steigflug auf Vektor 040, Flughöhe 150, Abfangen 100 Meilen . . .«

Wir hörten zu, während sich die Düsenjäger der Cessna näherten.

Dann plötzlich erfolgte die Kontaktmeldung. »In Ordnung, in Sicht halten«, kam die Stimme des Leitoffiziers durch.

Der Pilot las mir die Zulassungsnummer vor, und sie stimmte mit dem Flugzeug überein, das vom Flughafen Madrid gestartet war: Smith' Maschine. Es war 9.05 Uhr. Sobald die Identifizierung durchgeführt war, kehrten die Düsenjäger zum Flughafen North Front zurück. Das Radar verfolgte die Cessna weiter. Ich bat den Oberst, ein schnelles Flugzeug nach Madrid zu beordern, um mich abzuholen und dorthin zu bringen, wo die Cessna landen würde.

Inzwischen lud mich der Gesandte zum Frühstück ein.

53

Marrakesch liegt eingerollt im Schatten des Hohen Atlas wie eine Kobra auf einer faltigen Decke. In der zweiten Dezemberhälfte ist die Saison in vollem Schwung. In den Bars der großen weißen Hotels ruiniert man sich die Leber, und auf den Skihängen des Mittleren Atlas bricht man sich die Glieder. Der Ruf des Muezzins hallt durch die gewundenen Gäßchen. Fette Nierenstücke brutzeln in aromatischem Zedernrauch. Hellhäutige Berber, rotgesichtige Männer aus Fez und schwarze Emailgesichter aus Timbuktu drängen sich in den engen Durchgangsstraßen.

Die Menge wich zur Seite, als der weiße Landrover stehenblieb. Ich konnte das Wort *policia* auf seiner Tür lesen. Kaum hatte der Diener gemeldet: »Ein Herr wünscht Sie zu sprechen«, da wurde er auch schon mit einem kurzen Ausbruch arabischer Flüche beiseite gefegt. Drei Männer traten ein. Zwei von ihnen trugen Khakiuniform und weiße Schirmmützen, Lederkoppel und Stulpenhandschuhe. Der dritte trug einen weißen Zivilanzug. Ein weicher roter Fez saß seitlich über seinem schmalen braunen Gesicht. Sein Schnurrbart war traurig und gepflegt, die große Nase saß keilförmig zwischen seinen Augen, und er klopfte mit dem Silberknauf seines Stockes dagegen. Er wirkte wie ein Traum des Zentralbüros für Rollenbesetzung. Er sagte:

»Baix von der Sureté Nationale. Ich möchte Sie in unserem schönen Land willkommen heißen. Die Orangen sind schon reif, die Datteln sind saftig, und der Schnee auf unseren Gebirgshängen ist fest und frisch. Wir hoffen, Sie bleiben lange genug, um die Wunder unseres Landes zu genießen.«

»Ja.« Ich beobachtete seine beiden Polizisten. Der eine öffnete das Fliegengitter und spuckte auf die Straße hinaus, der andere überprüfte meine Papiere, die auf dem Tisch lagen.

»Sie führen eine Untersuchung. Sie werden Gast meiner Abteilung sein. Was immer Sie wünschen, es wird arrangiert. Wir hoffen, Sie haben einen langen, angenehmen Aufenthalt.«

»Sie wissen ja, was Kapitalismus bedeutet. Arbeit, Arbeit, Arbeit.«

»Das kapitalistische System, wir suchen es zu bewahren«, erwiderte Baix. Der eine Polizist inspizierte den Kleiderschrank, der andere putzte sich mit einem Taschentuch die Schuhe. Über uns hörte ich das Heulen einer MIG 17 der marokkanischen Luftwaffe.

»Ja«, sagte ich.

»In jeder Rauschgiftuntersuchung wir sind überaus begeistert, wenn der Täter wird aufgefaßt.«

»Ich weiß, was Sie meinen.«

»Sie haben Absicht zu verhaften Personen hier in Marrakesch?«

»Ich glaube nicht, aber es gibt ein paar Leute, die mich bei den Nachforschungen unterstützen können.«

»Ah, diese berühmten englischen Worte von Scotland Yard, ›bei den Nachforschungen unterstützen können‹.« Zur Übung wiederholte er sie. Er hörte einen Augenblick damit auf, seinen Stock herumzuwirbeln, und neigte sich zu mir: »Bevor Sie machen die Verhaftung, die ich hoffe, wird nicht sein, dann Sie sagen mir, weil vielleicht ist nicht gestattet.«

»Ich werde es Ihnen sagen, aber ich bin Angestellter der Weltgesundheitsorganisation der Vereinten Nationen. Man wäre sehr unzufrieden, wenn Sie es nicht gestatteten.«

Baix blickte traurig drein.

»Dann werden wir also nochmals beraten«, sagte er.

»O. K.«

»Inzwischen ich habe befördert Ihren Kollegen vom Bahnhof. Ihren Kollegen Mr. Austin Butterworth.«

Baix schrie etwas auf arabisch, und einer der Polizisten zog eine Pistole. Baix schrie sehr laut, wobei er ein oder zwei sehr beleidigende angelsächsische Ausdrücke verwendete. Der Polizist steckte die Waffe schamhaft weg und ging hinunter, um Ossie aus dem Landrover zu holen.

»Ihr Freund, er ist ein Spezialist für Rauschgiftuntersuchen?«

»Ja«, sagte ich.

»Ich glaube, ich erkenne sein Gesicht, von Ihrem Freund.« Ossie kam durch die Tür, in einem enormen Buschhemd aus Überschußgütern, einem Panamahut und Hosen mit dreißig Zoll breiten Umschlägen.

»Dann lasse ich Sie für Beratung«, erklärte Baix.

»Allah mit Ihnen.«

»Auf Wiedersehen«, sagte Baix, und versteckte ein Lächeln unter seinem traurigen Schnurrbart.

Der Landrover hupte sich seinen Weg durch die schmale Straße.

54

Wie Baix gesagt hatte, es war ein Land der Wunder, und die Tage flogen vorbei. Ich traf meine Vorbereitungen, beobachtete und kalkulierte. Wir saßen auf dem Markt, wickelten am Spieß gebratene Nieren in weiches dünnes Brot und schluckten den Rauch. Wir bestellten süßen dünnen Tee in den Cafés, und wenn wir Stork-Bier tranken, versteckten wir uns in Hinterzimmern, um die Gläubigen nicht zu kränken. Ossie machte sich mit dem Grundriß arabischer Häuser vertraut, und ich hielt ihm

Vorträge, die auf meinen spärlichen Funkkenntnissen beruhten.

Am dritten Tag suchte ich Herrn Knobel auf.

Er war kein so gutgelaunter Gauner wie H. K. und kein so trauriger Fanatiker wie Fernie Tomas. Er hatte eine ganz besondere Art von Verstand, und bei solchen Leuten weiß man nie, woran man ist.

Knobel war der Name da Cunhas. Er wohnte in der Altstadt. Die Straße war anderthalb Meter breit, die Tür eine Luke in der arg mitgenommenen weißen Mauer. Im Hof zeichneten schmiedeeiserne Türgitter Schattenbilder auf die heißen Fliesen. Ein kleiner gelber Vogel hoch oben auf der Mauer sang eine kurze Kadenz darüber, wie gern er aus seinem goldenen Käfig entfliehen würde. Ein goldener Käfig, dachte ich. Eine Falle für den Gefangenen, der alles hat.

Da Cunha saß auf einem schönen antiken Teppich und las *Hoja de Lunes* – eine Madrider Zeitung. An den Wänden hingen weitere Teppiche, und die hellen Kacheln dahinter waren mit komplizierten arabischen Schriftzeichen bedeckt. Da und dort lagen Lederkissen, und man sah am Ende des Flurs einen kühlen grünen Patio; die schlanken Blätter wurden zu Silberschwertern, als die Brise sie in der heißen Sonne bewegte.

Da Cunha saß in der Mitte des Raumes. Er sah verändert aus, beleibter. Aber das schien nur so. Als ich ihn früher gesehen hatte, war er bemüht gewesen, wie ein portugiesischer Aristokrat zu wirken, schlank und asketisch. Jetzt gab er sich diese Mühe nicht mehr.

»Ihrem Brief zufolge führen Sie eine Untersuchung« – seine Stimme dröhnte – »betreffend –«

»Rauschgifthandel in Albufeira«, sagte ich. Sein rauhes verächtliches Lachen war reich mit Gold verziert.

»Das ist es also.« Seine Augen bewegten sich hinter den dicken Gläsern wie Bläschen in einem Glas Champagner.

»Ich werde Sie deshalb zur Verantwortung ziehen.«

»Das werden Sie nicht wagen.« Jetzt war es an mir zu lachen.

Er zuckte die Achseln. »Ich weiß, daß Sie mir nichts Derartiges nachweisen können.«

Über da Cunhas Schulter sah ich durchs Fenster in den Patio. Der gelbe Vogel sang. Langsam tastete ein Fuß über den Rand des flachen Daches und bewegte sich von einer Seite zur anderen, auf der Suche nach einem Halt.

»Ich war derjenige, der Ihnen half. Ich riet dem V.N.V., sich an Sie zu wenden. Ich gab Ihnen den Prägestempel.«

»Auf Smith' Anraten?«

Da Cunha zog die Schultern hoch. »Der Narr. Er wollte mir nie etwas ganz überlassen. Ständig mischte er sich ein.«

»Ich weiß. Würden Sie mich für unhöflich halten, wenn ich Sie um Kaffee bäte? Ich liebe ganz einfach Kaffee.« Da Cunha sorgte sofort dafür.

»Meine Freunde hier sind sehr mächtig«, erklärte er.

»Sie meinen Baix.« Der Diener brachte ein großes Messingbecken und einen dekorativen Wasserkessel. Er stellte das Becken zu meinen Füßen ab und goß mir Wasser über die Hände. Das ist mohammedanischer Brauch vor dem Essen. Ich hoffte, der Diener würde sich nicht allzu rasch da Cunha zuwenden. Ich wusch mir langsam und gründlich die Hände. Die Gestalt, die ich auf dem Dach gesehen hatte, hing nun an der Brüstung.

»Baix hat mich vor einigen Tagen aufgesucht«, erzählte ich, wobei ich versuchte, nicht aus dem Fenster zu blikken. »Ich sagte ihm, daß ich im Auftrag der Weltgesundheitsorganisation arbeite. Nur wenige Regierungen würden einem derart Bevollmächtigten Hindernisse in den Weg legen.« Die Füße suchten und fanden das Gitter des Fensters im obersten Stockwerk. »Tatsächlich«, sagte da Cunha. Das mächtige Buschhemd blähte sich im Wind.

»Ja«, sagte ich. Wie kam es, daß sie Ossie nicht sahen? »Gesundheit ist eine wichtige Sache.« Da Cunha lächelte. Ich beendete mein Händewaschen, und Ossie verschwand durch das Fenster. Der Diener nahm das Messingbecken auf.

»Sie sind ein sehr gescheiter Mann«, fing ich an. »Sie müssen gewußt haben, was in Albufeira vorging.« Da Cunha nickte.

»Kurz gesagt – welchen Eindruck hatten Sie von diesem Harry Kondit? Und von Fernandes Tomas?«

Da Cunha nahm seine Goldbrille von den Ohren und löste sie aus seinen weißen Haaren. »Harry Kondit; das war selbstverständlich ein Wortspiel mit Ihrem englischen *conduit,* Leitung.«

Ich nickte.

»Witzig, körperlich etwas zu selbstbewußt. Von Natur aus auf eine draufgängerische, ungekünstelte Art charmant.«

»Seine Geschäfte?«

»Führte er sehr sorgfältig.« Er machte eine Pause. »Er beachtete, was ich für die Grundregeln des Rauschgifthandels halte.«

»Ja? Und wie lauten die?«

»Gegenüber dem Rauschgift haben die meisten Staaten zwei Gesichter. Nur in den wenigsten verhaftet die Polizei Leute, die Rauschgift kaufen und es aus dem Lande bringen. Die Regeln lauten: niemals im selben Land verkaufen, in dem man es gekauft hat, niemals in dem

Land verarbeiten, wo man es verkauft, und niemals in dem Land verkaufen, dessen Bürger man ist.«

»Sein Charakter –«

»Er war ein verpatzter Idealist«, bemerkte da Cunha. »Wer in Amerika geboren ist, kann eben keiner sein. Männer wie Kondit wandeln durchs Leben und begehen Verbrechen, sind aber überzeugt, daß man sie nur ihrer Ideale wegen verfolgt.«

»Und wie steht es mit Tomas?«

Da Cunha lächelte. »Ich wäre versucht zu sagen, daß Männer wie Tomas durchs Leben gehen und wie Idealisten handeln, aber als Verbrecher verfolgt werden; doch das stimmt nicht ganz. Tomas war nichts als ein Maßstab, an dem man die Stärke einer Nation ablesen konnte. Was aus ihm wurde, hing allein von seiner jeweiligen Umgebung ab. Er war weder gut noch schlecht; sein Mißgeschick verdankte er immer wieder der Tatsache, daß er bereit war, auch die Gegenseite anzuhören. Kein sehr schlimmer Fehler, würde ich sagen.«

Ich pflichtete ihm bei.

»Und nun wollen Sie wissen, warum ich nichts tat, um diese beiden Männer an ihrem schmutzigen Geschäft zu hindern. Deshalb sind Sie mir gefolgt, oder besser gesagt meiner Laborausrüstung.« Ich nickte. Er meinte: »Ich wußte, daß es riskant war, aber . . .« Er zuckte die Achseln. »Ich hätte sonst nicht weiterarbeiten können. Was wollen Sie nun wirklich: die Weiße Liste?«

»Ich bin nicht ganz sicher.« Ich machte eine Pause. »Ihnen als Wissenschaftler ist doch klar, daß man unter Umständen ein Experiment beginnt, um einen Ausdehnungskoeffizienten zu finden, und damit endet, die Welt zu beherrschen.«

»Mancher zieht den Ausdehnungskoeffizienten vor.«

»London hat sich immer für Ihre Arbeiten auf dem Gebiet der Eisschmelzung interessiert«, fuhr ich fort. Da Cunhas Augen strahlten, aber er schwieg.

Ich entfaltete ein Telegramm aus London. »Ich habe ihnen Fotos Ihres Labors geschickt. Hier schreibt man mir ... ja, hier steht es: ›Wenn die Molekularstruktur von Wasser regelmäßige Formen bildet, wird es zu Eis. Wenn die regelmäßigen Formen von Eismolekülen umgruppiert werden könnten, würde es sofort zu Wasser werden, ohne den umständlichen Schmelzungsprozeß durchzumachen. Da die UdSSR und die USA augenblicklich über große Flotten von Unterseebooten mit Fernlenkgeschossen verfügen, diese aber auch durch die dünnste Eisschicht hindurch nicht abgefeuert werden können, sind die Vorteile der Methode (technisch *polynya*) augenfällig. Die Arbeit Professor Knobels ist für die Sache der freien Welt in der Arktis von lebenswichtiger Bedeutung.‹ «

Ich faltete das Papier zusammen und steckte es in meine Brieftasche, wobei ich sorgfältig darauf achtete, daß er das Telegramm nicht sehen konnte.

»Sie kommen sehr rasch zum Kernpunkt.« Da Cunha lächelte befriedigt. »Die militärischen Aspekte dieses Projekts interessieren mich überhaupt nicht. Ich wünsche einzig und allein, in Ruhe gelassen zu werden. Einem Maler gestattet man, sich an einen entlegenen Ort zurückzuziehen, um zu malen. Warum sollte ich mich nicht an einen entlegenen Ort zurückziehen, um meine Studien fortzusetzen?«

»Ich kann mir vorstellen, daß der Besitzer einer Fabrik für Schnappmesser das gleiche sagt.«

Der Diener hatte Kuchen mit Mandel- und Zuckerfüllung gebracht, und wir fielen herzhaft darüber her. Ich fragte mich, wie ich nun das Gespräch weiterführen und dabei Ossies Abgang im Auge behalten sollte. Da Cunha beugte sich vor. »Es hat keine militärische Bedeutung und hat sie auch nie gehabt.«

»Wie ich gehört habe«, sagte ich, »bestand 1940 der Plan, einen schmalen Teil des Ärmelkanals einzufrieren und eine deutsche Armee hinübermarschieren zu lassen.«

»Das war nicht von Bedeutung«, meinte da Cunha.

»Ich befand mich auf der anderen Seite des Kanals, und für mich war es von beträchtlicher Bedeutung, ob er flüssig blieb.«

»Ich meine, es war undurchführbar. Die Theorie war richtig, aber die praktischen Schwierigkeiten waren unüberwindlich. Erst 1945 war die Grundlagenforschung annähernd so weit gediehen, aber da war es zu spät.« Er kaute an einem Honigkuchen. »Nun konnte man nichts mehr tun als warten.«

»Worauf warten?«

»Auf die Wiedergeburt des Mittelstandes.« Er schluckte den Speichel hinunter und stieß mir den Finger gegen die Brust.

»Sie kommen von weit her, um mit mir zu sprechen. Ich weiß das zu schätzen. Man sagt mir, daß Sie im Staatsdienst Ihres Landes eine hohe Stellung einnehmen. Ich gebe Ihnen einen Rat, den Sie Ihrer Regierung übermitteln sollen: Vernichten Sie den Mittelstand nicht!«

Ich stellte mir vor, wie ich diesen Rat der Regierung meines Landes übermitteln würde, wie ich in Dawlishs Zimmer trabte und verkündete: »Wir dürfen den Mittelstand nicht vernichten.« Ich sah da Cunha an und sagte: »Ja.« Er fuhr eilig fort:

»Die Alliierten haben nach dem Krieg in Deutschland den Mittelstand vernichtet.« Ich erkannte, daß er vom Ersten Weltkrieg sprach. »Die Inflation machte die Ersparnisse über Nacht wertlos und trieb den Mittelstand in die Arme der Nazis. Was hätte er auch sonst tun sollen? Der Dawesplan gewährte Deutschland eine Anleihe von 220 Millionen Dollar. Dem Mittelstand half er nicht, aber jenen Leuten, die dann 1940 in den Spitfires saßen. Zehn Millionen Dollar gingen an Krupp und weitere zwölf Millionen an Thyssen, das heißt an Hitler. Die Industriellen und Finanziers erlebten herrliche Zeiten, aber der Mittelstand war in einem politischen Wirrwarr untergegangen.

Jetzt erheben wir uns jedoch wieder. Das neue Europa ist ein Mittelstandseuropa. Geführt von Menschen mit Stil, nicht von aufgeblähten Gewerkschaftlern und terroristischen Demagogen, sondern von Männern mit Kultur und Erziehung.« Da Cunha blickte starr an mir vorbei. Ich wagte nicht, mich umzusehen. Seine spitzen, knochigen Finger bohrten sich in meinen Arm, seine Worte waren voll Speichel. »Sie nennen mich einen Faschisten . . .«

»Nein«, sagte ich nervös, »das habe ich nicht behauptet.«

Er wartete nicht auf meine Antwort, sondern schrie: »Vielleicht bin ich es. Wenn das ›Junge Europa‹ faschistisch ist, dann bin ich stolz, ein Faschist zu sein.«

Der Diener wartete an der Tür. Er schien mir bedeutend gewachsen zu sein. Erst jetzt bemerkte ich, daß er über einsachtzig groß und sehr muskulös war.

»Nimm ihn gefangen!« schrie da Cunha. Er riß mich am Arm, und seine Heftigkeit brachte mich aus dem Gleichgewicht. »Bring ihn in den Keller und verabreiche ihm sechs Peitschenhiebe. Ich werde diese reaktionären Freunde des Juden Kondit lehren, was ich unter Disziplin verstehe.« Sein Mund schäumte vor Wut.

Ich sagte freundlich: »Ein Mann wie Sie würde niemals einen Abgesandten gefangensetzen.« Da Cunha reckte sich zu königlicher Größe. »Sie haben mir Ihre Botschaft an meine Regierung anvertraut«, schmeichelte ich. Er sah einen Moment durch mich hindurch, dann war sein Blick wieder klar.

»Nur deshalb lasse ich Sie am Leben.« Er sprach jetzt etwas ruhiger. Ich fing den Blick des Dieners auf, der die Schultern unmerklich hob. Vielleicht war es ein Achselzucken.

»Ich bringe Ihre Worte nach England«, sagte ich, als sei es aus dem ›Sommernachtstraum‹. Dann schüttelten da Cunha und ich einander die Hände mit einem Ernst, als wäre einer von uns im Begriff, in eine Raumkapsel zu steigen.

Er fragte: »Könnten Sie mir die Nachricht überlassen, die Ihr Londoner Büro Ihnen geschickt hat?«

»Über die molekulare Umgruppierung von Wasser? Leider nein, ich hätte sie gar nicht mitbringen dürfen.«

»Ich verstehe. Wie lautet doch der letzte Satz?«

»Ich entsinne mich genau. Es hieß: Die Arbeit von Professor Knobel ist für die antibolschewistische Welt in der Arktis von lebenswichtiger Bedeutung.«

»Wenn man in meine Jahre kommt«, sagte er, »dann bedeutet eine solche Stärkung des Selbstgefühls manchmal sehr viel.«

»Das kann ich verstehen«, erwiderte ich. Es war eine Untertreibung.

55

»Wundervoll«, sagte Ossie, »einfach großartig.«

Es stimmte. Die Marmeladekrapfen im Bahnhofsbüffet von Marrakesch gehören zu den besten, die ich je gegessen habe.

»Hast du es?« fragte ich.

»Ja.« Er klopfte gegen den Leinwandsack auf dem Tisch. »Ging wie geschmiert, genau, wie du gesagt hast. Ganz kleines Ding, Leute, die derart minderwertige Stahlschränke herstellen, sollte man einsperren.«

»Hast du die Nachricht abgeschickt?«

»Ich habe gefunkt: ›Phase eins abgeschlossen. Beginnen Phase zwei. Stop. Ausschaltet Baker‹; sie haben es bestätigt.« Er lächelte. »Glaubst du, Baix kapiert, wenn er den Funkspruch abhört, daß mit Baker er selbst gemeint ist?«

»Wenn er nicht dümmer ist, als ich annehme, bestimmt. Ich habe einen ganz einfachen Code verwendet. Ich weiß nicht, wie ich es ihm noch leichter hätte machen sollen.« Ossie kicherte wieder. Er hatte eine grundlose Abneigung gegen Baix gefaßt und delektierte sich an dem Gedanken, daß er nun vor einem nicht existierenden Mörder auf der Hut sein würde.

»Was war bei dir los?« fragte er. »Du schaust ständig auf die Uhr; man verfolgt dich doch nicht, oder?«

»Nein; aber der Zug soll in fünf Minuten da sein.« Es war 14.55 Uhr.

»Er kommt nicht früher, wenn du auf die Uhr siehst. Erzähl mir lieber von deinem Gespräch mit dem alten Spinner. Und nimm noch einen Krapfen.«

Ich nahm noch einen Krapfen und erzählte Ossie von meinem Gespräch mit da Cunha.

»Das stimmt aber nicht«, behauptete Ossie an verschiedenen Stellen meiner Schilderung.

»Wenn du Unwahrheiten meinerseits jedesmal mit einem ›Stimmt nicht‹ quittieren willst, dann geh lieber gurgeln, sonst wirst du heiser.«

»Du bist der beste Lügner, den ich kenne, ja, das ist wahr«, sagte Ossie voll Bewunderung. »Und das alte Ekel steht wirklich mit den englischen Faschisten in Verbindung?«

»Mit englischen, französischen, belgischen und sogar mit deutschen Faschisten.«

»Die Deutschen haben also auch welche«, meinte Ossie, als hätte er seine Schweinswürstchenfinger nicht seit einem Vierteljahrhundert in alle möglichen Geheimnisse gesteckt.

»Die Geschichte von deiner erfundenen Nachricht aus London ist besonders hübsch. Was stand eigentlich wirklich in dem Telegramm?«

Ich reichte es ihm.

KNOBEL STOP NAZI STOP SCHWINDLER STOP WASSERGEFRIERERFINDUNG VÖLLIG UNWIDERRUFLICH WIEDERHOLE VÖLLIG UNWIDERRUFLICH WERTLOS WIEDERHOLE VÖLLIG WERTLOS: DAWLISH

Der lange grüne Zug glitt in den Bahnhof. Ich half Ossie, unser Gepäck zu verstauen.

Ein Mann mit einem Gesicht wie eine halbzerfressene Tafel Schokolade wollte Geld von uns, damit er uns in dem fast leeren Zug einen Sitzplatz zeigte. Im Austausch gegen meine Weigerung, bei dieser Transaktion mitzuwirken, lehrte er mich ein paar neue arabische Wörter. Der Zug verließ den netten kleinen Bahnhof von Marrakesch. Ossie sagte: »Ich würde gern das Gesicht von diesem Baix sehen.«

»Das eben ist es, was ich vermeiden möchte«, entgegnete ich, während ich Ossies Seesack öffnete. Wir betrachteten beide das kleine Funkgerät, das zu automatischen Meßbojen sprechen konnte.

56

Die langen biegsamen Flügel durchschnitten über unseren Köpfen die Luft. Ich klopfte dem Piloten auf den Arm. »Einmal noch, dann zurück zum Schiff, und morgen weiter«, sagte ich.

Der Hubschrauber näherte sich wieder der schweren See. »O. K., Oberbootsmann«, rief ich über die Schulter. Oberbootsmann Edwardes beugte sich vor und beobachtete die Wasseroberfläche. »Nur ein Stück Treibholz«, rief er ins Bordsprechgerät. Wir flogen weiter zum nächsten Sektor der Suchzone. Zwölf Meilen entfernt konnte ich Steuerbord die portugiesische Küste von Kap Santa Maria sehen. Schwarze Adern liefen durch die graue See, wo das Licht die Konturen des Wassers streifte. »Schon zu dunkel«, sagte ich, und Ossie drehte das Funkgerät ab.

Es dauerte zweieinhalb Tage, bis unsere Bemühungen belohnt wurden. Stundenlanges Hin und Her über schaumbedecktem Treibholz, und Tiefflug zwecks näherer Betrachtung eines Fischschwarms.

Dann endlich gab das Langwellenfunkgerät auf Ossies Knien – das er aus da Cunhas Stahlschrank gestohlen hatte – ein antwortendes ›Bip-Bip‹ von sich. Der Pilot hielt den Hubschrauber am Ort, ich faßte den Taucher an seinem gummibekleideten Arm und versuchte, mit ihm in dreißig Sekunden noch rasch seine Instruktionen durchzugehen. Edwardes gab mir einen Klaps auf die Hand und sagte: »Schon gut, Sir.« Dann war er wie der Oberteufel in der Pantomime verschwunden. Erst jetzt erblickte ich das Ziel, nach dem er tauchte. Das silbrige Metall glänzte durch den grünen Algenbewuchs. Innerhalb von Minuten hatte Edwardes das Kabel um den großen Metallzylinder geschlungen. Der Mann an der Winde begann ihn hochzuziehen und brachte das spritzende, tropfende Ding in die Kabine des Hubschraubers.

Dawlish hatte seine Arbeit gut gemacht. Als der Hubschrauber zum Schiff zurückkehrte, war alles bereit und wartete – sogar eine Ration Rum für den immer noch nassen Oberbootsmann Edwardes. Ich saß mit dem Zylinder in der Tageskabine des Kapitäns; draußen stand ein Marinesoldat Wache, und sogar der Kapitän klopfte, bevor er eintrat, um zu fragen, ob ich etwas brauche.

Zwei Muttern mußten losgemeißelt werden, aber das war nach mehr als zehn Jahren im Wasser zu erwarten gewesen. Die Leichtmetallplatte löste sich und enthüllte einen Hohlraum sowie die Zugänge zu Barometer, Thermometer, Hygrometer und zu den Motoren.

Diese Meßbojen wurden während des Zweiten Weltkriegs von deutschen Schiffen und Flugzeugen ins Meer geworfen. Sie kamen alle zwölf Stunden an die Oberfläche und sendeten Funkmeldungen mit den Meßwerten der meteorologischen Geräte. Auf diese Weise konnte der deutsche Wetterdienst Voraussagen erstellen, ohne Schiffe oder Flugzeuge einsetzen zu müssen. Aber dieser Zylinder erhielt nach dem Krieg eine andere Bestimmung und einen anderen Inhalt.

Dieser Metallzylinder war weiter alle zwölf Stunden an die Oberfläche gestiegen, und seine Stimme hatte da Cunha gesagt, daß er immer noch ›heil und am Leben‹ war. Fernie Tomas hatte versucht, ihn mit Hilfe des Signals aufzufinden, als er merkte, daß da Cunha geflohen war. Aber es mißlang.

Ich griff hinein. Wo früher die Instrumente gewesen waren, fand ich eine kleine Metalldose mit Reichsadler und hellrotem Wachssiegel. Bevor ich sie öffnete, schickte ich nach einer Kanne Kaffee und Sandwiches. Es würde eine langwierige Arbeit werden.

57

Weihnachten 1940

›Mein lieber Baron,

welch wundervolle Überraschung, Ihren Brief zu erhalten, der fast neun Wochen brauchte, bis er uns erreichte. Sie fragen sich wohl, wie die ›Stimmung‹ hier in England ist. Sie würden Nummer 20 jetzt gar nicht wiedererkennen, es ist ganz anders als sonst zu Weihnachten. Man hat die Gärten als Depot verwendet, und fünf von den Häusern sind mit polnischen Offizieren belegt, die unaufhörlich brüllen und singen. Gerald ist in Kamerun und verhandelt mit den Franzosen, und Billy ist bei der Marine, Gott weiß wo. Nur die Köchin und Janet sind noch da und ›kampieren‹ im Arbeitszimmer und im Goldenen Zimmer, das Sie so gern hatten. Wir fahren überhaupt nicht nach London, Benzin ist knapp, und die Züge sind verdunkelt und entsetzlich schmutzig, und jetzt spricht man davon, die Mahlzeiten in den Restaurants zu beschränken. Wir zweifeln nicht daran, daß es Karl in Paris herrlich geht, wir alle beneiden ihn! Wenn Sie ihm nächstens schreiben, grüßen Sie ihn doch herzlichst von mir.

Wir teilen ganz Ihre Meinung über diesen gräßlichen Krieg. Die Regierung hier wird vollkommen von diesen schrecklichen Labourleuten beherrscht, und Sir B. weiß ganz sicher, daß sie mit den Bolschewiken gegen die armen tapferen Finnen Komplotte schmieden. Sie schreiben, wenn wir nur eine Stunde lang miteinander sprechen könnten, wären wir wohl imstande, unserem Vaterland in diesen Tagen mörderischer Grausamkeit zu helfen. Sie haben recht; und das ist nicht so unmöglich, wie Sie zu glauben scheinen. Lord C. fährt im Februar in die Vereinigten Staaten, und Miriam wird ihn begleiten. Sie könnten doch gewiß unter irgendeinem Vorwand nach Lissabon kommen? Wie geht es Großmama? Sie wissen, daß Cyril immer noch unter derselben Adresse in Zürich lebt; ich weiß, er würde Sie sehr gerne wiedersehen. Selbstverständlich kann Helmut das Haus in Nizza nehmen; der Agent im Dorf hat die Schlüssel. Ich hoffe nur, daß es nicht beschädigt wurde; die Franzosen benehmen sich in letzter Zeit so unbegreiflich. Bitte schreiben Sie bald wieder; die Nachricht, daß es Ihnen allen gutgeht und Sie noch an uns denken, hat in unser wenig erfreuliches Leben einen Hauch frische Luft gebracht.

Ihre treue Freundin

Bess‹

Sonntag, 26. Januar 1941

›Lieber Walter,

ich bitte Sie, diese Zuschrift sofort nach Kenntnisnahme zu verbrennen. Sagen Sie K. E. F., er muß unbedingt alles, was Sie anfordern, aus der Fabrik in Lyon liefern. Erinnern Sie ihn daran, daß es nicht die französische Widerstandsbewegung war, die während der letzten zehn Monate seinen Lohn bezahlt hat. Ich wünsche, daß die Schornsteine so bald wie möglich wieder rauchen, sonst verkaufe ich die ganze Fabrik.

Hätten Ihre Leute von der Wehrmacht Interesse an diesem Kauf? Wenn ja, würde ich Sie zum üblichen Tarif als Agenten bestellen. Eine Fabrik in der Vichy-Freizone könnte doch im Hinblick auf die ›Verordnungsliste für Handel mit dem Feinde‹ sicher nützlich sein?

Ich glaube, man beginnt hier einzusehen, woher der Wind weht, und die Drohungen klingen bereits etwas gedämpft. Ich kann Ihnen versichern, wenn Ihre Leute tatsächlich mit den Sowjets in Konflikt geraten, werden wir Briten bald begreifen, was wir zu tun haben.

Seit Lettland in die Hände der Bolschewiken gefallen ist, mußten wir unsere dortige Fabrik abschreiben, und ich kann nur sagen, ich bin froh, daß sich unsere Pläne für das Werk in der Bukowina nicht verwirklicht haben.

Ich bin im Begriff, einen Brain Trust (wie man heutzutage sagt) mit Leuten zu bilden, die meinen Standpunkt in diesen Fragen teilen; sobald man bei uns wieder vernünftig geworden ist, werden wir in der Lage sein, etwas zu unternehmen.

In bezug auf Roosevelts Anhänger haben Sie recht; da er jetzt zum drittenmal wiedergewählt worden ist, werden Sie die gehässige Revanchistenpolitik des Sozialistengesindels hier teilen. Aber wissen Sie, Roosevelt ist nicht Amerika, und solange Ihre Leute nichts Unbesonnenes tun – zum Beispiel eine Bombe auf New York werfen –, werden nur wenige bereit sein, ein Gewehr in die

Hand zu nehmen, wenn sie dafür die Registrierkasse verlassen müßten.

Verbrennen Sie das sofort,

bestens Ihr
Henry.‹

58

Ich breitete die Briefe auf dem Tisch aus. Einige waren auf graviertem Briefpapier geschrieben, andere auf Blättern, die aus einem Übungsheft stammten. Was war ihnen allen gemeinsam?

Ich überflog das vergilbte Buch mit Namen und Adressen. Ich fragte mich, ob ich diese Dinge zu den größten Schätzen der modernen Welt rechnen würde und entschied mich für ›nein‹. Aber schließlich war da Cunha mehr als nur ein bißchen übergeschnappt.

Als Deutschland zusammenbrach, waren die großen Tiere darauf aus, ein paar Souvenirs zu retten. Manche hatten eine Vorliebe für große Bilder und nahmen alte Meister, andere liebten kleine Bilder und nahmen Briefmarkensammlungen. Manche liebten den Luxus, die nahmen Gold, andere wieder die *belle époque,* sie nahmen Heroin, aber einer hatte seinen Geschmack an der Macht entdeckt. Er nahm diese Briefe.

Als die Wehrmacht sich die Augen ausguckte, um durch den Kanalnebel zu blicken, wurde Befehl gegeben, eine britische Marionettenregierung zu bilden. Deutsche Diplomatenkreise wurden aufgefordert, sich an Gleichgesinnte zu wenden und soweit wie möglich individuelle Kontakte zu nutzen. So kam es, daß ernste, reizende, persönliche Briefe an ernste, reizende Leute gelangten, die bereit sein mochten, als Parlamentsmitglieder einer ›britischen‹ Regierung zu fungieren. Die Briefe wurden abgelegt und waren schon recht verstaubt, als eines Tages im Jahre 1945 ein Mann daran dachte, daß diese Korrespondenz einflußreicher Leute geeignet wäre, ihm das Leben zu erleichtern.

Fregattenkapitän Knobel, ein wissenschaftlicher Offizier der deutschen Marine, nahm ein Paket mit Briefen und seine Kassette Heroin und ging in Cuxhaven an Bord des U-Bootes Typ XXI. Er wußte über meteorologische Meßbojen Bescheid und verbrachte eine Stunde damit, sein Paket mit Erpressungsmunition sachgemäß zu verstauen. Vor Albufeira befahl er dem Kommandanten des U-Bootes, den Zylinder über Bord zu werfen, dann ging er mit einem Gummiboot an Land. Der U-Boot-Kapitän verlor ein Boot und bald darauf sein Leben, denn das U-Boot sank mit Mann und Maus. Wahrscheinlich wird man nie erfahren, was geschehen ist. Nur wenige U-Boote vom Typ XXI kamen je mit Wasser in Berührung. Die meisten standen, halb fertig gebaut, auf den Docks in Norddeutschland, als die Alliierten kamen.

Tomas erfaßte, daß ein U-Boot mit prominenten Nazis an Bord wertvolle Beute enthalten mußte. Es darf einem nur nichts ausmachen, zwischen verwesenden Leichen herumzustochern. Als er die Büchsen mit Heroin herausholte, wußte er, daß er Hilfe nötig hatte, um es loszuwerden. H. K. war dafür der geeignete Mann, aber sie hielten sich von da Cunhas Gehege fern. Die Eintragung in Smith' Notizbuch ›K. sagen‹ (Knobel) ließ mich glauben, H. K. sei der Wissenschaftler.

Tomas verlor nie seinen Respekt vor da Cunha. Er verkehrte mit ihm in dem kurzen einsilbigen Ton der deutschen Marine. Wie alle Deutschen war da Cunha imstande, akzentlos portugiesisch zu sprechen. Wieviel Tomas über die Meßboje wußte, ist schwer zu entscheiden, aber er erriet genug, um wenigstens eine Person zu erpressen – Smith. Obgleich Tomas alle sechs Monate mit da Cunha den Zylinder kontrollierte, hatte er bis zu unserer gemeinsamen Fahrt keinen Versuch unternommen, ihn vom Meeresboden heraufzuholen. Tomas besaß nur ein Abhörgerät, wir hingegen hatten da Cunha das Abrufgerät gestohlen.

Ich griff nach der Akte mit der Aufschrift Ostra. Eine Auster mit einer Perle im Inneren – das war da Cunhas Zylinder. Was ich der Boje entnommen hatte, bildete einen kleinen Berg auf Dawlishs glänzendem Mahagonischreibtisch.

»Das sind sie also«, sagte Dawlish. Er schnüffelte nachdenklich.

»Ja, ich schätze, daß die meisten dieser Leute der Bewegung ›Junges Europa‹ von Zeit zu Zeit Geldgeschenke gemacht haben.«

»Sehr hübsch, ich wußte ja, Sie würden es hinkriegen.«

»Ja, natürlich«, sagte ich, »besonders damals, als Sie das ganze Unternehmen abblasen wollten.«

Dawlish sah mich über die Brille hinweg an, was sehr lästig werden kann.

»Außerdem«, fuhr ich fort, »wußten Sie, daß dieses Mädchen beim amerikanischen Rauschgiftbüro angestellt ist, und Sie haben mir nichts gesagt.«

»Ja«, bemerkte Dawlish gütig, »aber nur eine ganz untergeordnete Angestellte, und ich wollte den Verkehr innerhalb der Gruppe nicht beeinträchtigen.« Wir sahen einander zwei oder drei Sekunden lang ausdruckslos an.

»Den gesellschaftlichen«, verbesserte sich Dawlish.

»Wann wird Smith verhaftet?« fragte ich.

»Verhaftet? Warum sollte er verhaftet werden?«

»Weil er der Eckpfeiler einer internationalen Faschistenbewegung ist, die den Sturz der demokratischen Regierung beabsichtigt.« Ich sagte es geduldig, wenngleich ich wußte, daß mich Dawlish auf den Arm nahm.

Dawlish sagte: »Sie glauben doch nicht wirklich, daß man alle einsperren kann, die dieser Beschreibung entsprechen. Woher sollte man denn so viel Platz nehmen?« Er lächelte hämisch und schlug mit der Hand auf die Dokumente. »Unsere Freunde sind dort, wo sie sind, viel nützlicher – solange sie wissen, daß die Regierung Ihrer Majestät diesen kleinen Stoß Papier in Kevin Cassels Keller aufbewahrt.«

Er öffnete die Schreibtischlade und zog eine enorme Aktenmappe hervor. Auf dem Umschlag stand: ›Bewegung Junges Europa‹; sie quoll über von den Resultaten monatelanger Arbeit. »Sie haben Ihre Rolle falsch verstanden, mein Lieber«, sagte er selbstgefällig wie nur je. »Wir wollten nicht, daß Sie irgend etwas *herausfinden*. Irgendwie wußten wir, daß Sie sie zu einer Indiskretion verleiten würden.«

Schlußwort

Vorigen Dienstag brachte ich das gesamte Material zu Kevin Cassel ins Zentralregister. Er unterschrieb und stempelte die offizielle Quittung und wünschte mir fröhliche Weihnachten.

»Jetzt sehen Sie, was arbeiten heißt«, sagte Dawlish und machte weitere herausfordernde Bemerkungen über Leute, die in der Sonne lagen. Dawlish hatte meinetwegen das Schulungskomitee einberufen. Es war ein Meisterstreich in seinem Kampf gegen O'Brien, denn er hatte alle Mitglieder des Struttonkomitees in den Schulungsausschuß nominiert, mit Ausnahme von O'Brien. Wir hielten also unsere Sitzungen praktisch ohne ihn ab. Dawlish bestand ausschließlich aus Knien und Ellbogen. Er saß in seinem abgenützten Lederarmstuhl, blies dem Herzog von Wellington Rauchwolken ins Gesicht und erklärte, Erfolg sei nur ein Seelenzustand.

Bernhard hatte sich in meinem Büro ausgebreitet, aber darauf geachtet, nichts von meiner Schreibtischarbeit zu erledigen. Auf der 13-Zentimeter-Linse der Nikon klebte Aprikosenmarmelade, und meine Sekretärin erledigte die Hälfte der Schreibarbeit des Gebäudes. Ich verjagte Bernhard mittels eines Fußtritts, und obgleich er protestierte, schlug er seine Zelte anderswo auf. »Ich schulde Ihnen einen Zweipfundsack Zucker«, sagte er, als er sich verzog.

»Zuckerstehlen ist ein Kapitalverbrechen«, murrte ich. »Haben Sie in Cambridge keine Manieren gelernt?«

»Das einzige, was ich in Cambridge gelernt habe«, sagte Bernhard, »war das Anziehen enger Hosen, ohne die Stiefel abzulegen.«

Alice brachte mir Zucker.

Am Freitag machte ich mit Charly Weihnachtseinkäufe. Sie erstand für ihren Vater ein ›Playboy‹-Abonnement, und ich schickte Baix eine Etonkrawatte. Wir bekämpften jeder auf unsere Weise die bestehenden Einrichtungen.

»Dein alter Herr ist doch Admiral, nicht wahr?« fragte ich.

»Ja, Mann meiner Träume.«

»Es ist wegen dieser Tauchausrüstung. Lissabon hat einen Teil verloren, und ich muß es bezahlen. 250 Pfund.«

»Komm zu mir nach Haus«, sagte sie. »Ich werde sehen, was sich tun läßt.«

»Du wirst mir helfen?«

»Dich trösten«, sagte sie, »dich trösten.«